しなやかな熱情

崎谷はるひ

幻冬舎ルチル文庫

CONTENTS ✦目次✦ しなやかな熱情

✦カバーデザイン＝小菅ひとみ（CoCo.Design）
✦ブックデザイン＝まるか工房

イラスト・蓮川 愛✦

しなやかな熱情

見知らぬ土地の駅に降り立った瞬間というのは、いつも不思議な感慨がある。

ＪＲの駅の造りなどというのは総じて大差はないが、駅のホームから見下ろす街並みへの距離感や見知らぬ光景は新鮮で不思議だ。その違和感が、いま自分が「旅人」としてここにたたずんでいるという実感になるのだろう。

秀島《ひでしま》慈英《じえい》は肩に担いだ荷物を揺すり、その長い足を踏み出した。早秋の、まだいささか夏の名残《なごり》さえ感じる清涼な風を吸いこむと、肺の奥が浄化されるような気分になる。

(肩が凝った。やわになったな)

長旅の疲れに内心ひとりごち、首筋にもつれた長い髪を梳《す》いて腕をぐるりと回す。三時間以上電車に乗ったのも久しぶりだ。それどころか、このところ阿佐谷にある自宅マンションにこもりきり、鬱々《うつうつ》と酒を飲んでいるようなありさまだったのだから、久々の外出に身体が疲れているのだろう。

自覚もしているが、そもそも運動不足なのは否めない。引きこもる以前にも、慈英はろくに家から出ず、寝食も忘れて絵筆を握っていた。

ただ創作に没頭して我を忘れた時間には、こんな気鬱は縁遠かったというだけだ——。

(……考えるな)

終わったことを悔いてもしかたがないと、皮肉な笑みひとつで慈英は雑念を払う。そして、『長野駅』という表示をしばし見つめたあと、さてどこに行こうかと首をかしげた。

(新幹線も停車するから、そう田舎じゃないんだろうが、少し印象と違ったかな)

信州、長野に向かった理由は、特にない。訪れたこともはじめてだった。そして自分がこうして旅に出たのも、しばらくぶりだと気づけば、なんだか無性に懐かしい気がした。

学生時代——といってもまだ一年前程度だが、当時の慈英は好き勝手に飛び歩き、一時期はバックパッカーのごとき生活を送ってもいた。目的はなく気の向くままに、宿さえない場所を訪れたこともある。その場その場でどうにかなると、そうしてすごすのは得意だった。だというのに、いまはどこへ向かえばいいのかさえわからないらしい。ずいぶんと勘も身体も鈍ったいまの自分に、慈英は苦笑した。

ターミナル駅の真ん中にたたずみ、少し視線をめぐらせると、JRらしく表示は親切だ。目的別の出口案内、細やかな目印。『行きたい場所』さえあれば簡単にたどり着けるようになっている。だがもとよりこの駅は停車路線も大量ではないため、東京駅と比べるまでもなく、さほど構造上わかりにくい造りでもない。

(それなのに、『出口』がどこなのか、いまの俺にはわからない)

とにかく、ここにいてもはじまらないと広い肩を上下させ、慈英は足を踏み出した。

初秋の行楽シーズンを迎え、賑《にぎ》やかしい駅の構内を歩く足取りはゆったりとしていたが、頭ひとつ人波から抜きんでた身長に見合いの長い脚のおかげで、進みは早い。

「きゃ」

前を行く女性たちにつっかえそうになり、小さな悲鳴があがった。

「すみません。失礼しました」

一瞬、その高い上背《うわぜい》と髭の目立つ精悍《せいかん》な顔立ちにぎょっとした顔をした若いＯＬ風の相手は、しかし慈英のよく見ると甘く整った目元に気づいたらしい。

すっきりとしたラインの顎《あご》には、まばらに生えた髭が覆っている。伸ばしっぱなしのクセのある髪は好き放題に跳ねてはいるが、焼けた肌に相まってさほどむさ苦しくはない。

「お怪我はないですか？」

「い、いいえ。だいじょうぶ、です」

やんわりと詫びを入れる声は穏やかに低かった。甘いそれに、二十代後半らしい女性も険のある表情をやわらげ、そっと赤くなり会釈する。

「そうですか。それじゃ、どうも」

ソフトに笑みかけて歩き出す態度は、二十三歳の青年にしては破格に鷹揚《おうよう》であることを、慈英は自覚していない。

荷物を担いだのと逆の長い腕には、大判なスケッチブックが抱えられている。洗い晒《ざら》しのジーンズにブルゾンという軽装で、一見なんの職業に就いているものかわかりづらい慈英のしなやかで大きな手にあるそれは、ミスマッチのようでいてどこまでも彼に似合っていた。

(吉祥寺あたりと変わらないな)

改札を出ると、思ったより拓《ひら》けた駅前の光景にやや鼻白《はなじろ》む。高架から見下ろしたときにはずいぶん緑の多い光景に見えたのだが、こうして地面に降り立ち周囲を眺めれば、今朝出てきたばかりの街並みと大差ないような気分になる。

それでも、眼前にある駅ビルやその周辺のビル群のさきに望む山並みと、切り取られた空の面積がずいぶん広いことに、たしかにここは東京ではないのだと思い知らされた。

似ているようで見慣れない風景は、それだけで呼吸を楽にした。なにより、東京の排ガスにまみれ淀んだ空気と比べものにならない澄んだ風が、髪を撫でて去るのが心地いい。

酸素が濃い、緑のにおいのする街。駅を出てものの数分とは思えない鄙《ひな》びた光景に、しかしいま覚えるのは安堵《あんど》に近い感情だ。

もとより、なんの目的もあてもない旅だ。少し歩くかと適当な方向へ足を向けると、慈英の身体はなにかに導かれるように勝手に動きだす。

気ままに歩けば駅周辺のにぎわいはほんの一角で、あっという間に住宅街にたどり着いた。

この日の宿は、道すがら飛びこんだ古めかしい印象のビジネスホテルだ。小さな木製のフロントカウンターと、休憩用の四人掛けソファがあるだけの狭いロビーは、お世辞にもきれいとは言いがたかったが、これはこれで趣がある。

「お荷物は」

「ああ、じゃあこれだけお願いします」

荷物を預けて予約だけ入れ、夕刻にはチェックインする旨を伝えた。慇懃《いんぎん》な声を出す老齢のフロント係に、最終チェックインは八時までと告げられて、ふたたび外に出る。

ちょうど昼時、近くの喫茶店では手書きのランチメニューが看板の横に掲げられている。つたない手書きのポップを眺めると、昨晩からなにも食べていなかったことを思い出した。

「どこかで食事でも取るか」

食欲が湧くのも久しぶりだと、酸素の濃い空気を深呼吸しながら腕を伸ばせば、荷物は預けたというのになぜか、スケッチブックを手にしたままであることに、いまさら気づいた。持っていることさえ忘れていたあたりがいっそ笑えると、大判のそれを脇に抱え直す。

(なにをやってるんだろうな)

描くべきものを、その理由を見失って遠い街まで逃げてきたくせに、しっかりとこんなものを抱えてきてしまった。これは未練か、それとも習慣か。皮肉に口元を笑ませながら、ゆるやかな足取りで住宅街の路地をさまよっていた慈英は、ふと足を止めた。

木々の間に隠れるようにひっそりと建っている、家のかまえがいい。このあたりの雰囲気は、むしろ実家の鎌倉にも似ているようだと慈英は思う。

(いい庭だ)

背の低い、古びた木塀の上から伸びやかな枝をしならせた樹木が、秋の日差しを受けてやさしい影を落とす。塀の切れ目から覗《のぞ》く庭には、野草花が伸びやかに好き放題育っている。荒れた雰囲気はないから、家の主人がわざとこうした自然な庭に仕立てているのだろう。目隠しにしている樹木はサザンカだろうか。花はまだ蕾の段階で、小さく縮こまっているようだった。ワレモコウ、メマツヨイグサといった、さほどぱっとしない草花が置き石の周りを取り囲み、味のある光景を生み出している。

（ああ。いい『絵』だ）

庭先から覗いた家に、家人はいないようだった。その代わり縁台の下の沓脱石《くつぬぎいし》ではだらしなく腹を見せた猫が我が物顔で昼寝をしている。そののどかな光景がなんともユーモラスで、思わず頬をゆるませた慈英は、ふと小脇に抱えたものの存在に気づく。

あのほのぼのとした光景を描きとめようか――とスケッチブックを開きかけたところで、しかし指先は硬く強《こわ》ばった。

――もっとポップにさ。そうじゃなきゃ、こう、ノスタルジックな風景画とか。

ついで嘲《あざけ》るような、あの男の声を思い出し、やるせない吐息がこぼれた。

（描けないか。まあどっちにしろ、ペンもなにもない）

忘れかけていた鬱屈が蘇《よみがえ》り、なにもかもどうでもいいようなむなしさに見舞われる。そうしてため息をつく間に、昼寝に飽いた猫はひとつ伸びをして身を翻し、消えてしまった。

「縁がない……」

苦笑した慈英があらためて庭を眺めれば、あれほど野趣にあふれ、生き生きとして見えたさきほどの印象とは一変し、荒れ果てて寂しい情景に見えた。それは日の差す角度が変わり、我が物顔だった猫が去ったせいばかりではないことも、よくわかっていた。

対象物はただそこにあり、そして見るものの心を映し出すだけだ。

(つまりずいぶん、俺の心も荒《すさ》んでいるんだろう)

乾いたことを思って吐息した慈英は、ちりちりとした胸の裡《うち》をこらえてきびすを返した。

その瞬間、急《せ》いた足取りで細い路地を駆けてきた青年と思い切りぶつかってしまう。

「——わっ!」

「いてえ‼」

かなりの勢いでぶつかられ、バランスを崩しはしたが、慈英はよろけるだけに止《とど》まった。

だが小柄な相手は逆に跳ね飛ばされ、無様《ぶざま》に道へと転がった。

「ば、ばっかやろうっ、なに突っ立ってんだ!」

がらがらと耳障りな声で怒鳴り、身を起こした彼は、ひょろりと細い少年のような顔つきをしていた。髪は人工的に染めたとひと目でわかる金色がかった茶髪で、荒れた毛先にはパーマのあととおぼしきウェーブが残っている。

黒っぽいブルゾンにカーゴパンツという出で立ちは慈英と似たり寄ったりだが、やせぎす

の身体にまとうそれらは垢じみた汚れ具合がひどく、いささかいただけない。

それ以上に、頬骨の目立つ輪郭にはぎょろりと大きな目、青黒くむくんだ顔が、ひどく病的に感じられた。

「すみません、お怪我はないですか？」

こちらの非ではないのだが、相手のあまりの剣幕に、慈英はとっさに謝りながら手を差し伸べた。だが、転んだ彼はその手に怯《おび》えたように目を泳がせる。

（なんだ？）

妙に挙動不審な、と思った慈英の手は、結局は無視された。「どけっ！」と怒鳴った青年に乱暴に肩を押しやられ、怒りっぽいひとだと呆《あき》れながら慈英はふと足下に気づく。

つばの広い野球帽のようなキャップを拾いあげると、痩《や》せた青年ははっと息を呑む。

「あの、落ちてますが。これはあなたのでは？」

「――ッ!!」

汚れをはたいて差し出せば、ぎろりと睨《にら》まれた。あげく礼も言わずそれをひったくると、彼は鼻先までつばを押し下げるように帽子をかぶり直し、舌打ちひとつを残してその場から駆けていってしまった。

なるほど、ああして帽子を目深《まぶか》にかぶっていたせいで、完全にこちらが見えていなかったのか――と、どうでもいいことを考えたのは、あまりの失礼さに呆気《あっけ》にとられたからだ。

「なんだったんだ？」

首を傾《かし》げたが、他人のことを詮索する気力もない。吐息して、慈英はその場をあとにする。

そうして路地を抜け、曲がり角を駅に向かって進んだころに、今度は背後でけたたましい悲鳴が聞こえた。

「ひ……っ、き、救急車、警察……ッ!!」

「誰かーっ！」

（えっ？）

警察、という言葉にぎょっとなった慈英の脇を、あちこちから駆けつけてきた近所の人々が小走りに通りすぎていく。悲鳴の聞こえたあたりにはあっという間に人垣ができていた。

野次馬根性はもともと持ちあわせてはいない。なにかあったのだろうなとは思うものの、今の慈英には他人事《ひとごと》に首を突っこむ気力もなかった。

（案外、このあたりも物騒なんだろうか？）

ぶつかって礼を言う余裕もない青年や、こんな住宅街では不似合いな悲鳴。静かでいい街だと思ったのにと、少しがっかりさせられた気分でいるのは旅人の身勝手さでしかない。

（まあこれ以上、関わることもないだろう）

ぶつかったときに軽く痛んだ肩を上下させただけで、慈英はすっかりそのことを頭から追いやった。それよりなにより、とにかく腹が減ったなと思う。

（現金なものだ）

自分を見失い、虚脱感にまみれていても、結局こうして動けば腹も減る。いっそおかしささえ感じて笑いを浮かべるけれど、どこか笑みが皮肉なものになることは否めなかった。

「しかし、どこに行けばいいんだ？」

慈英が昼食にありついたのは、それから小一時間も経《た》ってのことだった。なにしろガイドブックもなにもなく、勝手のわからない街をさまよい歩いたせいで、食事どころにたどり着けなかったのだ。

ようやく見つけたのは信州名物の蕎麦《そば》屋。とにかくいちばん早いのをと頼み、ざるをすすりこんだ。腹がくちくなってようやく満足の息をつき、ごちそうさま、と立ちあがったそのあとに、事件は起こった。

勘定をすませようとしたところで尻のポケットを探ると、そこにあるはずの膨らみがない。

「あれ？　……嘘だろ」

胡乱《うろん》げに睨んでくる店主に冷や汗をかきつつ、身体中のポケットを探っても、使い古した黒い革財布はどこからも出てくることはなかった。

（しまったな、朝からぼんやりしてたから）

どうやら、財布を落としたらしい。しかしいったいどこで紛失したのか。とりあえずホテルに予約を入れた段階では半金を払っていたが、そこからさきはいっさい、手も触れていないはずなのだが。

なくした財布を捜しに行きたくはあったが、それよりなにより目先の勘定だ。

「ちょっと、お客さん？　どうしたんですか」

青ざめたまま言葉をなくすと、じろりと睨まれる。蕎麦は非常にうまかった。職人気質《かたぎ》で、それだけに頑固な主人なのだろうことが、顔に滲《にじ》んでいる。

「すみません。財布を落としてしまったようです」

しおしおと事実を述べたのだが、単なる言い訳と取られたようだ。うさんくさそうに上から下まで慈英を眺めた店の主人は、問答無用と首を振る。

「出るとこ出て、話つけますか？」

「ちょ、ちょっと待ってください！」

持ちあわせがないからと、代わりに支払ってくれるような知りあいも、むろん旅先の身ではいるはずもない。こんなときに便利な携帯電話だが、慈英はあの小さな通信機器が嫌いで、どこへいても四六時中拘束されるような気がしてしまうため、そもそも持っていないのだ。

そのうえ、基本的に他人事に興味のない慈英はひとの連絡先などろくに覚えていないし、免許証は財布の中。身分を証明できるものなどなにもない。

「ないないづくしで言うことが聞けるか！　うちはボランティアじゃないんだよ！」

「い、いやだからせめてホテルに連絡を」

こうした不測の事態のために、予備の金は鞄にしまってあったけれど、あれはホテルに預けてしまった。おまけに場所を覚えているからかまわないだろうと、ホテルの名前も連絡先も控えなかったため、問われた慈英は言葉につまり、ますます疑わしいと睨まれる。

「そんなあやふやな話で信用できるか、食い逃げして居直るなっ」

「待ってください、まだ逃げてません！」

「じゃあ逃げるつもりだってのかてめえ！」

「言いがかりです！」

短気そうな店主がそれで納得をしてくれるわけもなく、結局、押し問答の末、慈英は不運なことに、無銭飲食の疑いで通報されてしまったのだ。

(冗談じゃない、なんでこんなことに？)

気晴らしの逃避行のつもりが、とんだハプニングだと慈英は頭を抱えるしかない。

だが、食い逃げと決めつけられた程度のことなど、このあとに起きたとんでもない事態に比べればまったくマシであることなど、このときの彼はまるで知らなかったのだ。

＊　＊　＊

その若い刑事は、はじめて顔をあわせるなり、けんか腰に肩を怒らせてぎりぎりと慈英を睨《ね》めつけてきた。

「小山《こやま》巡査部長、お疲れさまです！」

「こいつかよ」

「はっ、現場付近に落ちていた財布は自分のものであると認めましたっ」

小さな交番で所在なく肩を竦《すく》めた大柄な髭面の男――慈英を、彼はいかにもうさんくさそうに眺め、緊張することしきりの警官になにごとかを耳打ちした。

隣に緊張の面もちでたたずむ、立ち番の警官に顎をしゃくるさまは、なかなか堂に入ったものがあり、眇《すが》めた視線だけは鋭いが、威圧感よりも驚愕がさきに立ってしまう。

「ちょっと署までご同行願えますか」

慇懃な声と同時にテレビドラマなどでおなじみの黒手帳を開いた彼が、細い顎をしゃくっている。立てと促しているのは理解できたのだがそれどころではなく、慈英は身じろぎもせず無言のままじっと、その顔を見つめてしまった。

「おい？　聞こえてるか？」

「はあ……」

いまだ状況が呑みこめていないのも事実ではあったが、それどころではない、というのが本音だった。目の前の彼に怪訝《けげん》そうに眉をひそめ、目を覗きこまれた瞬間、慈英の頭からはなにもかもが吹っ飛んでいた。

状況も忘れ、慈英はきゃしゃな刑事の姿にぼんやりと見惚《みと》れたのち、口を開いた。

「本当に、刑事さんですか？」

「ああ!?」

失言だとすぐに知れたのは、皮膚の薄そうななめらかな額に青筋が立ったからだ。荒っぽい職業に似合わない容貌の持ち主は、どうやらそれがコンプレックスでもあったらしい。

「おまえ、これさっき見せただろうが、俺はっ！」

怒鳴って、再び黒い手帳を慈英の眼前に突きつけてくる。そこにはいま目の前にいる彼の、いささか硬い表情の顔写真と氏名、身分証明のデータなどが記載されていた。

(小山、臣《おみ》——臣さん、か)

怜悧《れいり》な青年刑事に似合いの名前を、なぜか慈英は胸の裡で幾度も反芻《はんすう》する。警察に引き渡され、刑事まで出てきているこの状況で、そんな場合ではないと思うのだが目が離せない。

とにかく、この若い刑事の顔立ちは、それはもうおそろしく整っているのだ。

(なんなんだ、この完璧な顔。ちょっと見たことがないくらい、すごい)

それがよけい、事態の現実味を著しく欠く要因のひとつなのだろうか。頭の半分で理性的に考えつつ、慈英はただただ惚《ほう》けたように彼の容姿に見入っていた。

ほっそりとしたシャープな顎までの輪郭は上品なラインを描き、日本画の大家が描く美人画のようななめらかさがある。そのバランスのよさも感嘆に値するが、なにしろパーツのひとつひとつまでが細密にうつくしいのだ。

なめらかな額をさらすように撫でつけた淡い栗色の髪は、生え際から同じ色味をしていることから天然のそれだと知れる。やはり同じ色の眉は弓なりにきれいなカーブを描き、きつそうに眇めた目を縁取る睫毛《まつげ》も同様で、西日を受けたそれが赤みがかった金色に輝いていた。

これを色彩で再現するにはいったいどんな手法を使えばいいだろうかと一瞬考える。

(いや、油彩じゃ表現しきれないか。かといって映像にするにも、この肌じゃハレーションを起こすだろうし)

全体の色素の薄さは肌の色にも及ぶ。成人男子にはあるまじき、見事なまでのピーチスキン。甘いクリーム色の頬には高揚のためかうっすらと血の色が透け、どこまでもうつくしすぎるその姿は、なにかに似ている、と慈英は思う。

(しかし、大きな目だな。なのに妙な違和感はない。配置のバランスがいいのか)

日本画の美人画、というにはラインが力強い。しかし、この隙《すき》なく整った顔立ちはどこかで見た覚えが——。

「な、なんだ?」

つらつらと考えこみつつ臣の顔を覗きこむと、彼の方がやや気圧《けお》されたように顎を引いた。

その不安そうに揺れた目に、慈英は記憶の中の像が焦点を結んだことを知った。

「……ラファエロ前派」

「はっ⁉」

ぼそりとした呟《つぶや》きに、臣は顔をしかめた。だが慈英は怪訝そうなその表情など取りあわないまま、ひたすらしげしげと彼を眺めてしまう。

プリ＝ラファエロ、ラファエロ前派は、十九世紀にイギリスの若手芸術家たちの間で起きた美術ムーブメントだ。印象派の勢力が洋画の世界では圧倒的であった時代、彼らはその流れに逆行するように、ラファエロ以前の自然美芸術をひとつの理想とした。

（顔が似ている、っていうんじゃない。けど）

いま現在の観点で見れば過分なほど少女趣味的なうつくしさに溢《あふ》れ、特に有名なところではロセッティの『モリスの肖像』や、ミレイの『オフィリア』などがある。かの絵画のモデルとなった、シダルを代表とする女性たちとのスキャンダルにまみれた逸話も併せて有名だが、ファム・ファタルと呼ばれた存在に対して、慈英はどちらかといえば批判的な考えがあった。

うつくしいものを描いてうつくしい絵ができるのはあたりまえだ。細密な描写だけならば写真で充分だと思う。そんな青臭いこだわりもあり、人物画、特に美々しい肖像画めいたものはあまり好むところではなかったのだけれど——それはここまで強烈な、生身の美形というのを、自分が目の当《ま》たりにしたことがなかったせいかもしれないと感じた。

（たしかにここまでのインパクトがあれば、写し取りたいとは思うか）

しみじみと眺めてしまえば、一瞬その強い視線に臆したことを恥じたのか、顔を赤くした臣は不穏な言葉を発する。

「おまえ、なんかキメてんじゃないだろうな」

「えっ？」

青白い炎でも噴きあげるような迫力に押されつつ、怒りに歪《ゆが》めてもなおうつくしい顔から、慈英はやはり目が離せない。

「さっきっからわけわかんねえこと言いやがって。おまえな、状況わかってんのか⁉」

「あ、いいえ。すみません、なんで刑事さんまでいらしてるんでしょうか」

「聞いてねえのかよ」

「はあ。俺は財布を落としただけですし、ここには誤解を解きに来たので、なにがなんだか」

さっぱりわかってないんですが、とこれは真面目に首を傾げる。そのおっとりとした動作にも苛立《いらだ》ったように、とにかく、と臣は語気を荒くした。

「まあ、いい。話は署で聞く。立て！」

「え、……わっ！」

強引に腕を引かれて立ちあがらされ、はずみでよろけた慈英は臣にぶつかる形になった。どころか、まるで抱きこむように壁へとなだれ、バランスを取ろうとその身体の両脇で壁に腕をつけば、胸に簡単に収まってしまうほどの細さに驚いた。

「おっ、おまえな、しゃきっとしろ、しゃきっとっ！」

「あ、ああ。すみませんでした」

焦った声の臣が胸を押し返してくるが、その指もまた細くきゃしゃだ。おまけに見下ろされていたので気づかなかったが、彼は慈英よりもかなり背が低い。

(刑事ってもっと、いかついもんじゃないんだろうか)

ダークグレーのスーツはいささかあまり気味で、あまりに頼りない肩の薄さに、これで本当に凶悪犯などと立ち回りを繰り広げたりできるんだろうかと勝手な心配をしてしまう。

「小山巡査部長、車の手配すみました」

「あ、おう。……もうともかくこっち来い、おまえ、名前は！」

「あ、ええと、はい。秀島です、秀島慈英」

さきほどの警官が戻ってきたとたん硬い表情になった臣の額には、よろけたせいか撫でつけた髪がひとふさこぼれかかっていた。かたくなな表情に、乱れ髪。隠しようのない艶《つや》が滲む横顔から、やはり慈英は視線を離すことができなくなる。

慈英の視線に居心地悪そうに顔を歪めた臣は、どうやら短気であるのだろう。非常にいやそうに顔をしかめたあと、こほん、とわざとらしく空咳をして、感情を滲ませないように努めて低い、声を発した。

「秀島慈英さん。ともあれ、署に任意同行願います」

だがその内容よりも、ふっくらと赤い唇に見惚れていた慈英は「声もいいなあ」などと感心していたもので、一瞬反応が遅れてしまった。

「は？　すみません、任意同行って、なぜですか？」

「は、って。……は？　じゃねえだろ。はーは俺が言いてえよ……っ」

とぼけた返事をした慈英に向けて、血管の切れる音が聞こえそうな勢いで、小さな口をめいっぱい開いて怒鳴りつけた。

「殺人事件の重要参考人なんだてめーはっ、ちっとは自覚せんかーっ！」

「——は……はあ⁉」

思いもよらない言葉に仰天している慈英の腕を引き、覆面パトカーに乗せるまでの臣の動作は淀みなく強かった。慈英がさきほど、細身に見えると侮った自分を悔いてもときは遅い。

そして、乗せられた車の中にものものしく装備された、無線やその他の機器を見つけて、慈英はようやく事態のでかさに呆然となったのだ。


連れていかれた警察署の一角にある取調室は、ドラマや映画で見るものよりも幾分か明るく、清潔な造りだった。

しかし、自分を取り囲むようにした数人の刑事、中でも背後にいる臣から発せられる怒気混じりのオーラに射竦められ、慈英はその眉を頼りなく寄せるほかない。

「もう一度確認する。職業は？　なんでいい若いもんがこんな真っ昼間にふらついてる？ここに来た目的はなんだ？」

「ですから、俺は自由業で、とくに勤めている会社もありません。長野に来たのは気晴らしのための旅行ですし、とくに目的はありません」

ただ偶然あの場所を通りがかっただけで、なんの目的もないことは再三繰り返した。住所氏名、年齢職業、本籍に至るまでをしつこく聞き出され、さすがに疲労感を覚えてくる。

何度も何度も同じ問いを繰り返され、いいかげんにしてほしいとは思いつつも、刑事という職業はずいぶん忍耐強いものだなあと、他人事のように感心してしまう。

「じゃあ、あそこもたまたま、通りがかっただけだって言うわけだな？」

「さっきもそう答えたじゃないですか」

もとより、潔白なのは自分自身がなによりわかっているものだから、慈英の態度は一貫して揺るがなかったが、それが臣にとってはふてぶてしい居直りのようにも思えたのだろう。

「いま訊《き》いてんだろうが、俺は！　いま！」

どん！　と音を立ててテーブルを叩かれ、驚いて目を見開いた。

（血の気の多いひとだなあ。元気がいいっていうかテンション高いっていうか）

ふだんから鷹揚で、声を荒らげるほどの激情にめったに縁のない慈英は、臣のかりかりした態度にいっそ感心するような気分になる。

「臣、落ち着け」

「だって堺《さかい》さんっ、こいつこんなのらくらっとして」

慈英と向かいの位置に腰掛けた、堺と呼ばれた年輩の刑事は苦い声を発し、いきり立つ臣の腰を調書の束で叩いて諫《いさ》める。

「いでっ」

「あくまで、参考にお話を伺ってるんだ。容疑もはっきりしてない相手になに失礼な口きいてんだおまえは！　っとに……どうも申し訳ない」

吐息混じりに薄い頭髪を見せつけるように頭を下げられ、慈英もまた会釈する。

「こいつはどうも口のききかたがなってませんで。すみませんが、ご協力願います」

「ああ、いいえ。気にしていません。お気遣いなく」

にっこりと微笑《ほほえ》む堺は柔和な丸顔で、見るものの心をなごませるようなあたたかい笑みを浮かべた。しかし、その小さな目の奥に一瞬、こちらを探るような光がほの見えて、食えないひとだなあと慈英は感心する。

「さて。では形式的なものだと思って、もう一度お答え願います。まず、お名前は」

「秀島慈英です」

「年齢と、本籍とご住所をお願いします」

「二十三です。本籍は鎌倉で、いまは東京に住んでいます」

淡々としたやりとりの続く中、臣が舌打ちして口を挟んでくる。

「てめえふざけろよ。そのツラのどこが、俺より四つも下だってんだよっ」

「いや、でも顔が老けてるのはもとからで。高校のときにはよく成人と間違われてですね」

怒鳴られ、そっちこそ四つも年上には見えないのにと驚いていると、歯を剝《む》いてつめよってきた臣の腰を、座したままの堺はまたひっぱたいた。

「いでえ！」

「おまえは黙ってろ！　さっきからそこで雑ぜっ返すから話が終わらんだろうがっ！」

だって、と尻を押さえて臣は口を尖らせた。上司に怒鳴られてしゅんとなる姿がひどく幼く映り、こっそりと慈英は笑いを嚙み殺す。気づいた臣はあの印象的な目で睨みつけてきたが、苦笑で応えると赤くなって顔を逸《そ》らした。

「で、秀島さん。話は戻りますがこちらには観光で？」

本筋から外れがちの会話をどうにか立て直した堺に、問われるまま素直に答えていく。

「ええ、気晴らしにというか……ちょっと、仕事で……企画がつい先日、潰れまして。いきなり暇になってしまったので、旅行でもしようかと」

「なるほど、それは大変でしたね。もともと、いらっしゃる予定だったんですか？」

「いえ、今朝方思いつきで。昨晩まで従兄《いとこ》と一緒でしたので、それは確認していただければ」

「お身内、ですか」

うーん、と唸《うな》った堺はその薄くなった頭を掻き、困りましたねえと言った。

「ああ、たしかこういう場合の家族の証言って、証拠にならないんでしたっけ？」

気づいた慈英がそう告げると、「よくご存じですね」と堺は苦笑いのような表情になる。

小説の受け売りですが、と笑み返しつつ、内心では慈英もさすがに不安になってくる。

「まあ一応、そちらさんのご連絡先をいただけますかねえ。確認しますので」

「あ、はい、じゃあなにか書くものを」

渡されたメモ用紙に従兄の連絡先を書きつけると、堺はべつの刑事にそれを手渡した。

まるで世間話のようなペースで続けられた尋問ではあるが、堺は臣ほど顔に出ないだけに、どれくらいの容疑をもたれているのか却ってわかりづらいのだ。

（といっても本当に、殺されたのは顔も知らない相手だしなあ）

たまたま慈英が通りがかったあの住宅街の一角で、殺人事件がおきた。

被害者の身よりはなく、発見者は通いの家政婦。そして現場付近に、慈英のなくした財布が落ちていた。取り調べの間に知ったことはそれだけで、あとはなにもわからない。

「あの、いまさらの話ですが、ぼくは本当に容疑者なんですか？」

困り果てて思わず堺に問えば、そちらも気乗りしない声で慈英の免許証を眺めている。

「物証のある不審人物はいまのところ、あなただけなんですよねえ。まあ、いろいろ関係者に事情聴取もおこなってるんで、もう少しおつきあいくださいませんか」

お気の毒、と笑う堺の表情が本心なのかどうかわからないが、とりあえず慈英に拒否権はない。室内には妙な沈黙が流れ、しかし、ややあって響いたノックの音に堺は顔をあげた。

「失礼します。堺係長、ちょっと」

「んあ？　ああ、ちょっとすみませんね秀島さん。失礼しますよ」

取調室に入ってきた別の刑事が、堺へとなにごとか耳打ちをし、彼は慈英に向き直る。

「すみません、ご確認したいんですが秀島さんの足の――靴のサイズはいくつで？」

「靴ですか？　ええと二十八から二十九ですね」

念のため靴裏のナンバーを見せたとたん「ああ、やはり」と微笑んで堺は大きく頷《うなず》いた。

「秀島さん、どうも失礼しました。とりあえず、釈放です」

「え？　帰ってもよろしいんですか？」

「ええ、今日のところはお引き取りください。明日あらためていろいろご説明はいたしますが、まあ問題ないでしょう。若いのがいろいろ、失礼しました」

「まあ、そうおっしゃるなら」

その声は晴れやかで、堺自身は当初から秀島に対する嫌疑が薄かったことを知る。苦笑して立ちあがると、やはり緊張していたのか背中にひどい凝りを覚えていた。

（なんだかわからないが、疑いは晴れたのかな）

だが、頬に突き刺さるような視線を感じて、慈英は足を止める。気配のしたほうを見やれば、臣がじっと睨めつけていた。

「おい、小山。おまえからも詫びいれろ」

「……まだコイツがマル被じゃないなんて、決まってないじゃないですか」

たしなめた堺の声も聞かず、低く唸るような声で臣は嚙みついてくる。さしもの堺も穏和な顔を捨て、いいかげんにしろと声を荒らげた。

「おまえな、失礼にもほどがあるだろう！　たったいま鑑識から報告が来たんだよ。現場の庭から、木材の粉が入った土と、血の混じった足形が発見されたんだっ」

ああそれで足のサイズを問われたのか、と慈英は他人事のように思う。しかし、堺の呆れ顔に声をつまらせた臣は、なおも言い返した。

「で、でもそれがこいつのじゃないって、なんで言い切れるんすかっ！」

「いまの話を聞いてなかったかっ。秀島さんは足のサイズから違ってんだ、ばかたれが！」

「複数犯かもしれないじゃないっすかっ。それだけじゃまだ完全には――」

ふてくされたように言いつのる臣の目の前、すくっと立ちあがった堺は、その小柄で中肉な身体に似合わぬ迫力で、じろりと聞き分けのない部下を睨めつけた。

「現場通りかかったってだけの秀島さん、しょっぴいたのはおまえの勇み足じゃないのか？」

静かな声音ながら、反論を許さない言葉に臣はぐっと押し黙り、薄い肩を落とす。

なんだかそのさまがひどく哀れに思えて、慈英はつい宥《なだ》めるような声を出してしまった。

「いやあの、疑われるような行動を取った俺も悪いですし」

「は……？」

その声に、まっさきに目を剝いたのは臣だった。大きな目に「なんだこいつは」というような色が浮かんでいて、慈英は自分でも失笑を浮かべた。

そもそもは堺の言うとおり、臣の勇み足でこんな話に巻きこまれたのだ。本来なら怒ってしかるべきだったし、慈英が彼をフォローする必要などなにもない。

だが慈英は基本的にもめごとが嫌いで、譲ってすむならばそれでいいという性格だ。裏を返せば、なににつけ興味も執着もないわけで、これはこれで問題であろうとは思う。

「秀島さん、そのフォローはちょっと」

案の定、さすがの堺もやや呆れたような苦笑を漏らしたが、すみませんとまた言いかけた慈英の言葉を遮ったのは、臣だった。

「そうだよっ、だいたいそんなうさんくさい髭面であんなとこ歩いてるほうが悪いんだろっ⁉」

子どものような理屈を、拗《す》ねきった顔で堂々と告げられて、慈英は思わず目を瞠《みは》る。

「ふ、はは、はははは！　あ、あなたすごい理屈ですね！」

「て……ってめ、なに笑ってんだよ!!」

耐えきれず吹き出してしまえば、臣は案の定顔を真っ赤にして怒鳴りつけ――額に青筋を立てた堺に、三度目の鉄拳を食らう羽目になったのだった。

＊　＊　＊

その日の夜、釈放された慈英はどうにか無事にホテルにチェックインができた。正直、旅行の初日に拘置所泊まりというのはぞっとしない話なので、しみじみよかったと思う。

「あ、そうだ、ニュース」

シャワーを浴びてひと心地をつけたあと、ふと思い立ってテレビをつけると、例の事件が報道されていた。

『九時のニュースです。長野市南千歳町で、男性ひとりが殺害される事件がありました――』

地方局のアナウンサーが淡々と読みあげた内容によると、殺害された男は三鷹《みたか》敬助《けいすけ》、六十五歳。この街の有力者として知られているらしい。

部屋には揉みあった形跡があり、堅牢な金庫はなにか鋭利なものでこじ開けようとして失敗に終わっている。凶器は室内にあったクリスタル製の灰皿。指紋は残されていなかった。

『おそらくは強盗殺人事件として、警察では調べをおこない、現場付近に残された靴あとなどから、犯人の特定を急いでいます。さて、次のニュースは――』

「こんなことになってたのか」

いまさらながら、とんでもないことに巻きこまれそうになったものだ。さすがに血の気が引いて、リモコンを片手に慈英が固まっていると、ホテルの電話が外線着信を告げた。

『よ。おまえ、よりによってとんでもねえ旅行になったな』

「照映《しょうえい》さん!? どうしたんですか? なんでここがわかったんです」

電話は従兄である秀島照映からのものだった。飛びこみで決めたホテルの電話番号がよくわかったな――と驚いていると、呆れたような声がする。

『そりゃあとで話す。なんかさっき警察が電話かけてきてな。大変だったらしいな』

「ああ、やっぱりそっちにまで連絡いったんですか。それは、ご迷惑おかけしました」

そういえば一応の確認をすると言って、照映の連絡先を訊かれたことを思い出した。

『そりゃかまわないけど。なんだ、ヒトゴロシの疑いかけられたんだって？』

「あーまあ、そのようです」

心配をかけたことを詫びる慈英に、剛胆な年上の男はげらげらと笑った。

『そのようですって、暢気《のんき》だなあ、おまえも。ま、絵描きなんざやってるくらいだ。根本的にどっかおかしいのもあたりまえか』

「おかしいってちょっと……ひどいなあ、照映さん」

『はは。おまえ一見、常識人に見えるから、周りはだまされてっけどな』

勘弁してくれと慈英がぐったりした声を出すと、からから笑った照映は話を戻す。

『まあおいといて。例の件は物取りの犯行らしいが、うちのアレはぼさっとしてるんで、盗まれて刺されることはあっても、逆はねえだろうつっといたぞ』

完全に事態を面白がっているような照映に、さすがの慈英も眉をひそめる。

「ひどいな、洒落《しゃれ》になってませんよ。勘弁してください、疲れたんですから」

『――のわりにゃあ、声が明るいぞ？』

吐息混じりのそれに、従兄はにやにやと笑う様さえ見えるような口調で指摘してくる。自覚はあっただけに、慈英もまた苦笑した。

「ショッキングでしたからねえ、なんだか鬱になってる場合じゃなくなりました」

『よかったじゃねえかよ』

よくありませんよ、と笑って返しつつ、ふと慈英は気がかりを覚えた。

「待ってください、照映さん。いま、『さっき』電話があったと言いましたよね」

取り調べの際に確認を取ったならば、こんな時間になるのはおかしい。首を傾げると、気をつけろと従兄はなおも面白そうに告げる。

『ああ。最初に電話よこしたのと別だったぜ。ありゃあきらめてねえ感じだなあ。えらい根ほり葉ほり訊いてきて』

「……その刑事さん、名前は名乗りました？」

『小山っつってたな』

やっぱり、と慈英は肩を落とした。どうも意地になっていた彼の態度が気になっていたものの、臣の中ではいまだ容疑は晴れていないということだろうか。

「まさか、このまま逮捕されたりしないでしょうねえ」

さすがに慈英はぐったりと声を萎《しお》れさせる。取り調べの際に取りあげられたスケッチブックはまだ警察に預けたままだったから、明日も取りに行くことになっているのではあるが。

『俺の知ったことか。まあ、裁判になったら冤罪《えんざい》の証言してやるよ』

「照映さん、笑えませんよ」

からからと、ブラックジョークにもほどがある発言をするのは慈英を信用している証拠でもあるが、今日の今日ではさすがに受け流せない。憮然《ぶぜん》とした声を発すると『そう怒るな』と照映は言った。

『いいじゃんかよ。小山ってやつのおかげで、おまえの居場所に見当がついたんだからさ』

直接の連絡先はさすがに聞けなかったけれど、この街にいるとだけわかればあとは慈英の行きそうなあたりを想定して、このホテルへかけたら一発だったと言う。

『っとに、だから俺は再三携帯買えっつってんだろ。こういうとき不便でしょうがねえよ』

「ああ、すみません。お手数かけました」

携帯を所持せず、思いつきでふらふらと旅をするのが好きな慈英へ連絡をつけるのは至難の業だと言われていた。だが、この従兄にだけはなぜか、どこにいても突き止められた。

もとより勘がいいのだ。おまけに慈英の行動パターンなど読み尽くされている。

「でもどうせ、照映さんにはばれるんだからいいじゃないですか」

『おかげでおまえの連絡窓口扱いだよ、俺は。ったく、目上を使いだてすんな』

笑いながら慈英が言うと、ふざけんなと舌打ちした彼は、ふっと声音をやわらげる。

『まあ、気が晴れるまでぶらぶらしとけ。おまえはけっこう世界狭いとこで生きてきちまってるわりに、変に落ち着きすぎなんだよ』

「かも、しれないですね」

けっして言葉にしない照映がなにを言いたいのか、痛いほどにわかる。だが素直に頷くにはまだほど遠く、慈英はため息をついて「いろいろすみませんでした」と言った。

「お忙しいところ、ご迷惑おかけしました」

『おまえのそういうとこが気にくわねえけど。……まあ、しばらくは頭からっぽにして、好きに過ごせや』

穏和に響く慈英の声に拒絶を読みとり、従兄はつまらなそうに鼻を鳴らす。

『いっそあの刑事みたいに、無茶なくらいでいいんじゃねえの？』

「って、小山さんのことですか。あのひと、いったいなに言ったんですか」

皮肉ったあとになにを思い出したのか、照映はくっとひとの悪い笑い方をする。問いただしても答えてはくれず、照映は謎めいた言葉だけを告げた。

『まあ、このさき話す機会あったら喋《しゃべ》ってみ？　あいつ面白えぞ。いい刺激になんだろ』

「はあ、まあ、そんな機会があれば」

慈英は気のない声で相槌を打ち、もうしばらくはこちらにいる旨を伝えて、事態を面白がるばかりの従兄との会話をようやく切りあげた。

「……疲れた」

口に出すと急に身体が重くなり、慈英の長身にはいささか狭いベッドに転がった。どっと身体が沈みこむような感覚が襲ってくる。考えてみると、早朝から長距離を移動した上にさまよい歩き、昼食を取る以外はほとんど休めないまま夜になってしまったのだ。

(頭を、からっぽに、か)

これ以上ないほど、いまの自分はからっぽだというのに。照映の気遣う台詞《せりふ》を皮肉に受けとること自体が、ずいぶんとすさんでいる証拠だ。

「でも、もうなにもない……」

鬱屈した声で呟き、長い腕で目元を覆う。乾いた嘲笑を唇に浮かべた慈英は、忙《せわ》しなさに紛れていた憤りと絶望感に沈んでいく自分を、抑えきれなかった。

＊　＊　＊

慈英が現代絵画の新鋭として、その才能を見いだされたのは、わずか十三歳のときだった。幼いころから慕っていた照映が美大を志しており、その影響でなんとなく絵筆を執ってみたというはじまりだが、処女作を見た照映はそのまま油彩をすっぱりとやめた。

――おまえ、これちょっとひとに見せていいか。

なんとも複雑な顔で告げた剛胆な従兄は、おのれのプライドよりも隠れた才能に光を当てることを選び、自分の師事するとある画家に、慈英の絵を見せた。

ろくな経験もないままに描いたそれは、たちまち周囲の認めるところとなり、画壇にその存在を認識されはじめたのは、十五歳のころだった。

そして慈英は十七歳にして画廊と契約し、この十年近くで名のある賞に入賞した作品も多数という、異例の早熟な作家として脚光を浴びた。具象よりも抽象のほうを得意とする慈英の絵は、各方面から過分なまでの賛辞を贈られ、勧められるままに上野の大学へ進路を定めれば主席で合格と、あらゆる点においてトップ中のトップであり続けた。

だが慈英自身は、己の画壇においての地位などまったく興味はなかったし、どんなものであれ認められれば素直に嬉しかった。技法にもこだわらず、そのときどきに生まれたインスピレーションのままに画布にイメージを塗りこめることができれば、それで幸せだった。

そんな、油絵を専攻する人間にはめずらしく自己主張の激しくない性格は、そのまま絵にも表れたのか。ここ数年テーマにしているのは海や大気という大いなるもので、癒《いや》しを求める若い女性に好まれそうな繊細な筆致と、どこまでもうつくしい青みの効いた画風は、一部の批評家だけではなく、展覧会などにおいては一般に受けも良かった。

作品として仕上げるのは主に抽象の油彩が多かったけれど、慈英自身は手法やカテゴリーにはこだわらなかった。それは作品発表についてもおなじで、知人に請われるまま、広告ポスターの原画を制作したこともある。都市銀行のキャンペーン用に使用されたそれはあまりに好評のため、後日、限定の複製画として発売されたほどだ。

あたら才能を持ちながら安いことをするなと、先達に批判されたこともある。けれど慈英はかまわなかった。ただ描きたいものを描きたいように形にしてきただけだ。

人物だけはどうしても描くのが苦手であったけれど、不得手というわけではない。目の前に生きて動く『ひと』、そのなまなましさを受けとめるのが自分には難しいと思ったし、逆に肖像画や耽美的な絵画にも興味はなかった。

ひねくれた話だが、人間を美化し、記号化する表現ならば、油彩よりデフォルメの利いたイラストレーションやコミックのほうがよほど適切な力がある、と思った部分もあるし、少なくとも自分が筆を執るほどのモチベーションを刺激されることはなかった。

画家として大成したいとは、じつは慈英は思ったことがない。ただ、自分はそうするべきなのだと——そうとしか在《あ》れないと、絵を描き続けてきた。

イメージが浮かべば、手近にあるボールペンでもなんでもとにかくつかんで、頭の中にあるものを紙に画布に叩きつけた。絵を描くこと、それは慈英にとって呼吸をするように、ごく自然なことだった。

そうして大学卒業を目前にし、院に進むか、このまま画家として生業《なりわい》を立てるかといった瀬戸際で、迷うことなく進めばいいと背を押してくれたのは画廊の主人である御崎《みさき》だった。

慈英がまだ十代のころから契約を結び、伸びやかに創作ができるようにと便宜を図ってくれていた老齢の彼を、慈英は信頼していた。

その御崎に、個展を開こうと言われたのは大学を出る少し前のことだったか。

——大丈夫だ、秀島くんなら。

若く世慣れない彼の代わりに、面倒ごとはすべて引き受けるからと強く推してくれた彼と、小さくはあるけれども充実したそれを成功させるべく慈英は努力した。

——きみ自身の実績や、いままでとってきた賞など、評価についての部分はもう、いまさらわたしがバックアップするまでもない話だ。だからむしろこれは、大がかりなプレゼンテーションだと思ってほしい。

学生らが資金持ち出しでやる、グループ展とはわけが違う。プレスを集め、スポンサーを獲得するためにもおこなう『お披露目』の、本格的な個展だと御崎は熱く語り、慈英もまたその熱意に心打たれる形で、その企画に乗ることを承諾した。

企画をつめるうち、展示の目玉となる大きな作品とは別に、買い手のつきやすい号の小さなものも必要だろうと御崎が言うので、合計二十点の描き下ろしを決めた。

——安い展開をするなと言われるかもしれない。けれどわたしは、一部好事家《こうずか》のためだけの作品の枠に、きみの絵を押しこめたくないんだ。いまの画壇で粛々としていては、結局は年功序列で外の世界に評価されることは遅くなる。秀島慈英を、早熟の天才ではなく、『本物の』天才と呼ばれる画家にしたいんだ。

あたら才能を時間に埋もれさせるのは本意ではない。そのためには多少強引であれ、パトロン的役割を担ってくれる企業や、マスコミの力も使って押し出したい。きっかけさえあればあとはどうとでもなるという御崎の言葉に、慈英も納得した。

実際、依頼があってからそれを描くという作業ははじめてのことだった。戸惑いもあったが、まずはもっと広いターゲットに認知をさせたい。そのためには必要なことだと言われて、信頼する御崎の熱意に応《こた》えようと、慈英なりに努力し、無理を押した部分もあった。

しかし、画家を生業とするための第一歩となる個展に、精根を尽くして燃えた慈英の熱意は、あっけなく潰《つい》えた。

企画なかばにして、慈英のために奔走していた御崎が、病に倒れたのである。病状は重いものではなかったが、長年の過労からくる内臓疾患は、七十に手が届かんとする彼には命取りになりかねず、絶対安静を言い渡された。

それでそのまま企画自体が頓挫《とんざ》したのならば、まだしもよかったのかもしれない。事実、慈英自身はその時点で、なかばあきらめかけていた。

――すまない、秀島くん。すまない。

――まだ、早かったんですよ。それだけのことです。

病床にあった彼が、悔し涙に暮れながら詫びる姿に胸が痛んだ。けれども、いまならば引き返せる、いずれ時がくれば――と宥めた慈英に、御崎はあきらめきれないと言った。

――わたしのあとを引き継いでくれる人間を頼んだから、秀島くん、頼むから。

老齢の彼に手をあわせて請われて、断れず。

しかし慈英は、どこかしらそのことに、不安を感じていた。十代の半ばから世話になってきた御崎はともかく、ひとづきあいの苦手な自分が果たして、顔をあわせたこともない人物と企画を進めて大丈夫だろうか。

ある程度の説明はされていたものの、外に向けてのコンセンサスやネゴシエイトについてはすべて御崎に任せきりで、慈英はただ言われるままに作品を制作していただけなのだ。

そうして不安は拭《ぬぐ》えないまま、慈英は御崎の代理となる、鹿間《しかま》という人物と引きあわされた。

その顔あわせの瞬間から、慈英は嫌な予感を覚えていた。

——はじめまして、鹿間です。

鹿間本人は画廊経営者ではなく、現在は大手広告代理店で部長職についているが、そのかたわらで、一般紙や業界紙などで美術評論などのコラムも手がけている知識人だということだった。

——鹿間さんはやり手でもいらっしゃるし、秀島くんの作品についても高く評価してくれている。今回についても、わたしの状況を聞いて是非にと名乗り出てくださったんだ。

御崎はそう告げたけれども、慈英は鹿間の、いかにも業界人的なくせのある風貌や、見識をひけらかす口調に、じんわりとした反感を覚えていた。

山師そのものといった気配が強い、あの男の声を思い出すだけで、いまでも慈英の若い頬は嫌悪にひきつる。そうして青臭い自分がいるから、いいように踊らされたのだろう。

打ち合わせがはじまり、いざ、すべての資料を渡し、制作途中の作品やラフを鹿間に見せてみると、彼はため息混じりにこう言ったのだ。

——ああ……うん、やりたいことはわかるけどね。だめだめ、こんなのじゃあ。

そうしてひとくさり、現代美術におけるアカデミズム批判とやらをぶちあげたあとに、いかにも広告代理店らしい『タイアップ企画』とやらを持ち出してきたのだ。

御崎の前では崩すことのなかった丁寧語も、慈英とふたりになったとたんぞんざいで高圧的なものになった。その極端な変化も癇《かん》に障ったし、なによりこちらを見下しきっている態度を隠そうともしていなかった。

——まずね、売れないよこんな絵じゃ。こんな意味不明な絵の具塗ったくった絵じゃなくてさあ、もっとこう、ないの？　一般受けするようなさ。

（なんなんだこれは。なにが起きてるんだ）

まだ二十代の慈英には、鹿間の聞かせるなまなましい金銭の話や虚飾にまみれた『大人のつきあい』のルールは、受け入れがたいほどの醜悪さに思えてならなかった。

あまりの認識の違いに、慈英は言葉を失った。そして、こんなとんでもない男を紹介してくれた御崎を少しだけ恨み、だが彼の咎《とが》ではないだろうとどうにか思い直そうとした。

だが一向にその話しあいはすりあわせに至らず、どこまでも商業主義を押し通す鹿間と慈英の関係は、次第に最悪になっていった。

御崎は決して、慈英の作風やその世界観について口を出すことはなかった。彼自身が芸術や美術というものの信奉者であり、若い才能を育てるために労を惜しまない部分があった。

慈英の絵が彼の画廊で売れたのも、やはり商売を抜きにした部分での後押しがあったからこそで、ならばせめてもの利潤をもたらせるよう、売りやすいサイズの小さなものを制作するという程度の希望を慈英も受け入れた。

しかし、鹿間は真っ向から違った。彼にとっての美術品や絵画というものは、いかにして値を釣り上げ、高い価格で転がすことができるか。そしてテレビやマスコミ、各種企業に対して利用価値があるかといった基準でしか、判断のできないものだった。

もとより、慈英のようなまだ名の通らない画家の個展で、儲けが出ようはずもない。根本のところで嚙みあっていない鹿間とは、ことあるごとにぶつかった。

──前にほら、ポスター描いたのあるでしょう。ああいうのがいいと思うんだよね。もっとポップにさ。そうじゃなきゃ、こう、ノスタルジックな風景画とか、それとももっと強烈さのある、ヌードなんかもいいと思うんだよね。

目立つこと、安っぽいインパクトのあることを最優先した提案に、慈英がさすがに険悪な顔で「ぼくの絵はそういうものではありませんので」と返せば、鹿間は鼻で笑った。

──なに気取ってんだよ。こんな、プライドばっかり塗りつけたみたいな高尚ぶったお絵描き、マスターベーションと同じだ。こんなのだったら上野公園で似顔絵描いてるやつのがマシだぜ?

あげくには、売り絵を描けというのかと慈英は絶句した。

おのが魂をこめた創作の結果として名が通り、請われてひとに譲る形ではなく、はじめからどこかの成金の家を飾るために、太鼓持ち的な精神で描かれた風景画や人物画のことを、多分に蔑《さげす》みの混じった呼称として「売り絵」という。

近年ではその存在と、プライドばかり高く実の伴わない近代画壇への揶揄《やゆ》を含んだパステイーシュとして、敢えて「売り絵風」の絵画を描く女流作家もいるほどだ。

――気取ったところで、きみも絵は売りたいんでしょ？　同じじゃないのよ。

そんなことができるかと、慈英はもどかしく言葉を綴った。御崎が慈英の売り込みのために、いくつかの販売用作品を作れと言ったことと、鹿間がいま提案していることには、けっして相容れない、大きな隔たりがあった。

――ぼくはそんなことのために絵を描いてるんじゃない。これしかできないし、これを好きで、だから。

だが慈英はそれを説明しきれなかった。心の問題なのだと、精神的な意味あいがまるで違うのだと懸命に言葉を尽くしたが、鹿間は「やれやれ」という顔をした。

――だからさあ、これしかできねえなら、売り物になるようにしろよ。それがプロだろ。だいたいきみも、油彩なんかやってたって意味がないって、知ってるんでしょ？　売れないものに価値なんかないわけだし、有名になりたいからこんな、自己主張ばっかり繰り返してるんでしょ。

あらゆる意味で、絵画を志す人間への最大級の侮蔑を投げられ、青くなるほかになかった慈英は確かに、世間を知らなかったのだろう。芸術というものを、鹿間が腹の底から蔑んでいるのも同時に知れて、どうしていいのかわからない絶望感に目の前が暗くなった。

なにより、「そんなもの」と軽んじられたおのれの作品について、真っ先に思ったのはあの、誰より最初に慈英をみとめてくれた従兄のことだった。

（そんなものじゃない。そういうことじゃない。なにもかもが違う。金のためなら、名誉のためだけなら、どうして自分はこんなに不器用で、そして照映さんは絵筆を捨てたんだ）

なにか、うつくしく高潔な、信じるべきものが絵画には、芸術にはあるはずだ。だからこそ、絵というものには、ひとりの人間の人生を曲げるほどの力がある。

そうでなければ救われないし、それを否定したら慈英にはなにもなくなってしまう。照映から譲り受けたもの、自分が信じたものがすべて壊れる。

だから、鹿間の言うことはなにひとつ聞かないまま、御崎と決めたとおりの絵を描きあげた。企画の打ちあわせと称して何日も時間をとられたため、個展の日程にそのすべての制作を間にあわせるのはかなりきついスケジュールで、何日も飲まず食わず、寝ないで描いた。

だがそのすべてを前にした鹿間は、ばかじゃないのかと慈英を叱責したあげく、言った。

――まあとにかく、『上』に話はつないでおいてやるよ。俺が言えば、こんなしょうもない個展でもどうにかなるだろ。

言葉の意味を理解したくはなかった。だが数ヶ月にわたる彼とのやりとりで、画壇の上層部か、業界人かは知らないが、それを相手に、付け届けという名の金銭を渡し、『ご挨拶』

をしろと言っているのだとわかった。

提示された金額は数百万にものぼった。それはたしかに個展成功後、すべての絵が売れればペイできる程度のものではあったけれど、慈英には許し難い汚辱でしかなかった。

――お断りします。そうした、器用な真似はぼくにはできません。

ふざけるな、と声には出せぬまま席を立ち、その場は終わった。

それきり鹿間からの連絡は途絶えた。やるせない胸の裡を抱えた慈英が、せめて相談なりと考えて芸大時代の恩師を訪ねると、そこにはただ苦い顔ばかりがあった。

――面倒な相手を怒らせたな、秀島。鹿間は顔が広い。潰されるぞ。

芸術だと気取ったところで、多くのソロリティが醜い癒着となれあいで成り立つように、画壇とは結局、学閥と人脈だ。そうして結局、のし上がるためには多くの根回しと、それなりの「心づけ」が必須であるのだと、暗い声で語った恩師のそれに、慈英はただ沈黙する以外、なにもできなかった。

その年のある作品展で、入賞確定だと言われていた慈英の作品が、なぜか選外に落ちた。鹿間の妨害であることはあきらかで、呆然とする慈英になす術《すべ》はなかった。

かくして、慈英の個展は頓挫した。

御崎には、ことの経緯を細かく告げるつもりはなかった。だが、せめて力不足であったことを詫びようと訪れた病室の前で、彼の家人に面会さえも止められた。

――あなたの顔を見ると、気が急いて大人しくしてくれないんです。

どうかわかってくださいと頭を下げられ、見舞いの品だけを渡して去ること以外、慈英にはなにもできなかった。

御崎の画廊もしばらくは休業となった。そして残ったのは発表するあてすらない作品と、なにもかもに嫌気が差した無職の青年がひとり。中途の段階で終わったために、借金が残らなかったのは幸いだったと思う。

しかしこの一件で慈英は完全に、創作というものに対して自分がどういう位置にいればいいのかを見失ってしまった。皮肉なことに、いままでに売れた――御崎が売ってくれた絵の貯蓄で、しばらくは食べるにも困らないし、特段差し迫った困窮はないから、よけいに無気力さはいやました。

一部には、ことの経緯を大まかに知るものもいた。同情的な業界人のひとりに、鹿間という男がいわゆる業界ゴロとして悪名高い存在であることを、後日になって教えられた。

――御崎さんはおひとがいいから、あんな男の言うことを鵜《う》呑《の》みにしてしまったんだろう。

こんなことになって、こちらも残念だ。

そう告げてくれたのは学生時代にポスターを描くことになった際、世話になった企業の広告担当者だった。もっと早く相談してくれていれば、助言なりできたのにと惜しまれたが、すべては遅かったし、慈英ももう薄笑いを浮かべる以外、なんの反応もできなかった。

誰の慰めも欲してなどいなかったが、周囲はそんな慈英にあたたかかった。――気持ちが悪いまでに。大学の同期らは、個展をはじめると聞き及んだ際にはいっさい無視していたかのように反応が薄かったくせに、潰えたと聞くなり「大変だったな」と親切ごかしの連絡を入れてきた。だがそこに、ある共通の感情がうっすらと透けていることに気づいた瞬間、慈英は反吐《へど》が出そうになった。

――まあいいんじゃないの？　この辺でおまえも身の程を知ればさ。俺らと、しょせんは大差はないんだから。秀島慈英も凡百《ぼんぴゃく》のうちのひとつって悟るにはいい機会だろ。

どれほど言語をきれいに飾っても、全員の語尾には「そらみろ」「ざまをみろ」という感情が隠しきれていなかった。時期尚早だったと叱咤するもの、慰労の言葉をかけるもの、ただただ惜しむもの――と表だっての反応はさまざまだったが、誰も彼もに哀れまれ、そして優越感を持たれているのはあきらかだった。

同情を装った言葉たちを、苛立ちを隠して受け流しつつ、幼いころから抜きんでていた慈英についたはじめての黒星に、皆小躍りしているのがたまらなく苦かった。

そして、それらを被害妄想と思いこむには、向けられるのはあまりに強い悪意だった。

――そうやってさ、ひとりですまして、やってこれたみたいな顔してるけど。いままで運がよかっただけでさ。いつまでも選ばれた人間のつもりでいるんじゃないよ。

かつてグループ展をやった折り、作品が売れたのは慈英のものだけだったことがあった。一点も買い手のつかなかった同期のひとりから、吐き捨てるように嘲笑混じりに言われた瞬間、慈英は自分が周囲からどう見られているかを、はっきりと知ったのだ。

（でも、いったいなにが言いたいんだ？　失敗したことで笑われるならともかく、どうして皆『おまえも俺と同じ』だと決めつけたがるんだ？　そもそも俺の、なにが違うんだ？）

慈英自身は優越感とも選民意識とも関係なく、好きに筆を動かしていただけだ。ただ、そののめり込みぶりこそが『異質』なのだと彼自身はまったく自覚していなかった。

だがこうしてことが起きれば、いわれのない攻撃を受ける自分というものを、いやというほど考えさせられた。ただそこにいるだけで他人を傷つけている自分を知れと、こんな弱ったときだからこそ誰も彼もが口を揃えて告げてくる。

あらためて考えてみると、絵に没頭するあまり信用できる友人のひとりもいない。まして祝うより失敗したところにちくちくと嫌味を言いたがる連中ばかりという、おのれの人徳の貧しさにもいっそ笑えたし――どれほど超然としてみえても、所詮は二十三歳の青年の情緒は、世の中のねたみそねみをまともに受けるにはやわらかすぎたのだろう。

慈英は芸術という巨大なものに立ち向かっていたかった。純粋にありたかった。なにか素晴らしいものに打ちのめされて、惑いもがいていたかっただけだった。それ以外になにも望みなどなかった。なのに、いま慈英を押しつぶすのは矮小《わいしょう》で世知辛《せちがら》くせせこましい、現実という名前の下世話な声ばかりだ。それがつらい。感受性が淀み、うっすらとした泥を身体に少しずつ塗りたくられているような、そんな気分になるのがたまらなく苦しい。

（もう、いやだ。なにもいらない）

だから、もうなにもかもが鬱陶しいと電話線を引き抜いて家に引きこもった。こんなに惨めな自分を知らなかった慈英にとって、人生はじめての挫折はあまりにも苦かった。

逃げるように、強い酒を飲んだ。自堕落な生活が心地よいと思うほどにはすさんで、いっそ落ちるところまで落ちれば鹿間の言うことも理解できるか――と、深酒をするばかりの日々は、我ながら最低なものがあったと思う。

そんな慈英の尻を蹴飛ばすように活を入れたのは、あの年長の従兄だった。

――しばらく、遊んできたらどうだ。ぶらっと。なんもしらねえとこでさ。

突然、予告もなく訪ねてきた照映は、荒んだ部屋を見回して苦く笑った。彼の顔立ちは、慈英のそれによく似ているが、しかし数段野性味が強い。そしてただぐずぐずとうずくまるばかりの慈英の前に現れた照映は、とくになにということも言わず、いきなり酒瓶を差し出してきた。銘柄は、「百年の孤独」。

――安い酒飲んでんじゃねえよ。こういうときこそ景気よくいけ。

昨今の焼酎ブームの中でも名品と呼ばれるそれを、惜しげもなくコップに注《つ》いだ彼の前で、慈英はただうなだれ、詫びた。こんな情けない姿を、誰よりも見せたくなかった相手だった。

頭を下げるしかできない慈英に、四〇度の強いアルコールを水でも飲むように呷《あお》った照映は、なにもかもを許すような声で言った。

——挫折知らずだからな、おまえは。一回くらい転ぶのもいいさ。

告げたその口元には、慈英と同じような髭が浮いている。彼に憧れ、そうして絵画の道においては追い抜いてしまった自分を知ってはいても、やはりその生き様や潔さにはまだ及ばないと、落ち着いた笑みに知らされた。

（このひとにまで気を遣わせて、情けない）

慈英に油絵の手ほどきをした彼は、進路を変更した後、ジュエリーのデザイナー兼職人になっていた。個展の企画があがった時期と同じくして、自分だけの独立工房を持った従兄は、しっかりとその腕で道を摑《つか》み、揺るぎない足取りで未来を見据えているように見えた。

自信にあふれた横顔が羨《うらや》ましく感じる自分を恥じ、会社も忙しいときなのにと恐縮すると、そんなことはどうでもよかろうと豪快に笑った。

——俺はおまえが失敗しようが、なにをしようが、天才だって知ってる。俺が認めたんだ。俺は凡人だが、見る目にだけは自信がある。だからおまえは俺のことを信じていろ。

照映にもおそらく、ひとよりは抜きんでた才能があった。それゆえに慈英を前にした彼は、自身の画家としての力量に見切りをつけたのだ。

彼が油彩をやめ、あえて商業デザインの世界に身を置いたのがなぜなのか、慈英は言われずとも知っている。そして、「俺のことは気にするな」と笑った彼の懐深い呟きに、誇らしさと同時に申し訳なさを感じてもいた。

――『出過ぎる杭は打たれない』って知ってるか？　ベトナムのことわざだ。よその誰が雑音ほざいたってかまいやしねえ。てめえのやりたいことだけやれ。

こんなことを照映に言わせてしまうことがなによりつらいと身を竦めると、彼はくしゃくしゃと、まるで子どもにでもするように慈英の髪をかき混ぜた。

――もっと、そんな声が聞こえないほどの高処《たかみ》に行け。それがおまえにはできる。おまえにしかできねえ。

周囲のうるささにこそ慈英が辟易《へきえき》していることを、誰よりも照映は知ってくれていた。だからこそ、自分の力なさと情けなさに涙が出そうになって、慈英は目元を覆った。

――んだ、泣くか？　男は泣いてもいいんだぞ？　そもそも女々しいって言葉はな、男のためにある言葉なんだからな。

笑いながら言われればよけい泣けずに、やけになって普段は飲まない酒を呷った。

従兄の持ってきた焼酎は、熟成されたラムに似た味わいで舌を痺《しび》れさせ、ウイスキーのような芳香を放っていた。ほのかな甘みを舌で転がすうちに、ようやく胸が楽になった。

久しぶりの酩酊感に溺れながら、ひとつの夢が潰えたことを慈英は静かに認めたのだ。

——まあ、どうでもだめになったら俺の会社で雇ってやるから。楽にしてろ。

ひどい言いざまで慰めた従兄に苦笑を返して、旅支度をしたのは飲み明かした朝だった。

行くさきも定めず、簡単な荷物だけをまとめて東京駅につき、電光掲示板を眺めて一番近い時刻の列車に乗ることにした。

そうして、持ちあわせの財布の中身から距離を割り出したのがこの街だったのだ。


（けっこう恥ずかしいな。俺も）

なにをいっぱしぶって、挫折だとしおれていたのだろうか。つい昨日までのおのれを振り返れば、苦笑いしか浮かんでこない。妙に冷静なのは殺人事件という、およそいままでの自分とはまったく縁のない生臭いそれに巻きこまれたせいもあるのだろう。

いかにも傷心旅行にふさわしい場所を選んだ自分が気恥ずかしくも、やはり静かな光景は胸の苦みを癒す。二十三の若さでなにをと言われるだろうが、慈英は実際、疲れてしまったのだ。それでなにが悪いのかと、いっそ居直るような気分になった。

ふらりふらりと、しばらくはこのホテルを拠点になにもしない生活もいいかもしれない。今日の店にはさすがにもう顔を出せないが、名物である蕎麦の美味《うま》い店でも、ガイドブックに頼らず探そう。なにしろ時間だけは有り余るほどあるのだ。

（いろいろ考えるのは、そのあとにしよう）

吐息して強ばる頬を撫でると、手のひらにざらりと当たる髭の感触が、このときはひどく鬱陶しく感じられた。

そうして、蘇るのは臣の、怜悧でありながらどこか幼いような色のある直情な声音と表情。

――だいたいそんなうさんくさい髭面であんなとこ歩いてるほうが悪いんだろっ⁉

まだ若さの残る細い顎を撫でながら、慈英は考える。照映を真似ての髭ではあったが、たしかにうさんくさいと言われれば、そうかもしれない。

「ふむ」

そうして、おもむろに疲れているはずの身体を起こし、向かったのは、洗面所だった。

安宿にはめずらしく、アメニティグッズなども常備されている。その中に小さなチューブ式のシェービングクリームと、安全剃刀《かみそり》がビニールに包まれて並んでいた。

「気分、変えるか」

ぬるみのあるそれを手のひらに絞り出し、泡立てる。泡まみれになった肉厚の唇が、東京にいる間にはついぞ浮かべることのなかった淡い笑みを形取っていることを、慈英は自覚していなかった。

とんでもない目にあった一日の終わりに、胸に残るのはなぜか、やわらかな疲労感だ。

――おまえ、これさっき見せただろうが、俺はっ！

精一杯怖そうな顔を作って怒鳴った刑事。名前は小山臣。きれいな顔ときれいな名前をして、そのくせやんちゃな少年のようにくるくると表情を変えていた。

(子どもみたいだった。ムキになって、とんでもなくて……なんだろうな、あのひと)

「ふ……くく、くっ……」

腹を立ててしかるべき相手である臣のあの不機嫌そうな、けれど驚くほど端正な顔立ちを、何度も脳裏に浮かべ、慈英は思わず笑み崩れてしまう。おかげで剃刀を扱う手元が狂い、頰を切りかけてしまったのに、やはり笑いは止まらなかった。

ただ、彼の声を思い出すたび、くすぐったさを覚えている自分が、不思議だった。

＊　＊　＊

翌日、慈英は朝早くから警察署に赴き、預けたままだったスケッチブックに、念のため保管されてしまった免許証などを受け取った。

「昨日は本当に、失礼をしました。いろいろご不快でしょうが、勘弁してやってください」

「いえいえ、お仕事でしょうから」

現れた堺はにこにことしながらまたあの頭髪の薄さを見せつけ、腰の低さに却って恐縮する慈英を微笑ましげに眺めたのち、しみじみと言った。

「やあ、しかし別人かと思いましたよ」

「ああ、髭ですか。自分でも久しぶりで、変な感じなんです」

あえて無精なふうに揃えていた髭は、さほど濃いわけでもなかった。だがやはり印象は強いようで、すっかり剃り落とすと自分でも驚くほどにずいぶんと雰囲気が変わった。

まったく髭のない顔というのは高校を卒業して以来だった。ひと息に若返ったような自分が、鏡の中からこちらを見るのは不思議な気分でもあった。

「ところでスケッチブックがまだ真っ白でしたが、秀島さんはなんだか、有名な画家さんだそうですねえ。こちらでも絵をお描きになるために？」

「いや、有名なわけでもないですし、画家というほどのものでも——」

興味深そうに言う堺に一瞬だけ言葉につまり、慈英は言葉を飲みこんで苦笑を浮かべてみせた。ただの習慣で持ち歩いているだけで、いまはなにを描く気力もないなどと、ひとのよさげな刑事に言う必要はどこにもないと、そう思ったからだ。

「……まあ、そうですね。そんなところです」

「そうですか、それは本当に重ね重ね……お仕事の邪魔までしてしまって、申し訳ない」

部下の勇み足を詫び、頭を下げる堺の姿に、慈英もまた恐縮する。堺の雰囲気はどこかしら、いまは病床にある御崎に似ている気がした。むろん彼よりも相当に若いが、落ち着いたやわらかい物腰は、慈英が好ましく思うもののひとつだ。

「頭をあげてください。ところで、犯人は見つかりそうなんですか？」

「ああ……どうもねえ。いまはまだなんとも言えませんが、けっこう行き当たりばったりなやつらしいんですよ」

これ以上頭を下げられては却って居心地が悪い。そう思って話題を変えると、のんびりとしていた堺の顔がさすがに引き締まった。

「なんか靴あとだか、残ってたそうですけど。それなにか、証拠になりそうなんですか？」

「ええ。そちらの靴とは不一致という結果になりましたし、ほかにも詳しくは申しあげられませんが、ちまちまと物証は出てきとりますんでね。もう容疑は晴れたと思ってください」

そうですか、とほっと胸を撫で下ろせば、「しかし」と堺はもう一度頭を下げる。

「ですが、念のためしばらくは東京にお帰りにはならないでいただきたいのですが」

「ああ、いいですよ。しばらくこの辺に泊まってますから」

もっと長く取り調べられる可能性も考えていただけに、慈英はしみじみと安堵の息をついた。どちらにせよ、免許証も住所も確認されてしまっていることだし、戻ったところでなにかしら連絡は入るだろう。

「しかし、強盗殺人ですよね？　なんだか、自分が歩いてたすぐそばで起きたのは怖いな」

問いかけに、答えは戻るかどうかと危ぶんだが、堺は吐息混じりにあっさり頷く。容疑がほぼ晴れたいまとなっては、事件の概要を慈英に対して隠すこともないようだった。

「あー、まあ一応そのセンでいっとりますが、マル害……っと、被害者も敵が多いようで」

ぽつりと堺が漏らしたところによると、三鷹が自ら興した会社の経営を引退し、会長として隠居生活に入ったのは五年前。社長として辣腕《らつわん》を振るっていた折りには、ワンマンで激しい性格により敵も多く、財力はあるが偏屈な人物として知られていたらしい。

「周囲の評判が悪くてですねえ。おかげであちゃこちゃ疑いが出ちまってます」

怨恨の線も捨て切れてはいないらしいのだが、ここ数年まったくひとづきあいを絶った状態であったため、いまひとつはっきりしないのだそうだ。

「目処《めど》さえつけば難しいことじゃあないと思いますが。またこれが、犯人もお粗末で。指紋だけは残ってませんけど、あのほら、足形とかね。わりと取りこぼしが多いらしいんで。金庫破ろうとしたらしいんですが、これが頑丈なやつだったらしくて、財布の中身だけ取って逃げたようです」

恨みを買いまくっていた被害者に、ぼろぼろと証拠を残している犯人。ミステリならばあっさり名探偵が出てきて解決、というところだが、その可能性の多さをひとつひとつ潰していく作業をするのが実際の警察であるらしい。

「ははあ。そういうの全部あたっていくんですね。大変なお仕事だ」

「いやどうも、恐縮です」

堺は頭を掻いて小さな目をしばたたかせた。部外者に少し喋りすぎたのか、困ったようなその気配に、突っこみ過ぎてもなんだろうと慈英は追及をやめた。

「ともかく、頑張ってください。それじゃまた……」

いとまの挨拶を告げつつ、ふとあたりを見回したのは無意識に、誰かの姿を探していたからだろう。気づいた堺が、なにか、と奥二重の目をきょろりとさせる。

「いや、あの……ほら、あの若い刑事さん。いないんですね」

「ああ、小山ですか。あいつはほんとに……失礼な口きいて、詫びろって言ったんですが」

「あ、いえ。それはいいんですけど」

いたら頭下げさせるんですけど、とまた腰を低くする堺に、そんなつもりではありませんと慌てて手を振り、ふたたび慈英は「それでは」と告げる。

「いい絵を描いてくださいね、この辺はきれいな場所がたくさんあるので——あまり、いい印象もないかもしれませんが」

出口まで見送ってくれる堺に、自分の専攻は抽象なのだがと言いかけ、それも別に伝える必要はないかとやんわりと笑んだ。作品としてできあがるのがどんなものであれ、それが堺の素直な気持ちからわき出る期待の言葉であると、たしかに知れたからだ。

「ありがとうございます。では、これで」

さすがにこれで、もう警察署に来ることはないだろう。見送る堺を背にして、とりあえず今日はどうしようかと慈英は歩き出す。

(予定もないし、これも、どうしたもんだか)

真っ白なスケッチブックを片手に、すでに覚えた道のりをたどると、さらりとした風が頬を撫でていく。知らずなめらかになった顔を撫でると、やはり不思議な心地がした。

かすかにではあれ、顎を覆っていた体毛がないだけでもずいぶん感触が違い、それがくすぐったく無防備に感じられるものだ。

(見た目だけでも印象が違うけど、体感までとはな。……ん?)

荷物を抱え直し歩き出せば視線を感じて、ふと慈英は足を止めた。振り返ると、じっとこちらを眺めては困ったような顔をしている臣の姿があって、慈英は考えるよりさきに、一瞬で笑顔になっていた。

「刑事さん。こんにちは。おでかけだったんですか」

「えっ、あー……おう。地取り、いやえっと、聞きこみ捜査で、外、出てた、から」

出会いを考えれば、なにもこんな愛想よくするような相手ではないと思う。だが慈英の顎をまじまじと見たまま気まずそうにしているのがおかしくて、つい笑ってしまった。

軽い足取りで近づけば、臣はこの日はスーツではなく、ジップアップパーカーとジーンズという出で立ちだった。昨日よりもいっそう若く見える軽装に、よけい気やすくなってしまったのかもしれない。

「ああ、なるほど。お疲れさまです。昨日はお世話になりました」

「て、てめ、それ嫌味かよ」

軽く頭を下げると、気後れしていた自分が悔しいように唇を噛んで、ぷいと顔を逸らした。耳のあたりが赤くなっていて、気まずくさせているのは自分だろうかと慈英は気づく。

(なんだか子どもみたいなひとだなあ)

その意地っ張りな態度が妙におかしい。昨日の取り調べのときに「四つ上」と怒鳴っていたから、臣はいまたしか二十七歳になるはずの成人男子であるのに、小作りな顔やなめらかな頬はおよそその年齢に見合う荒れや疲れなど浮かんでいない。

どこまでも透明な白さの頬にうっすらと赤みを乗せて、上目に睨んでくる表情は、かわいらしいと言っても差し支《つか》えないほどなのに——。

(あれ？　なんか変なこと考えたような気が)

いい歳の男にかわいいもなにもあるか。慈英は内心首をひねったが、むっつりと押し黙ったままの臣をこれ以上怒らせる前にと、退散の旨を告げることにした。もう会うこともないだろう彼が、どこか名残惜しく思えた。

「え、と……それじゃ、俺はこれで」

「……なあ、その髭」

なかなか見られないほどの美形の顔を無意識にじっと見つめると、彼はぼそりと言った。

「もしかして俺がうさんくさいとか言ったから、剃ったんか？」

「ああ、いえ、……あはは」

気まずそうなそれに、また慈英は破顔した。自分の暴言のせいで慈英が髭を剃ったのかと、どうやら彼は気にしているらしい。なんだかやはり、かわいらしいと思ってしまうのが止《や》められず笑ってしまうと、それが臣の癇に障ったようだった。

「ってめ、なに笑ってんだよっ？」

「いえいえ。まあ、髭剃ったのは気分転換なんで、気にしないでください」

「だっ、誰が気にするかっつの、ふざけんなっ！」

臣はきっと眦《まなじり》を釣りあげて声を荒らげたが、迫力もなにもあったものではない。動揺はその白磁のような肌を更に紅潮させて、つくづくきれいな顔だと思う。

「言っとくけどなっ、俺はまだ疑ってんだからなっ⁉」

「……はあ」

「はーじゃねえよ、おまえ以外にあの辺で不審な人物なんざ見つかってねえんだ、ぜーったいボロ出させてやるからなっ！」

そうは言われてもやってないものはどうにも、と困った顔になった慈英は、ふとなにかが記憶に引っかかった気がした。

「……あれ？」

不審人物、と言えばあの、道すがらぶつかった青年はたしか、悲鳴のあがった方向――っまり、被害者である三鷹氏の家のほうから走ってきたのではなかったか。

「な、……なんだよ。なんかあんのかよ」

「いや、ちょっと気になることがあって。でも……」

確証はなにもないし、へたなことを言ってまた臣が血の気を多くするとまずいかとためらっているうちに、背後からは堺の、小柄な体軀に似合わない怒号が発せられた。

「臣ーっ！　おまえはまた秀島さんに絡んでっ！　こっちに来いばかもの！」

怒鳴る上司に「げっ」と舌打ちし、一瞬だけ挑むように慈英を睨んだ臣は、しかしなにも言葉を発することのないままその場をあとにした。

（もしかして、いまのこれは証言として重要だったんじゃなかろうか？）

取り残され、逡巡《しゅんじゅん》した慈英だったが、いまさら追いかけていく気にもなれない。なにより身勝手な話だが、これ以上、ややこしい事件に関わりたくないという気分もあるし、情報が多すぎて混乱しているという堺らをこれ以上引っかき回すのも気が引けた。

「堺さんもあのひともお仕事熱心だしまあ、いずれわかる、……かなあ？」

いずれにしろ素人には、なにも判断できはしない。はなはだ頼りない呟きをこぼしつつ、うしろ髪を引かれるような気分にふたをして、慈英はきびすを返してしまった。

＊　　＊　　＊

それから数日は、とくになにごともない退屈な日々がすぎた。おかしなもので、なんの予定もないというのに午前も早いうちに目が覚める。このホテルにはレストランもないから、近所の喫茶店でモーニングを食べ、そのあとにふらふらと歩き回るのが慈英の日課になった。

「お客さん、今日はどこ行くの？　山なんかいい感じに絵になると思うんだけどねえ」

どうにも手放せないスケッチブックを抱えているせいで、風景画を描くものだと勘違いされているようだった。よくある誤解にやんわりと笑むだけで、慈英は特にそれを釈明する言葉を発することはない。

「昨日、大銀杏《おおいちょう》は見に行きましたよ」

「ああ！　あれは立派なもんでしょう、東京にはないでしょう？」

すっかり馴染みになった喫茶店のマスターには、あれこれと観光地のおすすめを聞かされたが、正直いって有名な山や温泉までの道のりを考えるだけで疲れるような気分になった。

きれいな景色が見たいと思ったのも実際ではあったが、東京よりもぐっと鄙びた風情の街は少し歩けば充分に緑を堪能できたし、ふらふらと散歩をして回るだけでも気が紛れる。

（まあ、もともと無目的な旅だ）

時間はゆるやかで、なにも慈英を縛らない。知るひともない街の中で、ぼんやりすごしているのは案外いい気分だった。

この日は朝食を終えると、バスに乗ってみた。後払いのそれは都内のものより遠距離を走る。適当なところで降りてみると、現在では蝶と自然の博物館になっている城があった。

中に入る気にはならなかったが、景観を眺めつつ周辺を歩いていると、平日の昼間では定番の土産物屋もさほど混《こ》みあっておらず、どことなく寂しげな雰囲気だ。

一応は観光シーズンのはずだが、修学旅行生が大挙して訪れるような、全国的に有名な名跡というわけでもないから、微妙なものなのだろう。

そのままふらふらさまよって、民芸品や焼き物を扱っている店を見つける。松本民芸家具を取り扱っているその店は老舗《しにせ》のようで、しっとりとした光沢の重厚な工芸品は、造りの素晴らしさに感心はするものの、慈英にはいまひとつぴんとくるものではなかった。

(照映さんなら好きそうだが)

おそらくこうしたものに目がない従兄あたりならば飛びつくだろうけれど、たかが机に何十万も支払うほど、若い慈英は酔狂にはなれない。塗りのうつくしいイーゼルには少しばかり心が動いたが、すぐに油で汚れてしまうことを考えれば無駄だと、苦笑いして店を出る。

(なんだかふつうの観光客みたいだ)

むかしから慈英は煮つまると、思索に時間を取るためと、目の前にある景観を変えたくて、行きさきも決めず電車に乗った。自宅で考えこんでばかりいると、いま食べたばかりの食事のにおいや、雑然としたものたちの生活臭が作品にこもってしまいそうでいやだった。

なにか、日常に溢れる猥雑さとは違うものを目の前に置いてみたくなり、ふらふらとどこそこ歩き回ったけれど、周りの光景など、見ているようで見ていなかったのかもしれない。

こんなふうに、いかにもな土産物屋など冷やかしたこともない。ひと通りのありそうな場所ばかりを無意識に選んでいることも、いままでの経験にはないと言ってもいいのだ。

しかし考えてみればこのたびのこれは、溢れてまとまらないアイデアを整理するためにうろつきまわった、いままでの旅とは目的自体が違う。頭の中はすっかり空っぽで、ついでに胸の中にも大きな虚《うろ》が空いている。

目先を変えるための旅、その行動パターンさえ自分は見失ったのだろうかと、肉厚の唇は皮肉な笑みの形に歪んだ。

(思っているより重症かもしれないが、まあそれもいいか)

いずれにしろ逃避の旅行だ。好きにすればいいさと内心うそぶいて、慈英は『観光客』を演じる自分を楽しむことにした。

すっかり観光するうちに昼も近づき、さてどこで空腹を満たそうか、と軽く周囲を見渡した瞬間、ふと頬のあたりに視線を感じて、慈英は首を傾げる。

「……？　気のせいか？」

ひどく強い、突き刺すようなそれにどうにも覚えがあるような気がした。思えばここ数日というもの、ときおりちらちらとこんな空気を感じた。だが、こんなひと気のないところで、しつこく視線を向けられれば相手にもすぐ気づくはずだ。観光スポットとはいえ、城跡近くの通りを行くひとなどさほど多くもなく、その数もわかりそうなほどなのだ。

だが振り返ってもそれらしくこちらを凝視している人間などいない。肩を竦め、ともかくどこか店にでも入ろうと歩き出すが、背中に貼りつく気配は消えることがない。

（しつこいな。これはなんだろう。いつものことかと、思ってたけど）

慈英はひどく背が高く、高校を出てから身長など計測していないが、そのころでも百八十五センチを超えている。おまけにふだん、あの髭に適当なバックパッカースタイルなもので、どうも道々目立つらしく、ひとの視線を感じることは多かった。それだけに逆に、衆目を浴びることに無頓着になっていたのだが、どうもこれは質が違う気がする。

冷ややかな、温度のない観察。こちらに対しての感情がまるで見えない、そんな視線。

（いったい、誰だ？　つけてくる目的はなんだ？）

道すがらめぼしい店は見当たらず、とりあえず駅前に戻ることにした。知らず、眉間《みけん》に皺《しわ》を寄せてバス停までの道のりを歩く。バイパスまでは細い路地を抜け、一本道をひたすら歩くしかない。脇目もくれず、さきほど辿《たど》った道のりを長い脚で進んでいけば、ぴったりと視線は背中についてくる。慈英はあえて速度も速めず、まったく気づいていない素振りでちらりと、辻にあるカーブミラーで背後を確認した。

（いる。誰か。若い男か……いや、この距離じゃはっきりしないな）

キャップを深くかぶった人物が、つかず離れずの位置で慈英をつけてきていた。気配を感じたのは気のせいではなかったのだと、曲面に歪んだそれで慈英は確認し、はっとする。

（まさかあのときの？）

ブルゾンに痩身の男。そういえば先日、臣と会話した折りにあのぶつかった男のことを言いそびれたままだった。あのときは、関わりがあるかないのかわからないし、などと呑気なことを考えたが、もしもあの男が殺人犯だとしたら、慈英は唯一の目撃者ということになる。

そして、こんな場所にまであとをつけてきたのだとすると、彼の目的はいったい――。

（まさか、口封じとか）

ぞっとしない想像に総毛立ち、ひと気の少ない場所に来てしまった迂闊《うかつ》な自分を呪っても遅い。自然、足は速くなりはじめる。すると背後の足音も同じリズムで追ってくる。

（やっぱり、気のせいじゃない！）

背筋に冷や汗を感じた瞬間、慈英はたまらずに走り出した。

すると、背後では「あっ」と驚いたような声をあげて追ってくる気配がする。

たとえこの恐怖感が勘違いで、あとには疑心暗鬼だったと笑えるような、奇妙な行動を取ったのだとしてもかまわない。いまの恐怖には代えられない。

（しかし、逃げてどうする？）

脚力には少し自信があった。しかし、どうあっても単調な田舎町の一本道では逃げ切れるわけもない。乗りこむ予定だったバス停前には車の影もなく、そこを通りすぎると延々と続く県道に目眩《めまい》がして、慈英は舌打ちでもしたいような気分になる。

恐慌のせいか息が切れはじめ、動悸《どうき》は異様に激しくなった。このままただ走り続けるのも無理がある。しかも相手は小柄できゃしゃにさえ見えるのに、けっこう体力があるのか、次第に距離をつめてきている気がする。

（こうなったら……っ）

逆に、相手を捕まえるしかない。不意打ちを狙えばどうにかなるかと視界を素早く見渡して、慈英は数メートルさきに小さな路地を発見した。

「あっ！」

予測させない動きでその路地に入りこむと、背後では焦ったような声があがる。壁際に背をもたれさせ、ばくばくと跳ねあがる鼓動をこらえていると、足音がどんどん近づいてきた。

（もう少し、あと三メートル、二メートル、一メートル……）

「この……っ！」

「——わあっ⁉」

角を曲がってきた瞬間、慈英はその長い脚をぬっと突き出した。勢いづいて止まれない相手の足を引っかけ、そのまま腕を取って地面に引き倒すと、細い身体に馬乗りになる。

「いったい、なんのつもりだ！　なんでひとのあとをつけ回す⁉」

「……って、てめ、そりゃこっちの台詞だろっ」

もがく相手を押さえつけ、顔を見せろとキャップをむしり取った慈英は、しかしその瞬間、驚きの声をあげた。

「——え？　なんで」

奪い取ったキャップの下から現れたのは、あの日ぶつかった青年のような赤茶けた髪ではなく、自然な甘い栗色のさらさらの髪だ。そして捕獲した相手はきれいな目をつり上げる。

「えー、じゃねえっつの！　おまえ、いきなりなんなんだっ！」

「あ、すみません。……じゃ、なくてですね。なにやってるんですか、刑事さん」

馬乗りの体勢で見下ろすと、臣はその少女めいた唇を嚙みしめ、赤い顔で喚《わめ》いた。

「と、とにかく早く、どけっ、重いーっ！」

「はあ、まあどきますけど」

真っ赤な顔で、じたばたともがく姿になかば呆れつつ、腕を引いて起こしてやると、乱暴に手を払われる。正体がはっきりしたとは言え、結果的に慈英の不快感は高まった。

「刑事さん。俺はたしか、容疑は晴れたとあの日、堺さんにうかがったんですけれど」

「う……」

疲れた声で慈英がうっそりと呼びかけると、ばつの悪そうな顔で臣は泥をはたき、無言でうつむいた。これはいわゆる、泳がされていた、という状況なのだろうか。じっと見下ろすと気まずげに顔を逸らすあたり、おそらくは臣の単独行動ではないかと推察された。

「あれは嘘だったりした、わけですか」

「……嘘じゃねえよ」

慈英が重苦しいため息と共に肩を落とせば、臣は叱られた子どものように気まずげに口を尖らせ、ぼそりと言い訳がましく言う。犯人扱いして怒鳴り散らされたあげく、今度は尾行までされ、さすがの慈英もなにかひとこと言ってやろうかと思うのだけれども。

（まったく、こんな顔されちゃあ、怒りきれないじゃないか）

臣がきれいな髪をぴしりと撫でつけ、スーツを着て凛《りん》と背筋を伸ばしていると、睫毛の先まで精緻に作られた人形のようなフォルムの完璧さに気圧され、近寄りがたいと思ったものだ。しかしこの日は前髪を下ろし、サイドが長めのそれが顎の近くで不揃いに揺れている。なめらかな額が見えないせいか、年齢不詳の整った顔はいっそ幼いような雰囲気があり、それが慈英にはずるくも思えた。

（こっちのほうがえらい目にあってるのに）

困惑顔で上目にうかがわれると、どうにも臣の理不尽を強気に責められなくなる。妙に甘い自分を発見して、どうしたことかと慈英は思った。

もとから押しはそう強くない性格であるけれど、慈英はじつのところ我が強い。理不尽な出来事に対し、頑として首を縦に振らない部分があるのは自覚している。

（第一、こんな子どもみたいな相手にあれだけびびらされて……ばかみたいじゃないか）

それなのに、この瞬間口をついて出た言葉は、彼の行動を咎めるものでも嫌味でもない。

「……顔。泥が、ついてます」

「え、あ、ど、どのへん？」

転んだ拍子についたのか、臣の白くなめらかな頰には汚れがついていた。やや呆れつつ指摘すると、ごしごしと子どものように袖口で拭ってみせる。

いい大人のはずなのに、その姿は思わず世話を焼きたくなるようなかわいげがある。

（いや、だから年上の男にかわいいってのは、いかがなものだろう）

散漫に思いつつ、慈英は見当違いの場所ばかりをこする臣にじりじりとした気分になった。

「だから、そこじゃないです」

「え？　え……」

嘆息し、こんなにひとをかまうタチではないのにと思いつつも、親指で拭うように頰に触れる。これは自分が転ばせたのだからと、内心誰にともつかない言い訳をしているのが妙な気分だったが、いざ触れた瞬間にはそんなことはどうでもよくなった。

（……うわ、すべすべ……）

臣は子どもじみた扱いをされて恥ずかしいのか、一瞬びくりと肩を竦め、そのあとゆっくり赤くなる。慈英は表情には出さないまま、その頰のきれいな赤みと、触れた指先がじんわりと痺れるようなめらかな肌に動揺して、泥を拭った指をぱっと引っこめた。

「と、ともかくですね、なにか捜査に必要なことなら、俺、ちゃんと協力しますから。あとを尾《つ》けるような真似は、よしてください」

妙に鼓動の跳ねた自分がうしろめたく、慈英はそれをごまかすようにわざと渋面を作った。

細い肩をさらに縮めるように臣はうなだれる。

「それともここ数日、俺のこと見張って、なにか捜査は進展しました？」

「……いや。でもおまえ、気づいてたのか。……悪かったよ」

「というか、この件について堺さんにご報告はなさってるんですか」

悔しそうに呟き、さらに小さくなる臣がなんだか哀れにも思える。このひと本当に刑事なんかやっていけるんだろうかと、他人事ながら慈英はひどく不安になった。

「堺さんには言ってねえよ。だいたい今日、俺休みだもん」

ふてくされたような声で呟く臣も、ほとんど意地だけだったのだろう。数日前より格段に険の取れた声で肩を落とされてしまうと、もう責める気にもなれない。

（本当にこのひと年上なんだろうか）

苦笑して目線をあわせるように軽く肩を下げると、またかっと赤くなる。色が白いからか、頬の染まり具合が本当に鮮やかだ。

「あー……それで、疑いは？　晴れました？」

「……っ、おまえ、俺のことばかにしてんだろ」

「いえ、そんな」

きゅ、と唇を嚙む様は本当に悔しげで、プライドを傷つけてしまっただろうかと少し焦った。しかし、叩かれても埃ひとつ出ない慈英をしつこく追うことのほうが、彼の仕事においてはよほど無駄足になるはずだ。

(でもそんなこと、俺が言ってもなあ。果たして素直に聞いてくれるかどうか)

困り果てて吐息すると、もう一度、悪かったよと謝られてしまった。

「気分悪かったと思うし、ごめん」

「……いいですよ、お仕事、熱心なんですね」

「だからそういう言い方がなあっ！　いちいちむかつくんだよ！」

軽く足を蹴られて、慈英は思わず笑ってしまう。しかし、なおも口を開こうとした臣の肩越し、見晴らしのいい道路の向こうからバスがやってくるのが見えた。

思わず「あっ」と声をあげた慈英に、何事かと臣は目線をあげる。

「やばい！　来るとき確認したんですけど、あれ逃すとあと三十分、バス来ないんですよ！」

「げっ。どこだバス停？」

「もうとっくに通りすぎましたっ」

こんなにもないところで三十分も待たされるのは冗談じゃない。焦った慈英が走り出すと、隣をふっと細い影がすり抜けていった。

「ばか、なにやってんだよ、早くしろっ」

「え、は……はいっ」

まさか一緒に走るとは思わなかった。だが呆気にとられる暇もなく臣にシャツの袖口を摑まれて、慈英は引きずられるように全力疾走する羽目になる。

「うわ、待てっ、まだ行くなっつーの！　乗ります、乗るんだ、乗せろって‼」

臣は大声で叫びながら、ぐんぐん背後から迫ってくるバスに手を振った。

（今日はよく走る日だ……）

目の前を揺れる臣の髪が、秋の日に映えて飴色に輝く。それに思わず見惚れながら、息を切らせた慈英の口元は、無意識の笑みに形取られていた。

＊　＊　＊

駆けこんだバスの中、最後部の座席で隣に座った臣は、もはや居直ったようだった。

「あーもー……疲れた。俺、ばかみたい」

もう張る意地もないのか、汗ばんだ額をキャップで扇《あお》いで、くったりと椅子の背にきゃしゃな身体をもたれさせる。羽織っていたブルゾンの前を開く指が細く、たかがファスナーを下ろすだけの所作でもひどく艶めいて見えて、どきりとした。

(なんだかよくわからないひとだ)

変に気が強いかと思えば無防備で、アンバランスなひとだなあと慈英は思う。

「くそ、腹減った。走ったせいで暑いし、もーやだ……」

色気のない台詞を紡ぐ彼の唇は、火照《ほて》った体温のせいかさきほど嚙みしめたせいなのか、ひどく赤い。上気して汗ばんだ頰と相まってひどく眩《まぶ》しく感じられる。

「食べてないんですか?」

「朝からおまえつけ回してたんだから、んーな暇あるわけないじゃん」

「それは……ご苦労様でした」

思わず笑えば、「嫌味か」と臣はあの大きな薄い色の目で睨んできた。

「いえいえ、本気でお疲れさまです。でも俺についてはもう、勘弁してくださいね」

今度は少し皮肉を交える。かっと頰を赤らめた臣は、しかし反論は無意味と悟っているのだろう。悔し紛れのようにぶつぶつと言うだけだ。

「くそ。いいんだよ、刑事なんかほとんどが無駄足なんだから!」

「そうなんですか?」

「そ。でも俺じゃなくたって誰かが、本当のこと見つけてくれればそれでいいんだ。可能性が少しでもあるなら否定はできないし、そういうのいっこずつ潰すのも仕事なんだから」

犯罪を取りこぼすのは、慢心や油断に因《よ》るものが多いのだと、臣はいっぱしの顔をして語った。真剣な横顔が眩しくて、慈英は今度は茶化さず、素直に頷く。

「……つってもこれ、堺さんの受け売りだけどな。ぜんぜん実行なんかできてねえし、俺」

しかしそのあとぺろりと舌を出し、そうつけ加えるのがおかしい。

「でも、おまえの件はちょっと……意地になってたとこはあるから。悪かった」

「意地、ですか？」

「ん。……じつは俺、刑事課に来たの今年に入ってやっとなんだよ。で、焦ってた。俺にとっちゃはじめてのでっかい事件だし、なんか、どうにかできないかって」

思うように成果が出せなかった上に、今回の慈英についての勇み足。それこそ、思いこみで動くなとさんざん堺に絞られたのだそうだ。

「あの、でも。これ言い訳じゃないけどな？　ほんとにおまえがマル被じゃないなら、それはそれでいいんだ。でも、その確証が欲しかったから」

「ああ、……そういうことですか」

だからこそここ数日、不得意な尾行をやってみたのだという臣に、なるほどと慈英は頷いた。白か黒か判明しないままでいるのが気持ち悪かったのだろう。

「でもやっぱ無理だったわ。仕事の合間でったって、そうそう暇ねえし、やることいっぱいだし。そんなんじゃ、気づかれるのもあたりまえだしな」

 本来なら刑事の捜査はふたりひと組で行動するのがセオリーだ。尾行となればなおのこと複数名でおこなわなければ気づかれる可能性が高い。それをしかも勤務時間外にひとりでやっていたわけだから、疲労も気苦労も倍以上だったと臣はこぼした。

「俺、だめなんだよなー……地取りはなめられるかけんかになるし、尾行はヘタだし。そもそも、顔がこう派手なのもだめなんだよ。目立っちまって」

 くたびれた声で告げる臣の落ちこみ具合に、慈英はなんだか哀れになる。

「でも、俺が気づいたの、今日でしたから……へたなわけじゃないんじゃあ？」

「……なんでおまえがそこで慰めるのよ。あああ、も、なっさけねえ」

 慈英は思わずまたフォローを入れてしまったが、それに対して当然、臣は呻った。そうして顔を扇いでいたキャップをぱさりとかぶり、表情を隠した彼の耳朶はうっすら赤い。

「っていうかさ。ふつう怒らない？　こういうとき」

「ああ、まあ、そうですね」

 ぽそりと言われて、たしかに怒るべき場面だとは認識もしているから、慈英も曖昧な言葉になる。それに対して「やっぱりばかにしてんのか」と拗ねた声で臣は呟いた。

「どうせ、なにやってんだ、とか思ってんだろ？　怒る気にもなれないってことかよ」

「いえ。それはないです、ほんとに」

たしかに、あとをつけ回されたなどというのは気分のいいものではない。けれど、必死になって追いかけてくる臣の姿に、なんだか慈英は感動に近いものさえ覚えていたのだ。

「その……刑事さん、なんか頑張ってるじゃないですか」

「……ん？」

もごもごと、キャップで顔を隠したまま喋っていた臣は、慈英の真面目な声にそっと目元だけを覗かせる。小動物めいた姿に、やはりどうしても綻《ほころ》ぶ口元を慈英は隠せない。

臣の行動は的外れとはいえ、彼は必死で懸命だ。己の責務に真摯《しんし》なまでにまっすぐに取り組んでいる。喋ってみる機会があれば、きっと面白いぞと言った従兄の発言は、まさにその通りだったなと思いつつ、あまりうまくない言葉を探した。

「なんていうか……俺は、ちょっとここんとこいろいろ、見失いがちだったんで。刑事さんみたいに、一生懸命、って感じなのは——すごくね、羨ましいというか」

「……ふん」

揶揄や当てこすりではなく、真面目に告げているのはわかったのだろう。鼻を鳴らすような相槌を打つ彼は、怜悧な目元をふわりと染めて、照れているのだと知らしめる。

「頑張ってほしいです。ただ、俺は犯人じゃないもので、さすがに検挙にご協力はできませんけど……って、あ、そうだ」

「……なんだ？」

言いさして、ふと慈英は思い出す。口ごもっただけの慈英に対し、なにか勘が働いたのか、臣はいままでの表情とは色あいを一変させて身を乗り出してきた。

「いやあの、思い出したことあるんですけど、――じつは」

例のキャップをかぶった青年の話をするならいまだと思った。だが慈英が口を開きかけると同時に、車内のアナウンスは終点であるＪＲ駅に到着することを知らせてくる。

「もう着いちゃうな。ああ、そうだ。おまえこれから時間ある？」

「え？　あ、はい」

慈英の言いさしたなにかに臣は興味を引かれたようで、目を輝かせながら顔を近づけてくる。至近距離の端麗な顔立ちは心臓に悪く、思わず慈英は顎を引いた。

「つけ回した詫びに、俺おごるから。昼飯。んで、そんとき話聞かせてくれ」

「は……はい。わかりました」

真剣な視線と口調、そしてそれ以上に目の前で輝くような薄い虹彩の色あいに魅入られるまま、慈英はただ頷くほかになかった。

駅前に降り立ったふたり――というか主に臣が空腹に耐えかねたのか、どこでもかまわないと目についたコーヒーショップに入った。オープンカフェふうに並んだ席に適当に陣取り、慈英はミックスサンドイッチとコーヒーを注文する。

「えーっと……あ、俺このBLTサンドとチリドッグ、それからジャーマンサラダとアイスカフェモカのグランデサイズ、それからパンケーキ」

カーゴパンツの上から垂れたベルトの端長さに、相当絞っているだろうことが知れる。細すぎるようなウエストを眺めて、慈英は吐息した。

（どこに入るんだ、これ）

呆れるような感心するような気分で「そんなに食えるんですか」と呟くと、「こんなんで足りるもんか」と臣は口を尖らせた。

「あー、気取ったメニューばっかで腹持ち悪そう。やっぱ吉牛にすりゃよかったかな」

「よしぎゅう……ですか」

顔だけなら充分、このおしゃれなカフェの風景の一部に溶けこんでいる臣の台詞に瞠目《どうもく》する。さっそくやってきた料理を前に、臣は小さな口をいっぱいに開いて、たっぷりの野菜とベーコンの挟まったホットサンドにかぶりついた。

「だってこのメニューと同じ値段で、つゆだく特盛り二杯食えるだろ？」

「つゆだく……二杯」

あっという間にひとつ目のサンドイッチを食べ終え、遠い目で呟く慈英の前で今度はジャーマンサラダに手を伸ばした。すごい速さで片づけるので、だんだん心配になってしまう。

「早く食べると胃に悪いですよ？」

「そんなヤワじゃねえよ」

ポテトとタマネギのこんもり盛られたそれも、ものの三口で食べてしまい、グランデサイズのカフェモカを、ストローなどまだるっこしいと言うように口をつけて飲む様はいっそすがすがしいほど豪快だ。見た目にそぐわぬ健啖家《けんたんか》ぶりに呆気にとられて、しまいには感心さえしていた慈英を、臣はじろりと睨んでくる。

「じろじろ見んなよ。食いにくいだろう」

「あ、ああ。すみません、つい」

「……いっけど。おまえもさっさと食えば？」

顔をしかめるそれはやはり子どもじみて、どうしても口元が笑ってしまった。おまけに慈英の視線を意識したのか、臣は最後のチリドッグをちびちび食べている。

（ほんとに子どもみたいだなあ）

いまさら取り繕っても遅いのにと思いつつ、おかしくなる。さきほどまでの臣が、子どものような無心さで大きくかぶりついていたときにも、下品には感じられなかった。

（さっきみたいに、おいしそうに食べていればいいのに）

妙に残念な気分で慈英はミックスサンドをつまんだ。健康で旺盛な食欲はただ好ましかった。たしかにすごい勢いではあったが、むしろ気持ちのいい食べっぷりだと思う。しっかりしたきれいな歯並びと、うまそうに咀嚼《そしゃく》する表情のせいだろう。

しかし、またあんなふうにがっつり食べないだろうかと目を向けた慈英は、そこにあった光景になぜかどきりとした。

「う、わ、こぼれる……っ」

臣はくわえるには大きなチリドッグが食べにくいようで、苦戦していた。あちこちからかぶりついてもとろりとしたソースがこぼれそうになり、そのたびに慌てて小ぶりな唇からは舌が覗く。

「んむ……っ」

真っ赤なソースを舐めとるたびに、軽く歪める伏した目や、ひそめられる眉。どうにもいかがわしげに見えてしまう表情に、慈英は軽くうろたえた。

(なんだか、どうもこのひとは……子どもっぽいのに、なんで卑猥なんだろう)

バスの中でファスナーをおろした仕種《しぐさ》といい、臣はどうもいちいち無防備で、それが妙にいやらしい。

(いや、いやらしいのは俺か)

自分もいったいなんなのだ。なんだか変な気分になるのは、慈英がすれているからだろうか。

自分でも長続きしないのは情けないが、じつは十代半ばから、慈英は女が切れたことがない。それも大抵受け身で相手に言い寄られ、気づけば飽きられているパターンばかりだった。そのうちの幾人かは年上で、フェラチオも玄人並みにうまいのがいた。たしか数年前につきあった誰かは、こんな顔で慈英のアレをいろいろと——。

（って、待て。なにを考えてるんだ俺は）

無心にもぐもぐとチリドッグを食べる年上の、しかも同性の刑事相手に、真っ昼間から妄想が膨らんでいるのはどうかしている。自己嫌悪に陥りつつ、そっと目を逸らした。

だがどうも臣とは間が悪いのか、意識を切り替えようとしたとたんに声をかけられた。

「なあ。もう食わないの？」

「あ……はい？」

慈英自身は奇妙な動揺のせいで、咀嚼するサンドイッチの味もよくわからない状態のまま、半分も手をつけていない。しかしすっかり臣の分の皿は空で、口の端についたソースを拭った指を、更に赤くなった舌が舐め取っているところだった。

「う……」

またぞわっとしたものが背筋を走る。思春期の少年でもあるまいし、たかがこんなことで動揺するのはどうしたものかと思うのだが、あまりにも臣の顔立ちはきれいすぎて、それだけに、ものを食べる姿や、ごくあたりまえの所作などがひどく生々しく感じてしまう。

それはけっして不愉快なのではない。むしろ人形のように整ったその顔が、怒気をあらわにしたり、拗ねて口を尖らせたりすると、はっと目を瞠るような気分になる。

生き生きと輝く表情の変化、それぞれの瞬間の魅力を、どう表現すればいいのか慈英にはわからない。ただ、それらひとつひとつの鮮やかさから、どうにも目が、離せない。

（よくないだろう、これは……）

己の中の美意識はもっぱら、制作する作品やそのでき映えにのみ集中してきた。周囲も似たような人種が多く、どこかしら現実味の薄い世界で生きてきた慈英にとって、生身の強烈な生命力を感じさせる臣はどうにも異質で、それだけに惹かれるのかもしれない。

「おい、なあって！」

「あ、は、はい。なんでしょう」

ぼうっとその顔に魅入ってしまい、怪訝そうに眉をひそめた臣は首を傾げてみせる。はっとなり、ごまかすように笑って問えば、「なんでしょうじゃねえよ」と吐息した。

「だから、訊いてんだろ。もう食わないか？　それ」

「あ、いります？　よかったら」

「ばっ、……ひとを欠食児童みたいに言うなっ！」

手元の皿を指されてみれば、そこには半分以上残ったサンドイッチがあった。足りないのかと思って勧めると、真っ赤な顔をして怒鳴られる。

「じゃなくってっ。バスん中でなんか言いかけたろ!?　食い終わったなら話せっての！」

「あ、ああ。それは失礼しました」

勘違いに赤くなりつつ、しかし憤慨した顔の臣の腹が満ちるには遠いのも察して、慈英は素直にもう一度、皿を差し出した。

「でも俺、満腹なんです。食べてくれませんか？　食い残しだけど、これは触ってないし」

「う、じゃ、じゃあ……」

やんわり告げると臣は結局、皿に手を伸ばしてくる。たまらず慈英は吹き出してしまった。

「んっだよもう、おまえが食えつったんだろ！」

「あ、ははは。すみません、どうぞどうぞ。召し上がってください」

きいっと眦を釣りあげるそれさえ好ましく、怒ってもなおその歪みさえもうつくしいような造形に、感動さえ覚える。

(すごいなあ。なんかこう、このひとは呼吸するだけで光が弾《はじ》けるみたいだ)

臣はエネルギーのかたまりのようで、疲れていた慈英にはそれがどうしようもなく眩しい。

「ったく……俺、食ってるから話せよ。その間に」

「ああ、はい、ええと……」

やけになったように、ばくっとサンドイッチにかぶりつく臣がおかしい。殺しきれない笑いを噛んだまま、慈英は話し出す。

「あの。三鷹さんが……ええと、あの日なんですけど」

「ん？」

慈英は途中まで口にしたあと、周囲を慮《おもんぱか》って声を低め、言葉を曖昧にした。大振りのカップに口をつけながら、上目にきろりとその目を動かした臣は目顔で続きを促す。

「いや、だから不審者。俺以外に……本当に誰もいなかったんですか？」

その小動物めいた目つきに、やはり目が大きいなとどこか浮ついた感慨を覚えていた慈英は、しかし自分の言葉に臣の表情が一変したことに驚かされた。

「……待て。おまえそれどういう意味だ」

拗ねた唇がかわいらしささえ感じるような表情が一変する。凛とした気配の漂うものを瞳に乗せ、身体ごとこちらに向き直った臣に気圧されつつ、慈英は言葉を綴る。

「じつは、あそこで財布を落としたんですけど、それ、男のひととぶつかったときで」

「なに!?」

がたりと椅子を響かせてつめ寄ってくる臣の大声に、周囲の視線が一斉に集中した。はっとなり、浮かせた腰を戻しつつも彼の視線は鋭いままだ。

「おまえ……んなことあの、取り……あのとき、言わなかったじゃねえかよ」

こちらも言葉を濁してどういうことだとつめよる臣に、慈英は慌てたように言う。

「いや、あのときはもうとにかく混乱してたんで……言いそびれて」

「うっそつけぇ！　なに言っても落ち着き払ってひとのこと小ばかにしてたくせに！」

臣の憤慨したような声にさらに焦って、慈英は「それは誤解だ」と言い募った。

「待ってください、俺はばかになんかしてません」

「してた！　ぜってーしてたっ」

「してません！　本当です！」

きれいな歯並びを見せて唸るように告げる彼につられ、こちらも声が大きくなる。はっと気づけば周囲から注目されていて、さすがにいたたまれないものを感じてしまう。

「と、とにかくな。そういうことはおまえ、さきに言えよ。それ言ってたらあんな、いきなりしょっぴかれたりしなくてもすんだじゃんか」

ごまかすように咳払いをした臣は声をひそめて言うが、それは少し理不尽だ。

(取り調べでも、俺がなに言っても怒鳴ったくせに)

それ以前にも強引に連れて行かれた警察署までの道中、話は署で聞くの一点張りで、自分の口を挟ませなかったのはそっちではないかと密かに慈英は思った。

「で？　どんなヤツだったんだよ」

「どんなって、男で……若くて、細かったです」

「他に、特徴は？　こう、髪型とか。若いって、いくつくらいだった？」

「え……と」

畳みかけるような臣のそれにたじろぎ、言葉が出てこなくなる。頭に浮かぶ像はあるものの、もともと語彙《ごい》が多いわけでもない慈英はそれをどう表現するべきかと悩んだ。

というのも、さきほどまで、慈英の言葉に慌てたり赤くなったりしていた彼が、いつのまにやら黒い手帳を取り出し、ぎくりとするほど鋭い目つきでひとことも聞き漏らすまいと身を乗り出している。気圧されるような気分で、間違ったことをひとつも言ってはならないのだと感じるこれは、取り調べを受けていた折りよりもひどく強い。

(やっぱり、こういうところは刑事さんなんだなあ……)

取り調べのあったあの日には、とくに答えるべきことはなにもないと思っていたせいで、慈英としてはそう強迫観念に捕らわれることもなかった。

しかし、もしかするといまこの証言が、事件の動きを大きく変えるものになるのかもしれないと思うと、もとよりうまくない言葉はなお重くなった。

「おい、どうなんだよ、なあって」

「そうですね、髪は、……茶色っていうか……いや、金色に近いような感じで」

「どのくらいの長さだ。髪型に特徴は?」

「え、ええっと……なんて言うんですかね、あれは」

特徴と言われて、慈英は口ごもる。あまり世間の流行に興味がない口なので、ヘアファッションに関してはシャギーとレイヤーの区別もはっきりとついていないのだ。

困ったように眉を寄せて考えこむ慈英に、臣は焦《じ》れたように言った。

「おい、覚えてるだけのことでいいから言ってくれよ。なんなら似顔絵描かせるから」

「……似顔絵？」

その言葉に、慈英は「そうだ」と目を瞠り、足下に置いていたスケッチブックを拾いあげる。いっそのこと、口頭でうまくない特徴を述べるよりはこのほうが——。

「刑事さん、そのペン借りていいですか」

「え？　あ、ああ。どうぞ」

突然表情を変えた慈英にめんくらいつつ、臣はメモを取っていたペンを差し出す。ボールペンを手に、慈英はまだなにも描きこまれていないスケッチブックをめくった。

「おい？　なにしてんのおまえ」

「いや。たぶん口で説明するよりこっちのほうが、早いと思います」

言いつつ、ざっとペンを滑らせる。最初は怪訝そうな顔をしていた臣だったが、見る見るうちにできあがっていく細密な人物画に「ああ」と声をあげた。

「そっか、おまえ画家だっけ」

「え……」

言われて、どうしてか一瞬惚けた気分になった。そしてはっと我に返ると、そこにはおおまかに記憶から画像を写し取った、粗いデッサンがあった。

（なにしてたんだ、俺は……いま）

どうしてだ。描けている。あれ以来、どんなに画布に向かってもひとつの色も乗せられず、手慰みのようなクロッキーひとつ描くこともできなかったのに——と、慈英は呆然となる。

「なんだ？　あ、声かけたら邪魔だったか。ごめんな」

「ああ……いえ。……いいえ」

ぼんやりとそれを眺め、手を止めてしまった慈英に、臣は怪訝そうに首をかしげた。そのまっすぐな目を見返した慈英の口元は、無意識のままゆっくりと笑みを浮かべた。

「詳細を思い出している、だけです。もう少し待ってくださいね」

「あ、そっか！　うん。俺、邪魔しねえから、やっちまってくれ」

こくこくと子どものように頷く臣に、今度こそ慈英はにっこりと笑いかけ、紙面へと目を落とした。我に返ったことでぎこちなくなるかと思われた指は、むしろ臣の視線に励まされるようにスピードをあげていく。

（顔はもっと細かったな。印象で言えばこれくらい影が濃くて……身体も小さくて）

そして一本のペンで描かれたとは思えないほどの細やかな陰影がつき、まるで写真のような似顔絵と全身像が瞬く間にできあがっていった。

「すっげ……うまいなさすがに」

感心したような臣の声がくすぐったかった。素直な感嘆の言葉が、ひどく胸に染みる。そしてその声は慈英の裡に、あたたかい喜びにも似た感情を思い起こさせた。

（そうか……簡単なことだった）

はじめに絵筆を執ったとき、褒めてくれたのはあの敬愛する従兄だった。まだほんの少年だった慈英が、兄のような青年の真似をするのが、照映にはおかしくも嬉しかったのだろう。情のこもったまなざしで手ほどきをされ、いろんなものを吸収していった。

――俺はおまえが失敗しようが、なにをしようが、天才だって知ってる。

照映に譲られた道、そして彼の期待には重さではなく、ただ誇らしさと喜びを感じた。けっして自身が天才であるなどとは思えなくとも、照映の言葉に応えられるほどになりたいと思って、いままで描き続けてきた部分もある。

技術の上達、たくさんの賞、世間的な認知。芸術というものの深遠さについての考察。どこまでも深い創作の世界にのめりこんでいく面白さを、いまの自分は知っている。けれど、スキルとレベルをあげるうちに得たものは大きかったが、却って大事なものを見失っていたのだろうか。

プリミティブな部分を探ってみれば、答えは至って簡単だ。

手ずから創りあげたものをひとに認められる。それが好意を持つ相手に賞賛を受けるのならなおのこと嬉しい。そんなシンプルで、だからこそ純粋な気持ちが慈英には大事だった。

「……できましたよ」

どこか晴れやかな声で慈英が告げた瞬間、臣は目を輝かせた。

Organs
Café

「まじ、すっげえなあ。あ……なあ、これ、もらってっていいか？」

「どうぞ。役に立ちますか？」

「すっげー立つよ、こんなリアルな絵、うちで一番絵のうまいのでも絶対描けねえもん」

描きあがったそれを破りとって渡せば、しげしげと眺めたあとに大事に丸めて臣はそれを受け取った。

「なんか、犯人捜しに使うのもったいねーよ。売れそう」

「そんな、おおげさです」

子どものようにシンプルな、けれど心からの感嘆が滲む臣の声に、慈英は頬をゆるめる。

（すごいな。いったいどういうひとなんだろう）

たったひとことで――こんな簡単なひとことで、このひとは自分を動かした。どこの誰に、なにを言われても、それこそ照映にあれほど発破《はっぱ》をかけられても、鬱々として晴れないままだった心に、すうっと風が吹いたようなそんな気持ちだった。

「ありがとなっ、恩に着る！」

そうして晴れやかな笑顔を向けた臣に、慈英は心臓を射貫かれたような気分になる。

（……うわ）

なんてまっさらな、きれいな笑顔だろう。出会ってからいままで、臣はいくつもの表情を見せたけれど、その中でも群を抜いて眩《まばゆ》いような笑みの鮮やかさに、慈英は目眩を覚えた。

「俺、すぐ署に行って手配する。いままでいろいろごめんな、ありがと、じゃあな、また！」

「あ……いえ。ま、また……」

おもむろに立ち上がった臣は、伝票を摑むなり気の急いた様子で走り去っていく。そのうしろ姿に、ぎこちない返事しかできなかった自分が急に、恥ずかしく思えた。

それは柄にもなくいまさら、たった一枚のデッサンを褒められたことに照れている自分への戸惑いなのか。それとも満面の、眩いような笑顔に理屈ではなく見惚れてしまったことへの動揺であるのか。

「……なんで、俺は赤くなってるんだ？」

はっきりとは摑めないまま、慈英はその大きな手のひらで、火照る顔を覆ったのだ。

＊　＊　＊

日をおかずして、この街には慈英の描いた似顔絵をコピーした手配書が貼り出されることとなった。慈英の描いた青年の絵を署内で検討していたところ、少年課の刑事が「この顔に見覚えがある」と言い出し、窃盗や傷害での補導歴も逮捕歴もあるというその青年は、重要参考人として指名手配されることになった。

名前は落合浩介《おちあいこうすけ》、二十九歳。中学に入ったあたりから軽犯罪行為を繰り返し、ちょうど三鷹の殺害事件に前後して、職場からも自宅からも消えている。

しかも落合の職場は木材を扱う工事現場で、いわゆるとび職の見習いだったらしい。身体的特徴や、足のサイズも現場に残された足跡と一致。また、足跡の泥の中にあった木材の粉というのも彼の職業を鑑《かんが》みれば、ほぼ犯人と断定していいだろうという結果になった。

落ちくぼんだ目元にこけた頰の人相書きと、キャップをかぶった全身像の脇には、おおまかな身長他のデータが記載されている。

(これは、昔の逮捕歴から調べがついたのかな)

ものものしいそれを街角の掲示板に見つけた慈英はそっと苦笑した。そして、いまごろこの男を追っているであろう臣や堺の苦労を思うと、ため息が漏れていく。

彼らは彼らの職務を遂行するために、きっとまた忙しなく動き回っていることだろう。

だがそれに比べて、自分のいまの状況はいったいなんだという、自問が去らない。

この絵を臣に差し出した瞬間、なにかがわかった気がした。鬱屈を抱えていたおのれへの突破口というか、この旅先に求めた答えのようなものが見えた気がしたのに——慈英は相変わらず、この街にいる。

(まったく……俺はいったい、なにをしてるんだか)

もうこれで、東京を離れて十日はすぎた。日々ぶらぶらとするのにも厭《あ》き、そろそろどうにかしなければと感じはじめてはいる。実際、東京に戻って今後の身の振り方を考えるなり、制作途中の作品を仕上げるなり、考えたり片づけるべきことがらは山のようにある。

だが、どうしてか慈英は動けないでいる。理由はわからないながら、なにかが喉の奥につかえたような違和感が、まだ戻るには早いと、この足をとどめているのだ。

――いいかげん、どうなってるんだって外野がうるせえぞ。

照映は、昨晩また電話をよこした。初日に捕まった折り、一部の親戚関係には連絡が行ってしまったのだが、正直あの従兄以外には、いま自分のいる場所を知られたくなかった。そのため宿泊先も駅前のビジネスホテルに場所を変え、照映以外からの連絡が取れないようにしていたのだが、そのことでよけい面倒な話になってしまったらしい。

――すわ自殺未遂か、はたまたやけになって暴力沙汰でも起こしたのかってよ。

そんなばかなと呟きつつ、東京を離れた慈英が失意のあまりなにかしでかしたのではないかという話にまでなっていると聞けば、なおのことうんざりした。

あげく警察から連絡が入ったことで、関係者や知人の間では妙な噂が流れ飛び、ちょっとした騒動にまでなっているようだ。

（誰も彼も……もう放っておいてくれればいいのに）

いま戻れば、詮索やなにかでかまびすしいことは想像に難くなかった。そもそも旅に出ること自体、照映にしか伝えていなかったのは、周囲の人間が個展の失敗について本人よりよほどうるさかったせいなのだ。

——べつに問題もないし、しばらく戻らないと照映さん、伝えてくださいませんか。

——……まあ、いいけどよ。すっきりするまで好きにしろ。

言葉少なに告げると、従兄は不承不承、伝言を請け負ってはくれた。けれども慈英は、宥めるような「すっきりするまで」という言葉に、反射的になにか、違和感を覚えていた。

それが、あの煩雑な都会で起きた苦い出来事で、創作意欲を失っていたことについてならば、ある意味では乗り越えられた気がした。

おのれの望むまま筆を持つ理由もたぶん、摑めてはいる。

慈英がはじめて描いた抽象画は、気性の激しい照映をイメージした太陽の絵だった。

鮮烈な赤いあの絵は、なんの理屈も技巧も知らない少年の慈英が、衝動に似たものに突き動かされて生まれたものだ。

処女作には、その作家のすべてが表れるという。ならばおそらくは、好ましいものや、自分の中の情を動かしたものへの賛辞として、慈英は描き続けてきた。誰かの思惑などどうでもいい、心の中に生まれたものをカンバスに塗りこめられれば、それで自分は幸せなのだ。

そして今後、慈英が創作を続けるためには、まず現実をどうするか。それは金銭面の問題でもあり、鹿間に仕掛けられた障害をいかにクリアするかにかかっている。

こんなところでモラトリアムを気取っているより、なにがしかの働きかけをするべきだ。

わかりきっているのに、なぜか慈英はぐずぐずと、この街にまだ留まろうとしている。

（もう、俺がどうすればいいのかは、わかっているのに……）

うしろ髪を引かれるような感覚に捕らわれて、進むべき道が見えているのに動けない、これはいったいなんだろうかと思うたびに、小さく胸が疼《うず》く。

いまだ手に入れてもいないものに感じる、曖昧な喪失感がある。

なにかをやり残したような、大事なものを摑み損ねているような、そんな不可思議な感情が、重く手足を縛りつけているようだ。

（なにを、ぐずぐずしてるんだ、俺は）

従兄との電話を切った慈英は、ぼんやりとベッドに寝ころんだ。そして、サイドテーブルに放ってあるスケッチブックを横目に見る。駅前の画材店で仕入れた鉛筆もその横に転がっていて、丁寧に削ったそれらは、しかし一本たりとも芯をすり減らすことがないままだ。

もう、平気かと思った。臣にあの落合の似顔絵を描いたことで、なにかが見えたと思った。

かつて、といってもほんの数ヶ月前までは、慈英の脳には溢れるほどのアイデアとイメージがあった。照映にはじめて絵の描き方を教えられて以来、それは尽きることもなく湧く、魔法の泉のように、涸れたことなど一度もなかった。そうでなくとも、目を惹《ひ》かれたもの、興味を覚えたものについて、自分の手で一瞬を切り取ることはなにも難しくなかった。

だが、描けない。いざ筆を執ってみれば真っ白な紙面に線を引くことさえもできない。これでは東京を発つ前と同じではないかと愕然としたが、胸の裡でなにかが『違う』と叫ぶ。

（いったいどうして。これは、ただの怠惰な疲れなのか。それとも枯れたのか……いや）

あの真っ白い空白は、もはや慈英の裡にはない。ただ頭の中にもやもやと、なにか新しく形を成しそうなイメージがある。けれどそれを、以前のようには摑みきれない。

足りないなにか。それが知りたい。見つかるまでは、帰れない――。

（でもそれが見つかるのは、いったいいつなんだ）

知らず、この街に来てただ一枚だけ描いた自分の絵――落合の指名手配のビラを睨みつけ、慈英は唇を嚙みしめた。

腹の奥に、煮えるような焦りばかりが募る。そうしてなにかのきっかけはないかと、毎日ひとりで、街をさまよってはいるのだけれど、どうもかんばしい成果はない。

なぜ自分はこんなに、この街にこだわっているのだろうと自問する。もういいかげん、裏道まで憶えるほどにくまなく巡った街は、すでに慈英にとって目新しいものではなく、ただそこにある生活を見せつけられるばかりだ。

諾々《だくだく》と営まれる、退屈な日々。寝て起きて食べて、ただそこに生きているだけの時間は、無為に過ぎるだけで、慈英の脳になんの刺激も与えてはくれない。

（これじゃ、東京にいても変わらないじゃないか）

自嘲気味にそう思う。けれどもはや義務であるかのように、目覚めればスケッチブックを抱えて歩く自分がいる。

堂々巡りの思考に吐息して、慈英は指先で軽く顎を撫でた。そろそろ浮きはじめた髭が微妙なざらつきを覚えさせる。こまめに剃る習慣はやはりここ数年なかったせいで、すでにここに訪れたときと同じほどの長さになりはじめていた。

(結局は、なにも変わっていないのか。なにかが見えたと思ったのは錯覚か)

持ち歩いているだけのスケッチブックが妙に重たく感じた。ため息をつき、正直鬱陶しいとも思って、それでもこれを手放すことはひどく恐ろしいと思ってしまう。

あきらめればそこで、なにもかもが終わる。さりとて描くべきものが見つからない。

(俺は、いったいどうするべきなんだ)

自分に問いかけても、答えなど戻らない。複写された落合の顔をじっと眺めたあと、いつまでもこんな場所に立っていてもしかたないとあきらめ、慈英はきびすを返した。

すべてが半端で、ため息しか出ない。自分にうんざりしていると、背後から驚いたような声がかけられた。

「――あれ？　おーい」

振り返るまでもなく、この街で慈英を見かけて声をかけてくる人物など、心当たりはふたりしかいない。その声に、強ばっていた顔の力がふっと抜けて、慈英は自然に笑みを浮かべた。

「刑事さん。こんにちは」

「おっす。なんだ、偶然だな」

よ、と手を挙げた臣は、初対面の険しさなどすっかりどこかに放り投げたらしく、にこやかに近づいてくる。

「しかしこんなところで、おまえなにしてたん？　……あ、それ見てたのか」

「あ……ええ。手配されたんですね」

問いかけの途中で自己完結した臣は、掲示板の手配書を慈英の肩越しにひょこりと覗きこんでくる。肩のあたりで動く小さな頭は、どの角度から見ても完璧なフォルムだ。

（相変わらず、きれいな顔だな）

出会いの日と同じくきっちりと髪を撫でつけているが、ずいぶんと外を回ったのだろう、乱れた前髪がひと房、なめらかな額にこぼれていた。

疲れを物語るそれさえ、臣の美貌の前では演出されたヘアスタイルにさえ思えてくる。

しかし不思議なのは、臣の靴がスニーカーなところだ。いま彼が纏《まと》っているのは、ライトブラウンのシングルスーツだ。ならばなぜ足下が革靴ではないのだろう。

（靴も妙だけど、なんか……刑事っていうイメージじゃないな、やっぱり）

この日は少しあたたかく、歩くと汗ばむような気候だった。暑いのだろうが、スーツの上着をはだけてネクタイもゆるめた臣は、どちらかと言えば硬い「公務員」のイメージからはずいぶん遠い。

「ん？　なに？　顔になんかついてる？」

「あ……いや」

じっと見ている視線に気づいた臣が、正面から目をあわせてくるからどきりとする。近づいた細身の身体からも品のいいフレグランスが漂って、なぜだか慈英はいたたまれない。

「その、なんかそうしてると、刑事さんぽく、ないですね」

あげく動揺のあまり、慈英がぽろりと思ったままのことを告げると、臣は顔をしかめた。

「刑事っぽくないってより……ホストみてえだって言いてえんだろ？」

「えっ、いえそんな」

図星を指され、慈英は思わず顎を引く。臣は小さく舌打ちし、ぼそりとこぼした。

「いーよもう。くそ、だからスーツ嫌いなんだよなあ。俺、いかにもそっち顔らしいし」

水商売系の店に聞きこみに行くと、大抵、客か店員と間違われるのだと吐き出した臣だが、口ほどには気分を害した様子もない。

「いや、あの、顔がきれいなのは悪いことじゃないじゃないですか」

「……きれい、ねえ。ミズっぽいきれいさって、あんまいい意味に感じらんねえけど」

フォローの言葉はよけいだったらしい。むしろ皮肉に口元を歪めた臣に失敗を悟った。

「い、いえあの……そんなつもりじゃないんですけど。いいじゃないですか、ホストって要するに、モテそうとか、かっこいいってことでしょう？」

「どうかなあ。要するに、だらしなさそうって意味でもあるじゃん」

続けた発言で、さらにまずいことになったと慈英は焦った。失笑を浮かべた臣は醒めた声を発したが、自分の失言に困った顔をしている慈英を横目に眺めて小さく笑う。

そうして、落合の手配書を指で弾き、けろりと言ってのけた。

「ま、しゃあない。俺、あんまりお育ちよくねえし、昔が昔だからな。なんか滲むんだろ」

「……え？　滲むって……」

「まあ、俺もこいつと似たようなもんかなあ。ダメダメだし。……ある意味、だけど」

笑う顔は、言葉のわりに軽やかだった。だがその明るさは、ひどく慈英の胸を痛めた。声と表情には、無理に乾かせたなにかが軋《きし》むような、そんな色が滲んでいたからだ。

「すみません。似たようなって、どういう？」

問わないほうがいいのかと思ったけれど、このまま沈黙を続けてもいずれ気まずさは変わらない。そう居直って問いかけると、臣は思うよりあっさりと言ってのけた。

「いや。いわゆる非行歴ありのヒトなの、俺。まあ、公的に補導の記録はないんだけど」

「え……」

けろりとした臣の面映《おもは》ゆいような笑みの中に、影がよぎる。過去の苦みを後悔するようなそれを見せつけられ、慈英はひどくうろたえた。

「あれ、なに。もしかして引いた？　刑事がもとヤンとかやべえって思うタイプ？」

「あ、ああ、いえ。そんなわけじゃないんですが……」

言葉をなくしていた慈英に、あえてからかうような目を向けてくる。少し挑発的な上目遣いは、どこかすれた色気さえ漂わせ、よけいに慈英を混乱させた。

（なんだろう……どうして、こんな顔をするんだ？）

短気で、口が悪く、素直で直情。そう思っていた臣の表情の中にはじめて見つけた、あえて軽薄を装うような明るすぎる笑みは、むしろ彼の中にある翳《かげ》ったものを映し出す。

「堺さんが昔、少年課の担当だったころから世話になってて……でもま、そのおかげでいまの仕事に就いたとこもあるから、いんだけど」

だが、話が彼の上司である、あのひとのよさそうな刑事のことに移ると、臣の表情は素直に、昔を懐かしむようなものに変わった。

「あのひと、顔はあんなのぺっとしてっけど怒ると怖いんだよな。あれで柔道三段だし。んーなに暇でぶらぶらしてんだったら刑事になれ、暇なんかなくなるぞっつってさ」

なったらマジで暇ないわ、と臣はあっけらかんと笑う。慈英はほっと息をついた。

「へえ……堺さん、そんなにお強いんですか。ひとは見かけによらないですね」

しかし臣はなぜこんな話をするのだろう。不思議に思いつつ相槌を打つと、どこか悪戯《いたずら》を企んだような笑みを彼は向けてきて、慈英はまたあの落ち着かない気分に襲われた。

「や、だからさ。……おまえも暇なら刑事にでもなったら？」

「……は？」

「だってすることねえんだろう？　だからこんなとこで、ぼーっと散歩してんだろ？」

内心のもやもやと曖昧な感情にうろたえた慈英に、臣は聞きようによってはひどい言葉を、しかしあたたかく告げた。

「足も速いし、俺のこと吹っ飛ばしたし。けっこう腕っ節も立つじゃん。ガタイもいいしな」

「吹っ飛ばしたって……いやあれは、たまたまのことですよ」

先日の顛末を当てこすられ、赤面するような気分になった慈英は、顔色をごまかすように空咳をして、ふと問いかけた。

「ところで、お時間はいいんですか。お仕事、途中なんじゃないんですか？」

「ん？　いや、夜勤明けで、これから帰るとこ。じつは三日ぶりに家に帰れる」

「え、こんな朝に？　じゃあ……徹夜？」

そうそう、としみじみ呟いた臣に、心から「お疲れさまです」と慈英は告げた。

「三日ぶりに帰るって、本当に大変なんですね。刑事の仕事って。引き留めてすみません」

「あ、いや……もう飯食って寝るだけだし、かまわねえよ」

早く休みたいだろうに。恐縮すると、気にするなと臣は笑った。だが、ふと言葉を切った彼は頼りなく眉を下げ、気まずそうな顔で頬を掻く。

「つーかさ。おまえには一回、謝りたかったし」

「え、なにを」

「や、なんつかいろいろ……犯人扱いしたりとか、あとつけたり、とか。ごめんな？」

「いやもう、その件でしたら、この間も謝ってくださったじゃないですか」

そんなことはこの間の一件で払拭されたのに、と慈英は思う。あの鮮やかで眩いような笑みと、彼の言葉で、見失いかけたものをたしかに慈英は手にしたのだ。

（いまはまた煮つまってるけど、それはこのひととは関係ない。俺が不甲斐ないだけだ）

だから、「気にしないで」と続けようとした慈英より早く、複雑そうな顔をした臣がぼそりと、彼らしくもない弱い声で言う。

「それもだけど、あのさ。……俺、おまえのこと勝手に、いろいろ調べちゃって」

「ああ、でもそれは仕事でしょう？」

照映に連絡をつけた件を詫びるつもりなのだろう。案外気にするのだなと苦笑して、しかたないことだろうと言いかけた慈英の言葉を遮り、彼は続けた。

「したら……なんか、絵のほうでは有名なんだろ？」

「……そんな、ことは、べつに」

うかがうような声に慈英は、ふっと胸の奥になにかが、つかえたような気分になる。たいしたことはないのだとかぶりを振っても、臣は「謙遜するな」とかぶりを振る。

「嘘だよ、なんか……けっこうすげえ賞とかもらってるんだって？」

その上目の視線に、苦いものがこみあげた慈英は、胸の裡で請うように呟く。

（あなたはそんなふうに、言わないでください）

無意識に眉をひそめたのは、いやな考えが頭に浮かんだからだ。

思春期の多感なころ、同じクラスの少年たちから慈英は少しだけ浮きあがっていた。ひとと同じ観点でものを見ることのできないおのれを、幼いころから慈英は知っていた。

絵の世界で特別扱いをされはじめ、一部には神童とまで呼ばれるようになる以前から、慈英は少しだけ変わった子どもだった。集団行動が苦手で、流行のおもちゃやテレビの話題にどうしても興味が持てない。逆に、誰もなんの興味も示さないようなものに突然心を惹かれてしまうと、それから目が離せなくなり、数時間立ちつくして見つめてしまったりする。

ときどきにはそれが妙な行動としてひとの目に映る場合もあった。たとえば、これは小学校でのこと。理科の実験中、アルコールランプに火をつけるためにロウソクが用意されていたのだが、その溶け流れたロウが教科書の上に垂れ落ち、染みこんだ部分を半透明にした。

（これ、なんだろう。おもしろい）

ぽたぽたと落ちていくロウに夢中になって、授業を聞くことも忘れていた。そして、手の熱さにはっと気づくと、やけど寸前までロウソクを握っていた慈英の手は白いロウで固まっていて、周囲のクラスメイトらは不気味なものでも見るように慈英を見つめていた。

——おれ、なにか、変？

問うても誰も答えなかった。ただロウの流れに夢中になっていただけなのに、透けた教科書の文字が反転して重なるのがおもしろかっただけなのに、慈英はその瞬間『異質なもの』として認識された。

どうやら遠巻きにされたようだとは肌に感じ、拭えない疎外感と違和感を少年の心に植えつけたけれど、それで慈英の性質が変わることはなかった。

従兄の部屋に入り浸っていたのも、彼になついていたからだけではない。どうしても同年代に馴染めない自分を、照映だけが対等に扱ってくれていたからなのだ。

——だって、嘘つけない。おもしろくないものをおもしろいって言えないし、逆もおんなじだ。おれは間違ってるかな、照映さん。

問いかけると照映はけろりと笑い、そのままにしていろと言った。

——そのうちな。集団に埋没するなとか個性を磨けとか、言われる。でも協調性は持てって、おなじ口で言うやつもいるだろう。どっちもほっとけ。おまえはおまえだ。

そう言う照映自身も、慈英とさして変わらない個性の持ち主だったのだろう。誰よりも慕う、親以上の理解者である従兄に全肯定され、慈英はそのまま変わらなかった。

結果的にはそれが、慈英の独自な世界観と作風を育てたわけだけれども、ときおり、どこかしら遠慮がちに接してくるひとびとには、やはり思うところがあった。

（なぜ俺は、ひとと同じに扱われないんだろう）

青年期に入り、周囲が似たような人種で固められてからは、その違和感をすっかり忘れていた。けれど、慈英の名の前にあるなにがしかの肩書きは、いつまでも付いてまわる。

実際、慈英の画壇での立場を知った人間は、大抵その目の色を変えてしまう。賞賛であったり嫉妬であったりとさまざまだが、一個人としての慈英より誰かのくだした評価でしか判断されないようなことは、あまりにも多かった。

（でも――このひとと知りあってから、ずっとそれを忘れていたんだ、俺は）

臣の前で慈英は、ただの怪しい旅行者だった。芸術の世界の粘ついたプライドや権力志向も関係なく、かつて異端と見なされた、変わり者の少年でもない、ただの男だった。

財布を落とし、事件に巻きこまれる、そそっかしく不器用な「秀島慈英」でしかなかった。

臣は年上なこともあって、慈英に対しての口のきき方は、容疑が晴れてからも荒いままだった。どこかしら雑な扱いさえも気楽で、それがひどく、嬉しかった。

（ふつうに、あたりまえに。俺のことを、ただの俺として見てくれたのに）

いまさら、妙な遠慮で距離を置いたような態度を取られたりしたらと思うと、つらい。そして臣にだけは色眼鏡で見られたくはないと思う自分にも、慈英は混乱した。

（でも、どうしてそんなことまで考えるんだ）

どうやら慈英は、出会ってまだひと月も経っていない、友人ですらない青年刑事に、なにか依存めいた感情を持ちはじめているらしい。そんな自分に気づき、愕然とする。

しかし不安と困惑に言葉の出ない慈英に気づかず、臣はひどくすまなそうにこう続けた。

「んでさ、なんか、あれだって？　おまえ、人物描くのあんま好きじゃねえって、ほんと？」

「——え？　あ、ええ……」

問いかけは、慈英にとって意外なものだった。臣の紡いだ言葉は、慈英の危ぶんだような追従《ついしょう》や、その逆の距離感を滲ませたものではなく、うかがうような視線の中にも濁りはない。どこかしら、子どもが粗相を打ち明けるような気恥ずかしさ、そんなものさえ滲ませている。

「あの、それがなにか？」

「だからさ！　俺、これ描かせちまったじゃん。……ごめんな？　やなことさせて」

ただそれだけを詫びたいと告げる臣の、素直な謝辞に慈英は目を瞠った。そして、次の瞬間には自分でも理由がわからないまま、笑いがこみあげてくる。

「……ふふ」

「あ、な、なんだよ！　おまえ、ひとが謝ってんのになんで笑うんだよっ」

「はは、ははは！　いや……なんで、でしょうね」

噴きだすと、当然臣は憤慨した。悪いとは思うけれども、どうにも笑いの発作は止まらなくて、慈英はそのまま声をあげて笑った。

「おま……ひとの顔見ると笑いやがって、そういうとこがだなあっ」

「い、いやだから、別にばかにしてるわけじゃないんですけど……ははっ」

そしてなんだか、臣にはこうして笑わされてばかりいるなと思いつつ、出会いの折りから繰り返し、彼によってもたらされる心地よく晴れやかな気分を噛みしめる。

(どうしてだろう。このひとは……俺に、気持ちいいものばかりくれる)

楽しいと純粋に思えるのが、ひどく久しぶりだと思った。そんな自分に少しの自嘲と小さな痛ましさを覚えたけれど、同時にまだ笑えることに、たまらない安堵を感じた。

臣は、不思議だ。ちらりと覗かせる気配の深遠さはどきりとさせるものがあるのに、次の瞬間にはあっけらかんと重苦しさを吹き飛ばす。

もっと話したい。見ていたい。そんなことを他人に感じるのははじめてで、慣れない感情に戸惑っても、どうやらこれを自分は、手放したくはないらしい。

「変なヤツだなあ、もー……いいよもう、そうやって笑ってろ！」

「ああ、すみません。怒らないでください」

「ばか言うな！　そこまで笑われたら怒るよ、むかつくっ」

足を踏みならした臣が背を向けようとする。慌てて腕を摑むと、慈英はその細さに驚いた。

（うわ、本当にきゃしゃなんだ）

慈英の長い指は簡単にその手首をひと回りして包みこんだ。骨から細いのであろうそれをじっと眺めると、臣は困った顔で振り向いた。「離せよ」と小さく呟くけれど、慈英はなぜか訊いてやれない。

（こんなに細くて、俺よりずっと小さくて）

それなのに激務を笑ってこなそうとする臣の精神力と体力には感心する。

強気で、短気で、あれだけの激しさを見せつけるくせに、自分の非を認めれば素直に頭さえ下げてくる。臣をどうしようもなく好ましく思う自分を、そしてこの手を離したくないという欲求を、慈英は認めた。

「すみません、許してください。あの、そうだ、昼食。お詫びに、おごりますから」

「マジ、おごり？　……ん？　って最初に謝ってたの俺じゃないっけ？」

「いいじゃないですか。つきあってくださいよ」

なんかヘンだな、と首を傾げる臣に笑みかける自分が、平静な顔の下ではかなり胸を騒がせている。引き留めるためにつないだ手を離しても、彼との距離が開かないように慎重に、間合いを取ろうとしている。

「一緒に食事する相手、いないんです。侘《わび》しいし。時間があれば、でいいんですけど」

「んだよ、寂しいヤツだな。んー……じゃあ、つきあってやる」

肩を叩いた臣の気安さに、幼いころから埋められなかったなにかを、もらえる気がした。面映ゆく、少しだけ不安で、それでもふわりとあたたかい。そんな感情に振り回されるのはまんざら、悪い気分でもない。

そして、ここ数日見つけられない答えの片鱗をも、彼が握っている気がしてならない。

（このひとが、きっと鍵になる）

その所以《ゆえん》も、正体もわからないのにただ手放したくない。そんなぬくみのある情を、不器用な少年のままのぎこちなさで、慈英は自覚した。

それが、どれほど危うく厄介なものなのか、慈英は知らない。ただ臣と自身の関わりが、実際にはまるで頼りないものでしかないことに、理由のない不安を覚えていた。

臣のお薦めという寂れた食堂は、繁華街から少し外れた、路地をいくつも曲がったさきにあった。地元の人間でなければ、決して気づかないような小さな店だった。

靴がスニーカーなのは、刑事の定番なのだそうだ。

「スーツだからって気取ってらんないんだって。革靴なんか履いてちゃ、いざってときに走れねえじゃん？　第一、革じゃすぐ履きつぶすし。でもこれもすぐダメになるだろうなあ」

買ってひと月と言われても信じられないほど、くたびれた靴を見せられ、慈英は目を瞠る。

「大変なんですねえ」

「体力勝負だからな。それしかないって言ってもいいくらいだ」

屈託なく告げる臣の目元には、よく見るとくまが浮いている。きれいな肌なのに可哀想に、そう思った自分の心情に戸惑いながらも目が離せない。

「身体、保《も》たないいんじゃないんですか？」

「寝れないときは食って回復じゃん」

丼で二杯目の白飯をかきこむ臣の小さな口は、忙しなく動く。食べるスピードは速いが、その健啖家ぶりはいっそ小気味いい。

「……なるほど、たしかによく召しあがりますよね」

皿からはみ出るほどの大きさのサンマが、丸ごとどんと置かれた定食。古ぼけた店構えのわりには清潔で味も良かったが、いかんせん量がすさまじい。

「あの、これ食べませんか？　俺はもういっぱいなんで」

苦笑した慈英は見ているだけで腹がいっぱいで、残った煮物を臣に提供する。今回はとくに照れることもなく受けとったのは、見た目通り疲弊しているからだろう。

（しかし、この店にスーツの美形ってのは、ミスマッチっていうか）

周囲を見ると、いかにも工事現場で働いているような作業服の恰幅のいい親父たちがタオルを首から下げたまま茶を啜《すす》っていた。

浮いているなあ、と他人事のように慈英は思うが、長身ではあるが細身の、しかもどう見ても肉体労働者ではあり得ない青年画家も、自覚のないまま相当に浮いていた。

「相当エネルギー使うんでしょうねえ」

「まあな。でもデスクワークってのもあんまり性にあわないから、飛び歩いてるほうがいいんだけど……本当は俺の仕事は、暇なくらいでちょうどいいんだろうな」

「それも堺さん？」

「そ、受け売り。だからまあ偉そうに言ってもねえ、説得力ねえけど」

くすぐったそうに、食後のお茶を啜った臣は、言葉を切って小さく吐息する。短いそれに、決して食後の満足感から来るものではない気配を感じる。

ささいな吐息にさえ、臣の感情を読みとれるようになった自分を不思議に思いつつ、慈英はそっと声をかけた。

「どうかしましたか」

「んー、いや。……まだ見つからねえからさ」

「ああ……あの件、ですか」

声をひそめると、臣は満腹になって少し気がゆるんだのか、幼い所作で「うん」と頷く。

「こうまで足取り摑めないと、他県に逃げた可能性も出てきてな」

広域事件は厄介なんだよなあとこぼした臣はうなだれて、撫でつけた髪を細い指で梳いた。

他の署の管轄地域に行くと、それだけで手続き上の面倒が増えるらしい。

「早く、見つかるといいですね」

これ以上このひとが、疲れないといい。そんなことを思って心から告げると、「ありがとう」と微笑んだ臣は、ふと気づいたように話題を変える。

「そういえば……おまえさ、いつまでこっちにいんの？」

「……え。いつ……と言いますと」

不意打ちの問いに、慈英は言葉につまる。とたん、臣は慌てたように言葉を足した。

「や、ごめん。これ詮索じゃねえし捜査は関係ねえからな。言いたくないならいいんだ」

個人的に気になったと言い訳する彼に、慈英は苦笑を浮かべた。

「いえ……そういうんじゃなくて。ただ、まだ決めてないんですよ」

「え、だって仕事とか……って、そっか。画家って自由業だもんな。出勤するわけじゃないし、どこにいても絵が描ければいいんだよな」

素直に納得する臣の言葉に、なぜか慈英はひやりとした焦燥を覚える。

「公務員じゃそうはいかんけど。なにしろ辞令次第でどこ行くかわからんし、逆に県外に出るのもいちいち、許可いるくらいだから。羨ましいな、少し」

羨ましい。その言葉に対し、唐突に喉の奥から黒いものがこみあげてきた。そして考えるよりさきに、苦い声が慈英の口から溢れ出す。

「羨ましいことないですよ。……というかいま、半分失業中で。だから、暇なんです」

やや自嘲気味に告げたそれに、臣は反応を返さず、ただ静かに目を伏せた。無言のリアクションで、彼はあの青臭い若造が夢破れた出来事に関して、すでに知っているのだと告げる。

「もう、ご存じなんでしょう？　まあだから……画家といっても、なり損ないですよ」

微苦笑が滲んだ慈英の言葉を、臣は肯定も否定もしないまま、ぼそりと呟く。

「そういう顔、やめろよ。なんか……似合わねえから」

指摘され、頭にかっと血がのぼる。露悪的な発言を自分でも不快に感じていただけに、慈英の笑みはひどくきつい険を孕《はら》み、すうっとふたりの間の温度が下がる。

「それは失礼。ただ、似合う似合わないまで言われるほど、俺のことをご存じとは知りませんでした」

「なんだよ……それ。そこまで言うことか？」

皮肉を告げる慈英がなおも慇懃に笑うと、臣はきっとその目線をきつくした。

「おまえなに突っかかってんの？　俺がいままで言ったのの仕返し？」

「べつにそんなつもりもないし、突っかかってもいませんよ」

吐息混じりに吐き捨てると、臣はさらに眉をひそめた。睨みあったままの沈黙が続く。けれど、負けたのは当然慈英のほうで、自分を羞《は》じるように目を伏せた。

（このひとに八つ当たりしてもしょうがないのに）

嫌味なことを告げた自分を、慈英は次の瞬間には悔いていた。けれど、いきなりの憤りに自分でも戸惑うあまり、臣に対してのフォローの言葉も出ない。

(なんだっていうんだ……こんな、子どもみたいな)

臣には、調子を狂わされてばかりだ。些細な言葉でこんなにも感情が揺れたことなどなくて、居心地の悪ささえ感じる。気まずさのあまり慈英は視線を逸らしたが、その態度が臣にはふてくされたように映ったのだろう。

「なにその態度。……もういいよ。おばちゃん、ごっそさんー」

席を立ち、自分の分だと定食代をテーブルに置く臣に、はっと慈英は振り返る。

「あ、ここは俺が——」

「いいよ、いらね。じゃあな」

取りつく島もない横顔は、いままでになく冷たく感じた。彼の気分をこんなことで害した自分に嫌気が差し、慌てて立ちあがった慈英に目もくれないまま、臣は店を出てしまった。

「ちょ……待ってくださいっ」

慌てて自分の分を支払いあとを追うが、足の速い臣はすでにかなり遠い距離にいる。

「あの、刑事さん——」

言いかけて、慈英は戸惑った。

引き留めたとして、なにを言えばいいのだろう。謝罪を告げて、許してもらって、それでどうなるというのだろう。

自分は、どうしたいのだろう。自問してもまるで見えない答えに、慈英は立ち竦む。

（俺は……なにを求めてるんだ、あのひとに）

臣に、なにか自分でも正体の摑めない、期待のようなものを抱《いだ》いているのは知っている。

だが、それがいったいどういう種類のものかもわからないし、彼には迷惑なだけだろう。

――おまえさ、いつまでこっちにいんの？

なにより、さきほど邪気なく問われたように、慈英はこの街に根を生やすこともない、ただの旅行者だ。臣との関わりにいたってみれば、事件に巻きこまれただけの、行きずりもいいところの赤の他人同士。この街を去ったのち、臣は長野、慈英は東京で、煩雑で忙しない生活に戻れば、お互いの記憶からその姿が薄れるのはあっという間で、それが当然の話だ。

（でも……じゃあ、俺はなにが、こんなにいやなんだ）

薄い背中を見送り、慈英は目を細めた。臣はさほど小柄ではないけれど、その職に不似合いなほど細く、きゃしゃな姿をしている。だからこそ少しでも大きく見せようとするのか、いつでもまっすぐに伸ばしたうしろ姿が、とてもうつくしいと思った。

理屈など、わからない。ただ、あのきれいな背中が遠くにあるのは、どうしても自分には耐えがたいと、遠く小さくなる背中に声を放った。

「刑事さ、……臣、さんっ！」

その名を口にした瞬間、慈英の身体はかあっと火照りを帯びた。

(臣さんって……名字でいいのに、なんで名前で。なんなんだ、これは)

どうしてか、彼に似合いのその凛々しい名前をいま、呼んでみたくなった。なぜか慈英は気恥ずかしさを覚え、それでも臣の名を自分の声が紡いだ瞬間、胸の奥に満ちた、ふわりとした甘さを否定できない。

「待って、臣さん。待ってください」

ふたたび、今度はためらわず名を呼んだ声に、臣はぴくりと背中を震わせて足を止めた。ひと通りの少ない路地を抜ける手前で、彼はゆっくりと振り返った。だが、大きな目が揺れた次の瞬間、臣は複雑に戸惑うような表情を、驚愕に塗りかえた。

「——ばか、うしろ‼」

鋭い声が発せられた。なにが起きているのかわからないまま、慈英は反射的に身を捩《よじ》る。視界の端に映ったのは、黒く大きな影。それがなにか、光るものを振りかざしていると気づき、慈英ははっと息を呑んだ。

「な……っ、う、わ！」

「てめ……っ、死ねえ！」

背後から飛びかかってきた男は、身を躱《かわ》した慈英に声を荒らげた。ナイフを手に握りしめたまま振りかぶり、再度突進してくるのをぎりぎりで避《よ》ける。

「うらっ、うらっ！　……ああああ!!」

「ちょっ……ちょっと、よせ、やめろ！」

獣のように叫んで闇雲にナイフを振り回す男に、驚愕と恐怖に強ばる身体で慈英は逃げた。

(落合なのか……これが!?)

記憶の中の像と結びあわないほどやつれた男の目は血走り、落ち窪《くぼ》んだ目元は逃亡生活の荒みにか、なおひどい有様になっている。だがその顔は、紛れもなくあの落合だった。

「逃げんなっ、てめえのせいでっ！　やっぱ、あんとき、殺《や》っときゃあよかったっ」

相手が見えているのかいないのか、腕を振り回す落合は、喚く口元から泡になったよだれを垂らしていた。焦点のあっていない視線にぞっとおぞけが走り、背中には冷たい汗が走る。

「もうだめだ、もうだめだ、殺すーっ!!」

じゃっ、と空気の裂ける音がして、とっさに右手で顔面を庇《かば》う。手にしていたスケッチブックの表紙が斜めに切り裂かれた。

「……！　痛っ」

刃先がかすめ、ちりっとした熱さを手の甲に感じて息を呑む。一瞬の痛みに竦んだ身体が、落合との間合いを狭めてしまった。

「うら、死ね!!　うう、ううう……らあっ!!」

落合の凄まじくでたらめな、どこか壊れたような動きは尋常ではない。恐怖に瞠った目で、けれど奇妙に鮮明に捉えた落合の顔に、慈英はなぜか場違いなほど冷静に思った。

(鬼が、いる)

能舞台の般若《はんにゃ》のようにつり上がった目、剝き出しの歯。開いた口からは爛《ただ》れたように赤い舌が覗く。喰われる、と思い、いままでに感じたことのないような恐怖に、慈英は震えた。殺されるかもしれないというよりも、この手にもしも、致命的な傷を負ったなら。

(筆が、持てなくなる)

二度と、絵を描くことができなくなるかもしれない。一瞬よぎったそんな思いは、生命の危機よりもよほど慈英を戦《おのの》かせた。

(いやだ。まだ、俺はなにも成していない。自分を見つけてさえいない)

みっともなく、あがいてでもまだ、なにかを描きたい。

しかし恐れに震えた足はもつれるばかりで、ナイフを振り回す落合との距離が近づく。そしてままならない動きによろめいた慈英の右肩を、凶器がかすめた。

「ぐ……っ!!」

ぱしりと肉の裂ける瞬間を知って目を瞠る。感じたのは、痛みよりも熱さが勝った。手にしたスケッチブックを取り落とし、切られた箇所を押さえて倒れこみそうになる慈英に、凶刃はなおも迫りくる。

(これで、終わりか)

もうだめだ、と慈英は反射的に目を瞑《つぶ》った。けれど、荒い呼吸と動悸に塞がれた慈英の耳に聞こえた声は、いかれた男の放つ、聞き苦しいノイズ混じりのそれではなかった。

「――ざけんな、落合……っ！　いいかげんにしやがれ!!」

凄まじいスピードで走りこんできた彼の姿は、慈英の目には残像でしか捉えられなかった。凛とした怒声と同時になにか鈍い衝撃音が響き、ふわりと淡い色の髪が躍る。

（え……）

軽やかな走りからそのまま鋭く蹴りあげられたのは、臣の細い、しかし強靭《きょうじん》な脚だ。見事に落合の肩と脇の間に叩きこまれ、慈英の血に濡れたナイフはその手からこぼれ落ちる。

「警察だ、動くな落合っ。傷害の現行犯だ、観念しろ！」

「……っぐあ、なん……っざけんな、きさま！　邪魔すんなぁっ！」

「ったく、往生際悪いっ！」

警察という言葉に顔を歪め、呻《うめ》いてよろけた落合が臣に摑みかかろうとする。刃向かう落合に舌打ちをした臣は、ぎらりと光る目で獲物を捕らえた。

「邪魔はおまえなんだよ、観念して逮捕されろ、ばか！」

それがスローモーションのようにのろのろとして見えたのは、おそらくは臣の訓練された動きがあまりに素早かったからだろう。

「うっ!?　ひ、ひいい……っ」

細いあの腕が空を切るような速さで動き、彼よりは体格のいいはずの犯罪者の襟を見事に捕らえた。懐に踏みこみ、足先を後方に蹴りあげてそのまま、強く相手の足を刈りあげる、一連の動作に淀みはなく——落合の身体は、ふわりと空を舞う。

「——っうらぁ！」

どう、と地面が鳴る。まるで模範演技のようなうつくしい大外刈りを決めた臣の髪が舞う。その鮮やかな瞬間を、慈英はただ惚けたように見ていた。

（ああ。……きれいだ）

場に不似合いな感想を声にならぬまま呟いた慈英は、理由のわからない笑みを浮かべたままその場にずるずると崩れ落ちる。

「う、うわ……誰か、警察っ」

腕から溢れた血を見て悲鳴をあげたのは、定食屋から出てきたひとりの男性だった。

「ばか、俺が警察だっ。至急通報頼む！　救急車も！」

叫ぶ野次馬たちに臣は一喝し、もがく落合を押さえつけたまま、周囲に協力を求めた。

「それと誰か、紐かなんか持ってきてくれ！　なければ、ガムテープでもなんでもいい！縛るもんくれ！」

「え、警察なら手錠は……」

「俺ぁいま非番なんだよ、持ってねえの……って暴れんなこのボケ！　あんた早くっ」

「あ、ああ。手伝う。おい、そこのひと！　店からなんか持ってきてっ」

もがく落合の頭を一発殴った臣は、寄ってきた作業服の親父の手を借りて、定食屋のおばちゃんが持ってきたガムテープでその腕を締めあげてしまった。

お見事と呟き、慈英はようやく息をつく。恐慌に鈍くなっていた五感が、まず皮膚感覚から戻り出すと、指の間に熱湯をかけられているような奇妙な感触を知った。

とろとろと、手の甲を濡らすあたたかい不思議なそれは、止めどなく流れている。

（なんだろう、これ。……ああ、血が流れているのか）

くらりとして、一瞬視界がブラックアウトしたことで、失血に体温が下がっているのだろうと判断する。荒事など無縁の人生で、大怪我をしたこともない慈英には、新鮮な経験だ。

（そうか。俺の血は、こんなに熱いんだな）

自分の血をあたたかく感じることなどはじめて知った、と笑いがこみあげて、そのまま倒れこみそうになった肩を誰かが支えてくれる。

「……い、おい!!　しっかりしろってば、おい！」

「あ……おみ、さん」

眩《くら》む目を凝らすと、青ざめた臣の顔が間近にあって、慈英は穏やかな気分にさえなった。

「いま、救急車来るから！　だいじょうぶだからな、すぐだから！」

「いえ、そんな……大げさな。平気ですよ」

どうしてそんな顔をするのだろうか。自分はひどくふわふわしていい気分なのに、臣はなんだか泣き出しそうな赤い目をしている。

「ばか、なに言ってんだよ、手……手なのに、おまえ！　とにかくちょっと、傷見せろっ」

わかりましたと答えるつもりが、どうしてか声にならない。腕が、動かせない。

（なんで……？　どうしてだ、身体が重い）

困惑する慈英の呼吸は、ひどく忙しなく弾んだ。酸素が足りない。がくがくと震える身体は強ばりきって、裂けた二の腕を摑んだままの指が、自分の意思では剝《は》がれない。

純粋に不思議で、これもうまく巡らない首を傾け右腕を見下ろした慈英が見たものは。

（……うわ……っ）

真っ赤に染まった手の隙間からなお溢れる血液、流れ落ちてべっとりと血溜まりを作った指先にふれた地面。

「もう喋らなくていい。ショックで筋肉固まってんだ、……ばかっ、いいから見るな！」

男は総じて、血に弱い。これはたしかに臣も青ざめるだろうと他人事のように思ったあと、思ったより凄まじい惨状に慈英が目を瞠ると、もう見るなとふたたび臣が叫んでいる。

だがその声さえもう、遠く。

「ちょ……っ、しっかりしろって、おい！　おいってば……!!」

聞こえてきたサイレンの音と、悲痛な臣の叫びを耳にしながら、慈英は意識を手放した。

慈英への傷害の現行犯で逮捕された落合は、取調中に三鷹氏殺害も全面自供したことで、つつがなく送検された。非番の臣からの通報を受け、駆けつけた堺の手により掛けられた手錠の重さに、もはや観念するしかなかったらしい。

殺害動機は、予測通りのものだった。賃金の低い仕事に嫌気が差し、窃盗に入ったもののそれを帰宅した三鷹氏に見とがめられ、揉みあううちに勢い余っての殺害だったそうだ。

また、どうやら覚醒剤にも手を出していたらしく、薬を買う金欲しさの犯行だったと思われ、余罪は追及すればまだまだ出てくるようだと堺は告げた。

「秀島さんには、本当に災難でしたねえ……」

警察病院の診療室、包帯を巻かれた慈英の長い腕を眺めた堺は、吐息混じりに呟いた。

慈英の腕は、十針を縫うものだった。出血のわりには神経も筋肉も痛めず、さほどの深いものではなかったと医者に告げられたときには、肩から力が抜ける思いだった。

手の甲はかすり傷程度で、医療用の大きな絆創膏《ばんそうこう》が貼られている。こちらは二、三日で治るだろうということだ。

「はは……でもこれくらいですんでよかったです」

細身ながら引き締まった慈英の上半身には、包帯以外に纏うものがない。血塗《まみ》れのシャツは治療中に医師の手によって処分されてしまったからだ。痛ましげにその姿を眺めた堺は、深く息をついたのち、しみじみと呟く。

「よくないでしょうよ、画家さんが。大変なことだ」

──殺すつもりはなかった、かっとなったんだ、わけがわからなかったんだ。

当初、姑息にも落合は心身耗弱《こうじゃく》状態を装おうとしたらしい。だが、目を釣りあげた臣の執拗な追及に観念した彼の供述により、殺意ありの傷害となって、落合にはさらに重い罪状が加えられることになる。

出会い頭にぶつかったとき、顔を見られたことで危険かも知れないとは察していたようだ。しかしそのあと数時間で慈英が警察に連行されたため、そのまま濡れ衣を着せられるかとしばらくは安堵したらしい。大胆にも警察署の前で連行される慈英をたしかめ、これで自分は安泰だと思ったのだそうだ。

──だって、だってあいつを殺せば俺は自由だろう？　俺がジジイを殺したことを知ってるのはあいつだけなんだ、あの、髭の男。だったら消しちゃえば、なんにもなくなるだろ？

しかし慈英が釈放されたことで、落合は脅迫観念にとらわれた。薬物中毒の引き起こした妄想も相まって「慈英を殺せば、警察にも捕まらない」と思いこんだらしかった。

「しかし皮肉なもんだ……あいつが見当違いの尾行なんかしてたせいで、機会がなかったんだってんだから。こう言ってはなんだが、臣の早とちりも今回ばかりは役に立ちました」

じつは慈英の容疑が晴れたその日から、落合は慈英をつけ狙っていたことが発覚した。しかし、その背後には常に臣の姿があり、下手な尾行のおかげで近づけない。あげくことあるごとに接触する若い刑事に、次第に焦れてたまりかね、白昼での犯行に及んだのだそうだ。

「疑われて、却って幸運だったんですね……やっぱり、つけられてたのか」

慈英は納得だと頷く。臣が尾行してきた際、疑心暗鬼のあまり無駄に怯えたのかと思っていたのだが、自分に向けられたぞっとするような視線と気配は、落合のものだったのだ。

「情けない話ですが。わたしらは秀島さんはすでに対象外でしたんで……だが考えてみれば第一発見者だ。危険が及ぶ可能性もあったのに捜査が遅れて、行き届かずに、申し訳なかった」

「いえ……とんでもないです」

堺が深々と頭を下げたところでドアがノックされ、神妙な顔で入ってきたのは臣だった。

「係長、お疲れさまです」

堺に会釈した臣は伏し目のまま、手にした紙袋を慈英へと差し出す。

「あのさ、あの……これ。サイズ、Lでいい……よな?」

「え?」

なんだ、と思って中身を見ると、この日慈英が着ていたのとよく似た、黒いシャツだった。

着替えろということなのだろうか。しかし、こんな細やかな気を配りながらも、臣がうつむいたまま視線をあわせないのは、責任を感じているからだろうか。

「すみません。ありがとうございました。あの、おいくらでした？」

嚙みしめた唇が色をなくして、そんな顔をしないでほしい。包帯のせいでこわばった感のある腕を庇いつつ臣に向けて頭を下げると、憮然とした声が戻ってくる。

「いらねえ。やるから」

「え、いらないってなんで……わざわざ買ってきてくださったんでしょう？」

「なにが、わざわざだよっ。そもそも俺がもうちょっと早く気づけばおまえ、怪我なんかしなかったじゃん！　シャツがだめになることもなかったじゃんかよ！」

悔しげな声でも、自分に向けて発せられたのが嬉しく、慈英の唇は笑みを形どる。

「逆でしょう、刑事さんいなかったら俺、いまごろ死んでたかもしれないんだから」

「ばかっ、縁起でもねえこと言うな！」

宥めるような声にむしろ激した臣に叱りつけられたが、慈英の笑みはいよいよ深くなる。

「なに笑ってんだ、おまえな、おまえ——っ」

「おいおい。秀島さん怪我人なんだから、そう怒鳴るな。それに、おまえもあがれ」

苦笑してたしなめる堺の前で、臣は声もなくうつむいた。堺の言葉に、慈英は彼が非番であったことを思い出した。

「お休みだったのに、申し訳なかったです。もうここはいいから、休んでください」

「そりゃ……すぐ帰るけどさ。なんでだよ。なんでおまえが謝んの？」

「……え？」

ねぎらうつもりだった慈英を、臣は睨んだ。向けられた目は赤らんでいる。徹夜明けの疲労がたまったものとは違う、潤んだ恨みがましいようなそれに、どうしてかどきりとした。なぜそんなふうに、つれなさを責めるような表情をするのか。戸惑っていると、慈英の言葉に反応したのは堺だった。

「そうか、おまえ非番だったな。じゃあついでだから、秀島さん、ホテルまでお送りしろ」

「いえそんな、悪いですから」

「いいんですよ、させてやってください。……責任、感じてるみたいですし」

慌てて辞退する慈英に、堺は小声でつけ加えた。気のすむようにさせてやってくれと苦笑され、それ以上は強く言えなくなる。

「臣。休み、明日までだろ。今日の分、そのまま明後日に繰り越して休んでいいから」

「わかりました。じゃあ……車、出すから送っていく」

そして、沈痛な面もちで頷いた臣のあの赤らんだ目に見つめられ、逆らえなくなった。まるで請うような視線で促されてしまえば、頷く以外慈英になにができただろう。

病院を出ると、すでに残照が空を染めあげていた。あれからさほど時間が経った気がしなかったのは、気絶していたせいなのだろう。

「それじゃ秀島さん、お気をつけて」

「はい、堺さんもいろいろお手数かけました」

「とんでもない。……じゃあな、臣。頼むぞ」

病院の玄関口で堺と別れた瞬間、ぎこちない沈黙が訪れた。視線で促す臣に続くと、この街に訪れた初日に乗せられた、覆面パトカーが駐車場に停まっている。

「……乗って」

ドアまで開けられては、黙って乗りこむしかない。さほど重傷ではないというのにシートベルトまで臣の手でロックされ、あの日とは格段の差がある待遇にむしろ慈英は困った。

「きつくないか？　気分悪いとかないか？」

「平気です。だいたい腕だけだし、深くもないし、たいした怪我じゃないんですから」

「十針も縫って、なにがたいしたことないんだっ」

ホテルまでの道すがら、何度も様子を問われる。やや貧血気味だがいまは麻酔も効いているし、医者からも、抜糸までの十日は無理な運動をしないように言われただけのことで、両手とも動きに不自由はないのだ。

慈英が根城にしている駅前のビジネスホテルは、病院からさほど離れていなかったようだ。ものの十分ほどで、車はホテルに到着する。

「あの、刑事さん？」

「いいから」

送ってくれてありがとうと慈英が告げるより早く、臣はふたたび助手席のドアを開けた。あげく連れだってフロントに歩き出され、「ではここで」と切り出すことが難しくなった。

(部屋まで送ってくる気なのかな)

ちらりと眺めた臣の手には、なにか平たく大きなものが握られている。降車するときに後部座席から取り出していたそれは、形状から言って、切り裂かれ血にまみれたスケッチブックの代わりなのだろうと慈英は見当をつけた。

「なあ、これ。やる。あ……さきに言っておくけど、金とかいらないからな」

案の定、部屋に入るなり、臣は包みを差し出してきた。さきほどシャツの代金を支払うと言った際のやりとりからか、先んじる臣に苦笑して、慈英はそれを受け取った。

「そんな、いいのに……買ってくれたんですか？　このシャツもだけど、悪いですよ」

「でも俺、どういうのがいいかわかんないから。これも……たぶん安物だと思うし」

俺の気がすまないから。またうつむいてしまった彼の髪はすっかり乱れて、はらはらとこぼれ落ちた前髪がきれいな目元に影を落とす。働きづめの仕事明けに、あの大捕物だ。慈英が気絶している間にも、きっといろいろやることはあっただろう。

(だいじょうぶかな、このひと)

慈英自身はさほど疲れは感じていない。治療のあと軽い貧血を感じたものの、気分がやはり高揚しているのだろう。臣のほうがよほど具合が悪そうで、放っておけないと強く感じた。

「あの……お時間あるならちょっと、寄っていきませんか？」

「え？」

遠慮なのか恐縮か、臣はドア前から一歩も中に踏みこまないでうなだれている。そんな悄然《しょうぜん》とした姿は似合わない。見ていられないと思うのがなぜなのか、いちいち考える余裕もないまま、慈英は所在なさそうにしている臣を中へと誘った。

「お疲れでしょう。コーヒーくらいならありますから淹《い》れますよ。一杯、いかがですか」

臣はぼんやりと慈英の笑みを眺めたあと、はっとしてかぶりを振った。

「いや、そんなの悪いよ。おまえのほうが疲れてるだろ。早く寝ろよ」

慌てて瞬《しばた》く臣の、ふだんは青みがかったきれいな目が、疲労に充血して痛々しい。慈英はため息をついて、たしなめるように告げた。

「あのね刑事さん。あなたの顔色、悪いです。たぶん早く帰りたいと思うけど……車運転して戻るなら、ここで少し休んだほうがいいです」

もっともらしく告げたけれど、このまま離れがたいのは自分のほうだと慈英は思う。なにしろ人生の中でもトップクラスのハプニングが起きたばかりで、精神的に落ち着かない。

「それにちょっと、俺もいま、ひとりになるのしんどいんで。よかったら落ち着くまでいてもらえませんか？」

「あ……そ、そっか。そうだよな」

ひどくひと恋しいような気分がするのは、洒落にならない恐怖を味わったせいもある。だから告げたのは単なる事実で、ようやく頷いた臣は、どこかおずおずと足を踏み出した。

「誰か、一緒に泊まってんのか？」

さしてめずらしくもないビジネスホテルの部屋をぐるりと見回した臣は、ようやく肩の力が抜けたらしい。ダブルのベッドに小首を傾げてみせる臣の、俗っぽい含みのあるその問いに、慈英は声をあげて笑った。

「はは、違いますよ。シングルだと俺、狭いんで。食事の相手もいないのに、そんなのいるわけないでしょう」

「そ、……あ、そっか」

それならいいけど、と目に見えてほっとする彼にソファを勧め、電熱式のコーヒーサーバーをオンにする。ドリップをはじめたのを横目に、慈英は着替えを探り出した。

「すみません、ちょっと失礼して、着替えますね」

臣に声をかけると、まだ落ち着かないようにそわそわしながら「うん」と頷く。

バスルームに行ったのは、落としきれなかった血と泥汚れを流したかったからだ。傷のあたりは消毒されているものの、あちこちにまだ赤黒い血痕が残っている。絆創膏に水がかからないように注意して、ついでにざっとユニットバスで足のさきだけを洗った。

Tシャツと部屋着用のゆるいジーンズに着替えると、それだけでも大分リラックスできる。臣にせっかくもらった黒いカッターシャツだが、おろしたてなせいと、少々肩幅が規格外の慈英には、既製品のそれはやはり幅が狭くて、少し肩が凝ったのだ。

「あ、すみません。注《つ》いでくださったんですか」

「あー、うん。コーヒー、落とし終わったから……はい」

部屋に戻ると、コーヒーを淹れている臣の背中に恐縮しつつ、慈英はふと違和感を覚える。手渡されたカップと彼をしげしげと眺めたのち、その違和感の所以に気づいた。

(ああ……そうか。スーツ、上下があってないんだ)

昼間とは上着が違うのだ。いま彼の細い肩に纏ったそれにはおろし立てのような印象がある。おそらく、慈英を抱きとめたときに血痕がついたのだろうという予想に違わず、中に着ているシャツにはところどころ赤黒い染みがあった。

「もしかしてスーツ、だめになっちゃいました？　すみません」

「謝るなよ。……おまえ、ほんとにもう」

慈英が詫びると、かすかに震えながらコーヒーを啜った臣は、硬い声を出す。目を逸らしたままどさりとソファに腰掛ける彼は、ひどく苦しげだ。それがきつく締めつけているネクタイのせいなのか、それともほかのなにかが要因であるのか、慈英にはわからなかった。

「首、苦しくないですか。よかったら、少し楽にしてください」

「……ああ、うん。そだな」

気遣う慈英の声に、臣はややあって素直に上着を脱いだ。ネクタイをゆるめ、襟元のボタンを外すと、暗くなりはじめた部屋の中でもふわりと白く発光しているような首筋が覗く。

「あ、……えっと、日が暮れて来ましたね。もう、部屋が暗い」

胸騒ぎを覚えた慈英は、細すぎる首筋から目を逸らす。明かりをつけたついでに、数歩下がってベッドに腰掛け、臣との距離を取った。

ホテルの照明は、あまり光度が強くない。なんとなくオレンジがかった部屋の中、うなだれた臣の薄い肩先は、なおいっそう頼りなく見える。

(なんだか、別人みたいだな)

こうまで神妙な臣というのははじめてで、慈英はどうしていいのかわからない。沈黙に耐えかね、さきほど手渡された紙包みを手に取った。

「あの。……これ、開けてもいいですか」

「ああ。おまえのだから」

臣はちらりと視線だけをよこして、のろりと頷く。包みを破いて中身を取り出すと、予想に違《たが》わずF6サイズのスケッチブックが出てくる。慈英が持っていたものと同じ、英国製の著名なメーカーのものだった。

「探したでしょう、これ」

「目についたの適当に買ってきただけだよ。べつに手間なんかかけてねえ」

臣は素っ気なく否定するが、画材などは素人には判別がつかない。ことに慈英の愛用するこれは、専門店で探さなければなかなか見つからないものなのだ。

「そうですか。でも、ありがとうございました」

はらりと、真新しいそれを開いた慈英が呟くように言えば、臣は苛立ったように握った手の甲を噛んだ。爪先も赤黒いままで、細い指には不似合いな汚れに胸が痛くなる。

「礼なんか言われること、……してない」

空を睨む臣の気配はぴりぴりとしたまま、微動だにしない。きっと手を洗えと言っても聞かないだろうし、それ以前に慈英の言葉も聞こえているのかどうか。

(しょうがないな)

そっと立ちあがり、慈英はもう一度バスルームに入る。

「刑事さん。……手、出してください」

濡れたタオルを作って差し出すが、臣は意固地《いこじ》な子どものように更に指を噛むだけだ。きれいな歯が、静脈の透ける、白く薄い皮膚を噛み破りそうだ。沈痛な面持ちの彼が痛ましく、その手をそっと取りあげると薄い肩が跳ねあがった。

「な、なに」

「ああ、だいぶ固まっちゃってますね。取れるかな」

どこか恭しいような仕種で、自分の血に汚れた指先を拭ってやると、臣は戸惑うように慈英の顔を見あげ、そしてそこに浮かんだ穏やかな笑みに瞠目する。

「なあ、……なんで？　おまえ、殺されかけたんだぞ⁉　なんで笑ってられんの‼」

臣が震えた声で問う。一本一本を丁寧に清めながら、慈英は首をかしげた。

「うーん……なんででしょう。まだ、実感がないのかなあ」

拭う指は繊細な造りをしていて、どこかしらせつないような心持ちになる。

乾きかけた血が溶けて、赤くタオルを汚していく。自分の血が臣の指を汚しているのだと思うと、なぜか腹の奥が震えるような、かすかな掻痒《そうよう》感を覚えた。

「実感ないって、そんな、怪我までしてっ。ばかじゃねえの⁉」

「そうかもしれないですね……はい、終わりました。もう片っぽの手、出してください」

激する臣に淡々と返した慈英は、肘掛けの上で真っ白になるほどに握りしめられた、左の拳を取りあげる。赤い顔をして悔しげに唇を嚙む臣の、伏せた睫毛は震えていた。

「俺はあれで、いろいろわかりましたから。だから、いいんですよ」

爪の間に入った汚れを落としてやりながら、唇が勝手に言葉を紡ぐ。

「さっき八つ当たりしましたし。ご存じだと思うんですけど、俺はこのところ、なんで絵を描いてたのか、わかんなくなってたんです」

うなだれたままの臣は無言で、聞いているのかいないのかわからなかった。ただじっと、ひとまわり大きな慈英の手に握られた自分の手を見つめている。

「でも成り行きで、似顔絵なんか描いてみて。刑事さんが褒めてくれて、お礼言われて」

「あれがなんだよ、だって、俺……おまえに」

「俺は、嬉しかったんですよ」

臣の言葉を制するように、慈英は笑いながら言った。臣は目を瞠って息を呑む。

「あんなふうにシンプルに喜んでもらえたのは、久しぶりでしたし。少しもいやじゃなかった。なにより、考えるよりさきに絵を描けたことが、嬉しかったです」

それでもまだ、振りきれないような惑いが、慈英の身体を重くしていた。だが、臣の手を握り彼を見つめるいま、疵を負った腕さえもがひどく軽いような気分でいるのは実際だ。

「いつ帰るのかも決めかねて、うだうだ考えて。……でもさっき、切りつけられて」

さきほどの凶行を言葉にした慈英の前で、目を逸らしたままの臣はびくっと震えた。拭っていただけの手でとっさに、捕まえるように手首を握ったのは無意識のことだった。

「死ぬ――とか、そんなのより、描けなくなったらどうしようって。そっちがさきでした」

命汚いよりも、なおひどい。死ぬかどうかの瀬戸際に、自分は笑いたくなったのだ。

「だから却ってね。俺にはショック療法みたいなものだったし」

「そんな……だからって、俺の責任がなくなるわけじゃ、ねえじゃんか」

眉を寄せて、泣き出す寸前のような顔をした臣がようやくこちらを見たことに安堵する。

「だって俺、刑事なんだぞ。おまえとか護ってやるのが仕事なのに、ぜんぜんっ」

「きちんと、お仕事なさったじゃないですか。捕り物、生で見られて面白かったですよ？」

浮かんだ笑みは、どうしようもなく甘ったるいものになった自覚はあったが、引き締めようとも思わなかった。

「それにあんな経験、一生ないかもしれないし、貴重でした」

「……おまえは、ばかかっ！」

不謹慎な言葉に目を瞠った臣は、かっと赤くなる。そして焦ったように、慈英の手に包まれていた指先を振り払った。

「あんなの、あんなの一生なくっていいんだよ！　なんだよ、黙って聞いてれば勝手に、べらべら……っ」

「ああ、そうですね。俺ばっかり喋って、すみません」

「だ……から、そうやってすぐ謝って、なんでおまえ、……ばかっ」

肩で息をつくさまが、臣の動揺を知らしめる。そんな姿さえどうしようもなくかわいいと思ってしまう自分を、いいかげん慈英は認めるしかない気がした。

「いっつも俺、謝って、ちゃんと言おうと思ってんのになんで、さきに謝るんだ……っ」

「や、……でも、それは。俺、怒れませんし」

「なんでだよ、怒れよ！」

会話に興奮して立ちあがった臣に怒鳴りつけられ、それでも笑ってしまう。そしてぽろりと、なにも考えないままの、だからこその本音が口から飛び出していった。

「なんでって……あなた見てると、なんか楽しくて」

「……はあっ？」

このときの慈英は少しばかり、とんでもない事件のおかげで理性のねじが飛んでいたのだろう。だが、たとえ正気であってもそれが止められたかどうかに関しては、定かではない。

この瞬間——いや、出会って以来ずっと、慈英の情はどこまでも臣だけに向けられていた。こんなにも誰かに入れこんだことなど、生まれて一度もないことを自覚さえできないまま、ただ夢中になっていた。

「すごくね、なんだか……嬉しいんですよ」

そこに、臣の姿があることが、生き生きした姿を見ることが、たまらなく嬉しい。

「だからばかにしてるんじゃなくて、勝手に笑っちゃうんです、顔が。……でも、それが気に障ったらすみません」

真面目に謝罪を告げたのだが、返事はない。目の前に立つ臣は、その細い肩を震わせてうつむいていた。なにかまた失言したかと、慈英は不安になる。

「……あの、刑事さん。俺はなにか、おかしなことでも言いました？」

うろたえた慈英は自分も立ちあがり、臣の顔を覗きこんだ。そしてゆるめた襟元から覗く、たおやか、と言っていいほどに細いうなじが、赤く染めあがっていることに驚いた。

「おかしいって……おかしいだろ、おまえ、おかしいよっ」

「わっ」

呻いた臣が、崩れ落ちるように倒れかかってきた。反射的に受け止めると、きゃしゃな身体が恐ろしくやわらかくて更に驚く。骨から細いとわかる見た目のとおり、あちこち尖ったような造りなのだろうと考えていたのに、臣の身体はひどく、ふわふわと感じられた。

（こんなんでよく、ひとを投げ飛ばすことができるもんだな）

そういえば柔道の投げ技は力任せのそれではなく、相手の力を利用するのだとか聞いたことがある――などと、慈英はぼんやり考える。そんなどうでもいいことでも考えていなければ、抱き心地のいい身体の感触に、妙なやましさを覚えそうだったからだ。

だが、慈英がぼんやりとしていられたのはほんの一瞬だった。

「も……おまえ、最悪……っ」

「あの……？　え、うわっ!?　なにっ――」

いきなり足払いを食わせられた慈英は、背後のベッドに倒れこんだ。いったいなにが起きたのだろう。呆然と天井を眺め、臣をベッドの上で抱き留めたまま、慈英は目を丸くする。

「……だ、から……気をつけてたのに……っ」

「あ、あの、……なにが？」

事態に混乱していると、耳まで赤くなった臣が胸元でくぐもった声を発する。臣の重さを全身に感じて、慈英は妙に甘い気分になる自分を訝《いぶか》しんだ。

「なにが、じゃないっつの……おまえ、わかってやってんの⁉」

「え、え？」

臣は赤く潤んだ目で、半身を乗りあげるように慈英を睨む。怒っているのかそうではないのか微妙な——妙に艶めかしい表情に思わずあとずさるが、狭いベッドの上では限界がある。

すぐに壁へと背中が当たり、追いつめられた体勢のまま息を呑んでいると、凶悪なまでに艶めいた視線で臣が覆い被さってくる。

「え、あの……刑事さん……？」

（この状況はいったい、なんなんだ？）

慈英が混乱に幾度も目を瞬かせていると、疵を負った二の腕が、そっとさすられる。

（ああ、怪我のことを気にしているのか。心配で、だから抱きついたのかな）

常識ではどう考えてもおかしな状況を、どうにか理解しようと努めた慈英の取り繕うような笑みは、ひたと見据える視線に崩されてしまう。

「……痛かったか？」

「あ……ああ。でも、かすっただけなんで。い……痛いっていうより熱かった、ですね」

潤んだ琥珀色の目に捕らわれ、なぜか喉が渇いた慈英の声は一瞬裏返る。それがなんだか恥ずかしくて、「血にはびっくりしたけど」と早口に告げた。

「いくらなんでも、自分の血を見て気絶なんかして、情けないですよね、俺」

理由のわからない息苦しさをごまかすように、慈英があえて軽く笑ってみせても、臣は笑わない。ただじっと、ひたむきなまでの潤んだ目で、どんどん慈英をせつなくさせる。

「ごめんな？　俺、……ちゃんと護ってやれなくて」

唐突な謝罪は自責の念から来るものだろう。けれど、小さな赤い唇が震えながら紡ぐ、頼りなく細い声は、いつも強気な臣のものとは思えないほど儚《はかな》げに、甘く響いた。

（なんて声、出すんだ。なんでこのひとは、声まできれいなんだろう）

腕をそっと、臣の手で包むようにさすられた。手のひらの温度が包帯越しに伝わってくる。麻酔のおかげで軽い疼きを訴えるだけの疵痕に、そのぬくもりはやけに甘く染みる。

心地よすぎる慰撫に、慈英は焦った。このままでは、なにかまずいことになる。

いま慈英の長い脚は、ベッドの上に投げ出されたままだった。それをまたぐかのように絡んだ臣の腿の、しなやかな甘い体温がじわじわと身体に浸透していく。

「あの、だから……もう、平気ですから。ありがとう。だいじょうぶです」

なんとか笑って身を離そうとする慈英の思惑に反し、臣は身体をこすりつけるように乗りあげてくる。濡れたまなざしと仕種、かすかに開いた唇が近づいて、慈英は息を呑んだ。

(くらくらする。なんでだ……貧血のせいか?)

そんなわけがないことくらい、体温の上昇が証明している。この脚のやわらかさに、小さく息を呑んでいる自分が、やましくてたまらない。

これではまるで、セックスを誘われてでもいるようだ。けれどまさか、そんなはずは——と混乱する慈英の頬に、ほっそりとやさしい造形の指が添えられる。

「……なあ。こっち、見て」

「——っ、け、いじさ……」

伸びはじめた髭を辿るように、臣の細い指が頬を撫でた。その声と仕種に、この事態が慈英の勘違いでも思いこみでもなく、彼からのはっきりした誘惑であると知らされた。

(なんなんだ。誰だ、これは)

臣の怜悧な顔立ちを、慈英は初対面の折りにラファエロ前派を思わせる、と感じた。だが、緑の湖水に浮かぶ裸身の妖精たちよりも、いまここにいる彼はさらに艶めかしく、危うい。

目を潤ませる彼は、ふだんのあの少年のような明るさが嘘のように儚げで、意味もなく慈英の長い指はシーツの上を蠢《うごめ》いてしまう。

目の前にあるのは、いままでの臣とはべつの生き物にでもなったかのような、強烈な蠱惑《こわく》を孕んだ肢体。ただかわいらしく潑剌《はつらつ》としていた表情はやわらかにゆるみ、上気して、触れた瞬間には甘く蕩《とろ》ける予感を慈英に教える。

（でも、なんでだ。どうして）

髭をくすぐる指の動きはむず痒く、そして同時に腰のあたりを騒がせる。いままでに知らない臣の顔に、惑乱しつつも目を離せない。それが妙におそろしく、同時に胸が騒ぐ。

「なあ、あのな。……おまえさ、俺のこと、嫌いだよな？」

「え？　べ、べつに嫌いじゃありませんが」

唐突な展開に硬直しきっていた慈英は、くすんと鼻を鳴らした臣の声に目を見開いた。

「うそだよ。初《しょ》っぱなから犯人扱いで、あとつけるし、怒鳴ってばっかだし……」

「あ、いえでも……それは、お仕事なわけだし。なんとも思いません」

頼りなく寄った眉根に、いつもの向こう気の強さは見つけられない。身体の両脇に投げ出したままの腕が疵のせいでなく疼いて、慈英は困り果てた。

抱きしめたい。そう感じてしまったおのれに、さらに激しく動揺する。ひとこと紡ぐにもどうにも舌が回らず、どもってしまうのも恥ずかしく、耳の下が熱くなった。

「ほんと？……嫌いじゃない？」

「な、ないですけど……っ」

けれど慈英の声に、臣はふわりと笑った。またがられた腰が密着し、慈英はさらに焦る。

（やばい。離れてくれ。頼む。まずい）

吐息が頬にかかる距離で、媚びるような色を乗せた囁きを落とされ、ためらうようにもがいた指をそっと握りしめられる。

微笑みも声も、感触さえも甘く、振りほどけばいいとわかってるのに逃げられない。

「あの、け……刑事さん」

「なに？」

あげく、小首を傾げた臣の襟元からは、安っぽいホテルの室内灯に照らされた、青白いような首筋と鎖骨、そして、小さな赤みがちらりと覗いた。

（やばいっ……）

視覚だけでも、とんでもなく煽《あお》られていた。だが焦りに身じろいだ瞬間、シャツの隙間にこもっていた、彼のにおいが鼻先に漂う。甘いフレグランスだけではなく、体温を感じさせるそれは慈英の官能を直撃し、下半身に妙な緊張が走る。

「ちょっと、すみません、どいてくださいっ」

「え？……あっ」

頬をひきつらせ、慈英は逃げるように腰を引いた。しかし密着した臣に、そこがいったいどうなっているのかなど、わからないわけもない。

「なあ。これ……勃《た》ってる？」

「あ、いや、これは――な、なんででしょうね。疲れたから、かな」

どこかあどけない声で、あっさり指摘されて顔が熱くなる。笑ってごまかしきれるわけもないが、とにかくどいてくれないかと、慈英は薄い肩に手を置いた。

「ちょっと、シャワーでも浴びてきます。すみません、変なことになって」

「俺、どいたほうがいい？」

「え、ええ……」

臣の危なげな視線から顔を逸らしつつ、意味のない薄ら笑いを浮かべそうになった慈英は、小振りな唇に向けて自分の首筋をさらしたことには気づけなかった。ただ、凶暴なまでの衝動を持て余していると、臣の小さな唇はなぜか、妖艶に微笑みを浮かべた。

「やだ、って言ったらどうする？」

「え……」

その答えに慈英が目を瞠れば、そっとしなやかな腕を両肩にかけられた。恐ろしくなるほどの甘い声音と瞳で彼は、慈英のなにかを絡め取りに来る。

「なあ。……オトコ、やったことある？」

「……っ」

ひた、と濡れた唇が触れる。顎と首の境目に落とされた囁きが熱い。ごまかしようもなく性感をくすぐられた慈英は、声をうわずらせて全身を総毛立たせ、恐慌状態に陥った。

（オトコ？　やったってなにをだ？　どうしてこのひとが……臣さんが俺に、こんなことを）

なぜこんなことになっているのか。たくさんの疑問符が頭を駆けめぐり、わけがわからないと逃げ出したいような気分にもなるのに、指一本慈英は自分の意思では動かせない。

「ねえ、俺、うまいよ……？」

「う……っ、な、なに」

小さな舌にそろりと耳朶を弾かれて、息を呑む。反射的に目を瞑ると、瞼の上にもそのビロードのような感触は触れてきた。

鼻先に火照った彼の香りを感じた慈英は腕の痛みも忘れ、細い腰をついに抱いてしまう。

（細い。それに、触るだけで、気持ちいい）

女性の、細くともやはり肉付きのまろやかな感触とは違う、頼りないまでの薄い腰つきに手のひらが痺れた。壊しそうだと感じて恐ろしく、そのくせにもう手が放せない。

「怪我……さしちゃったから。なにも、しないでいいから」

その所作に了承を得たと思ったのか、首をかしげて臣は微笑んだ。至近距離の、甘ったるくもかわいらしい、そのくせに淫靡な仕種に、慈英はもうなにも言えなくなる。

「気持ちよくしてあげるから……動くなよ、な？　いやがんないで……？」

「――ちょ…っ！」

言葉とともにちゅっと吸い付いてきた唇は、薄くて小さいのに驚くほどやわらかかった。

少女のような甘い色あいを溶かしたようなそれが、しかしその初々しいような形に似つかわしくない巧みな淫らさで慈英の肉厚の唇にこすりつけられる。

「ンふ……っ」

呆然としたまま、薄く開いた唇の隙間をちらちらと辿る舌先を感じて慈英は総毛だった。

（……なんだこれ……）

不快だったのではない。むしろその逆だ。口づけただけで、脳がくらりとするような深い官能を感じさせられたことなどない。

実際、妙な話でもあった。いくら臣が端麗な容姿をしていても、そこは同性だ。アートの世界ではめずらしい話でもなく、従兄もバイセクシャルだと公言する剛胆な性格なので慈英に偏見はないものの、慈英は基本的に男相手に性衝動を感じたことは一度もなかった――。

（いや、……違う、そうじゃない）

言い訳のようなことを混乱した頭で考えつつ、そもそも慈英は女性相手でもこんなに衝動的に欲情したことなど、ろくになかったと気づいた。絵画のことだけに打ちこんできたような慈英でも、そこはそれなりの経験はあったし、むしろ美術系に籍を置く学生の常らしく、通常よりもややモラルが低い奔放な相手とセックスを楽しんだこともある。

さらに言えば、贅沢なのか歪んでいるのか知らないが、慈英は思春期からこっち、自慰さえろくにしたことがない。精通からそう遠くない時期にすぐに人肌を知り、以来セックスについては、常に満たされている部分があったからだ。

むしろここしばらくは精神的に倦《う》んでいたために、そんな気にもならなかった。

(なのに、なんだ、これは。どういうことなんだ)

なにをされたわけでもない。ただ熱っぽい目で見られただけで欲情したことなど一度もない。なのに慈英自身困惑するような、強烈な痺れが腰に走る。

おまけに臣の施す口づけが、かつての経験とは比べものにならないほど甘く心地いい。

(うますぎだろう、これは……)

上下の唇をそれぞれに啄《ついば》み、甘く噛んで、小さな舌先で歯茎を辿るように丁寧に舐めあげる。大胆に誘っているようでいながら、男の嗜虐《しぎゃく》性をそそるような震えさえ孕んだキス。

「ん、ん、……っふ」

ここを開いて、中に入れてとねだるように、臣は慈英の健康な歯並びをねぶる。強引に踏みこむよりもこの甘い舌を啜ってとせがんでいるのが、薄目を開けて見つめる表情に表れていた。湿った音を立てて唇を吸う臣の、淫蕩なのにどこか健気ささえ感じさせる所作に、慈英はついに負けてしまった。

(このひとの、舌と唾液の味が、知りたい)

食いしばっていた歯並びを開いてしまえば、とろりと甘いものが入りこんでくる。それが彼の舌だと認識するよりさきに、甘い誘惑に負けた慈英の唇はそのやわらかいなめらかな肉を啜り、歯のさきで噛むようにして更に口腔へ引きずりこんでいた。

「んう……ん、ん、んっ」

「う……っ」

舌を吸うと、口の中で臣の声が溶けた。その瞬間、背筋を這いあがる欲に負け、力を失った慈英の背中がベッドに沈む。乗りあがったままの臣の身体が、さらに絡みついてくる。

ずいぶんと長い、口づけだった。合間に響くのは互いの舌を舐めあう音と、身じろぐ臣の衣擦れ、それから甘い喉声だけ。脳が溶けそうだ、と無意識に細い背中を撫でて慈英は思う。

(これはもう、キスなんかじゃない)

唇を使って、セックスしている。つるつると互いの口の間を行き来する舌がもっと欲しくなり、浅ましく鳴ってしまう喉を嚥下させると、息苦しいと臣がさすがにかぶりを振る。

入れて、出して、互いの体液に濡れて、もっと奥へと欲しがる。ぐっと尖らせた舌を喉へと滑らせると、さすがに臣が咳きこんだ。

「んん……っ、や」

「あ、……あ、す、みませ……」

苦しげな顔にはっとなり、唇を離した。しつこく絡みあった舌がもつれ、ぎこちなく自分の言葉が途切れたとたん、慈英はかっと赤くなる。

(な……なにを、してるんだ。俺は)

我に返って身体を起こそうとすると、ひくんと震えた臣がその細い腕を絡みつけてくる。

「——あん！　や、動いちゃだめ、……んんっ」

「な……っ」

耳元で濡れた声がする。なまめかしい喘《あえ》ぎに、慈英はまた硬直した。臣のやわらかい細い脚は慈英の腿に絡まったまま震え、火照って湿りさえ帯びている。

その中心にはたしかに自分と同じ強ばりがあった。臣が、あのきれいで明るい、少年のような刑事が、いま自分に舌を舐められて勃起している。現実味のない状況に目眩を覚えるのに、慈英のそれもまた、少しも冷めることがない。

「……キス、すご……すごか、った」

目尻を染めて呟く臣に、こっちの台詞だと言いたい気分になった。けれど小刻みに震える身体が、とろりとやわらかくなるのを腕に感じ、慈英はなにも言えなくなる。

腕の中にある、まるで猫のようにしなやかな細い肢体は、骨が少ないのではないかとさえ思う。

「……なあ……」

潤んだ目でじっと見つめられ、逃げられなくなる。声も、感触も、そのきれいすぎる——うつくしい顔もすべて、慈英を危うい、いままでに知らないどこかへと誘う。

細い、しっとりとした指を頬に添えられた。臣はどこもかしこもほっそりと頼りなく、それなのにまるで、硬く筋張った感触がない。はじめて出会った日はその細さに驚くばかりだったけれど、こんなにやわらかいことは知らなかった。

やわらかいことを、もう、知ってしまった。

「もっと……しない？　気持ちいいの。俺、ほんとにうまいよ」

乱れた前髪の隙間から、濡れた目がひたと慈英を見つめている。唇をさらに湿らせるように、赤い舌先を覗かされた。いま知っている臣の、いちばんやわらかな場所。

「ここで、おまえの、おいしいの、食べてい……？」

それをもっと味わいたいという衝動に、慈英は抗《あらが》うことができなかった。


ひたりひたりと、ぬめった音がする。性器と臣の小さな唇が奏でる卑猥な水音だ。

口づけられながら、ジーンズのファスナーは引き下ろされた。なんのためらいもなく滾《たぎ》った部分を口に含まれて、驚いた。だが抗えないまま、慈英はその愛撫を受け入れた。

「……く、うっ」

呻くしかない自分が情けないとも思ったが、なすがままと言ってもいいほどあっさりと、身体が快楽に負けてしまう。

「ん……ふふ、きもちい？」

ちゅる、と啜ってくる唇のあまりの快さに、問いかけには意地も張れずに頷くしかない。

「はっ……う」

歯を食いしばったまま浅い息をこぼせば、嬉しそうに臣が笑う。

宣言通り、彼はひどくこの行為に長《た》けていた。経験したことがないほどの強烈な官能に、慈英は息も止まりそうになる。

（……どういうテクニックだ）

細い指で根本にあるやわらかな場所をやさしく揉まれながら、慈英の形を辿るように舐めあげられる。剝き出しになった粘膜を舌の先で弾き、焦れて強ばるそれをねっとりした口腔で包んであやす。

「あ、……刑事、さん……っ」

「……ひゃに？」

くわえたまま返事をされ、それがまたざわざわと血を騒がせるから始末に負えない。なにより、ひとこと発するにも息が切れる自分が信じられない。セックスでこんなに、感じたことなどない慈英は、目を回しそうな気分のまま切れ切れに問いかけた。

「な、なんでこんな、ことを、するんですか」

「え、そりゃ、したいから……」

したいからってと目を瞠る慈英に対し、情欲に濡れた目が、少し違う潤みを帯びた。

「俺……オトコ、好きなヒトなんだ」

「……えっ？」

自嘲気味の小さな呟きは、艶めかしく空気を震わせる。訊きたいのはそこではなかったのだが、その答えも充分に慈英を驚かせた。臣はひどくきれいな顔をしてはいたが、慈英の知るゲイの人種特有の粘っこい雰囲気など微塵《みじん》も見せはしなかったからだ。

（いや、いまさらなんだろうけど……でも、嘘だろ）

半裸になって性器をくわえられている、この状況にあってなお信じがたいと思ってしまうのは、彼に対しての清潔な印象が拭えないせいだろうか。

「だから、慣れてる……から。やじゃなかったら、させてくんね？」

細いうなじをさらしながらも、慈英の性器を扱《しご》く指は止まらない。たしかに、慣れとしか言いようのない仕種がそこには滲んでいて、慈英はどうしようもなく不愉快になる。

だがそれは、こんな行為をする臣自身に対してではなく——慣れさせた、過去の人物の影を一瞬でも想像したことによって起きた、苦い思いだった。

「なあ、ゆったじゃん。お詫びだって。だから、俺にしゃぶらせて……？　ここ」

「っ……う、な……っ。だから、それは、違うって……っ」

怪我をさせたお詫びだと、臣は言い張った。それは臣の責任ではないと、いくら繰り返しても聞かず、ひどくすまなそうに目を伏せ、心地いい唇で濡れた屹立に触れてくる。

「んっ……ん、ん」

何度も甘噛みしては舌で舐めずり、ねっとりと快感を引き延ばす手口に、慈英はまともな思考力が奪われていくのを感じた。口腔を使い、小さな頭を上下させるような動きで刺激され、自分のそれが更に膨らむのを感じた。

「も……いい、ですってっ」

やめてくれというのに臣はまったく聞き入れず、いいから、と更に舌を激しく蠢かせる。

「ちょっ……も、刑事さ……っ、臣、さんっ！　やめてください！」

「んむっ！　う、……うう？」

頰を摑んで顔をあげさせようとすると、小さな口いっぱいに頰張ったそれが彼の内側から粘膜を押しあげているのが触れた感触でわかる。なめらかな頰を歪ませるあまりにもリアルな欲望に、目眩がしそうだ。

「なんだよ。やばい？　なら口に出していい、から」

「よ、よくないでしょうっ……」

慈英が逃げるように腰を引けば、逃すかとしがみつく臣がさらにしゃぶりついてくる。

「い、から……ン……飲む、から、出して……」

「なっ、なに!?　できません、そんなことっ、だ……め、ですってっ！」

頰の内側の肉でずるりとこすられる。くん、と嚥下の動きに締めつけられ、食いしばった歯の奥から獣じみた呻きが漏れてしまう。口腔での愛撫ははじめてではないとはいえ、そこで達したことはさすがにないし、飲ませたこともむろんない慈英は軽いパニックに陥った。

「ちょ、も、はっ、離して——」

「や。俺、飲むから……ね？　出して、あれ……」

焦りのあまりろくな反応もできないでいると、ついにはすぼめた唇でちゅうちゅうと何度も吸いあげられ、慈英はぞくぞくと背中を走ったものに負けてしまう。

「や、じゃなくて、うわ、あっ——ッ！」

あ、と思った瞬間には遅く、臣の吸引する唇にくじけた理性が放たれた。びくびくと跳ねる性器が、乱雑に口腔に突き入れるような動きを見せても、臣は離さない。

（う、わ……啜ってる……っ）

それどころか、うっとりとした顔で残滓まで吸い取るようにして飲みこまれた。信じられない、と愕然としたまま、慈英はみずからの精液を飲みくだす臣の顔を、最後まで見た。

「んん……すご……濃かった。……けっこ、たまってた？」

萎えたそれを臣は少しの嫌悪感も滲ませず舐めあげて清め、それどころか名残惜しそうな顔さえして解放する。小さな口の端を汚す白濁に、慈英は歪んだ顔を手のひらで覆った。

「……すみません……っ」

最低だが、いたたまれず謝った。しかし臣はうっとりしたような顔で見るから困惑する。

「なんで？　……あ、フェラ、好きじゃなかった？　自信、あったんだけどな……」

「な、なんでって……いや、そんなことはないんです、けど」

「じゃ、よかったか？」

しょんぼりとされてしまえば、つい違うと言ってしまう。自分の正直さが情けない。というより突然の事態と、強烈な快感の余韻に混乱したままでは、嘘などつけるはずがない。

「え、あの……まあ。……はい」

頷いてみせると、見たこともないほど甘い目つきで笑う臣がいる。首筋にするりと絡みつく腕をほどけない、それはいま嘘をつけなかったことと、同じ理由だろうか。

「じゃあ、……じゃあさ。もっとすごいの、……しない？」

「そ――……」

誘うのに慣れた口調になぜか、慈英は言葉を失った。嬉しげに笑う臣の表情は明るく、なのにどうしてか、脆《もろ》い危うさが透けている。自分を怒鳴りつけ、追いかけてきたあの彼と、目の前の妖艶な姿があまりに遠い。

――ありがとなっ、恩に着る！

あの日笑いかけられた瞬間、ただ微笑ましく甘かった臣の笑顔が、どうしてこんなに苦い。そのくせなぜ不快さなどどこにもなく、哀しいような気持ちばかりが襲ってくるのだろう。

「いや、かな……？」

そんな媚びるような目をしないでくれ、そう思った瞬間、慈英は無言で目の前の身体を抱きしめた。ほっと息をついて抱き返す腕のしなやかさが快く、それだけにつらい。振りほどくことさえできない自分の曖昧さだけが、腹立たしかった。

(なんで……こんなことになったんだ)

ぼんやりと考えることを放棄したような状態のまま、慈英は臣と寝た。

疵を理由に、臣は慈英の上でひたすら奉仕的に振る舞った。愛撫が、口づけが甘ければ甘いほどにせつなく、だが胸のどこかがひどく傷ついても、なにひとつ、慈英には逆らうことなどできなかった。

「あの。だいじょぶだし。俺、病気も持ってないし……きれいにしてるから」

臣自身は、下肢の衣服を脱いだだけに止まった。慈英を舐めあげる間に、彼自身はとうに高ぶっていたようで、下衣を床に落としながら、息を浅く振りまいていた。

「男の身体なんか……見たら、萎《な》えるだろ？　だから、目、瞑っててていいから」

だから見ないで、じっとしていて、入れるだけならどちらもそう変わらないから。そう言いながら、アメニティグッズの中にあった乳液を手にした臣は、血痕を残したシャツの裾に隠れた手で、自分の身体を濡らしていた。

「に、妊娠とかもしないし、生でして平気だから。楽、だろ？　なんにもしなくていいし」

ご丁寧に細い手で目元を塞がれた慈英は、ぬちぬちと小さな音だけ聞かされ、想像ばかりが先走る。あの指で、おそらくは尻の奥を拡げているのだと思うと、射精したばかりの自分のそれが冗談のような激しさで反応した。

だが、気まずいのか、その粘った音を羞じるように、臣は喋り続けた。

「べ、べつに重く考えなくっていいじゃん。たいしたこと、ないし。俺、しつこくしないよ」

それでいながら、臣の紡ぐすれきった言葉の数々に、失望に似たものさえ覚え、慈英はひとことも口を挟むことができなかった。

「触らないで、女の子だと思っていいから、これだけ、ちょうだ……っあ、い……っ」

かすかにうわずった声で、ゆっくりと臣が腰を落とした瞬間、慈英はたまらず呻く。

「く……っ」

「あ、すごっ……お……おっき……っ」

すごい、と惚けたように呟く臣が、唇を震わせる。恍惚としたそこから覗いた舌は赤く、濡れていて、いま慈英を包んだ粘膜を思わせるぬめりにぞくりとした。

（いったいどこが、女と変わらないって……？）

女のそれとはあきらかに違う感触のそこは、あまりにも狭くてきつい。けれどねっとりと蕩けては慈英を包みこみ、湿った熱を与えてくる。挿入しただけで達しそうなほどの、いままで知るそれとは比べものにならないような快感に、全身から汗が噴きだした。

「ん……っ、い、い？　……な、これ……どう？」

「……っ、う、くっ」

呻いて、いいのかと問われるとがくがくと頷くほかになにもできやしない。つながっただけでも凄まじいと思えたのに、臣が慈英の身体の上で踊るように腰を揺する。

(なんなんだ……この、……身体)

きゅう、と締めつけてくる内部の、恐ろしくなるほどの複雑な動きに負けて、身体の上で蠢く細すぎるような腰を掴んだのは、もうなにを考えてのことでもなかった。

「……っあ？　あっん！　やだ、……だ、め、……触る……なっ」

曲げたままシーツの上でもじもじと動く膝頭はなめらかに丸く、体毛など見つけられない。触れてみたい欲求に負けてそっと手のひらを這わせると、陶器のような冷たいなめらかさがあった。とろりとした肌の手触りはたまらなかったが、せつなげに寄せた眉に咎められると、素直に手を離すしかない。

「ん、そ……じっとして、てな。ん、……んんっ……！」

切れ切れの声と同じリズムで響く、混ざりあう部分の水音は激しかった。身じろぎ、淫靡に揺らぐ細い脚の間にはシャツの裾がかぶさっている。

おそらくはその奥で勃ちあがり、濡れそぼっている性器を、臣は決して見せなかった。けれど、そこに滑りこませた指を忙しなく動かしているのは、手首の動きで知れる。

もうひとつの手ははだけた隙間から胸を這って、尖った先を弄《もてあそ》んでいるようだった。

（自分で、触ってる……のか）

見えそうで、見えないのがたまらない。臣の媚態の凄まじさに、視覚からも感触からも刺激され、強引に腰を突きあげると、甘く喘いでいた臣の声に悲鳴じみたものが混じる。

「あん！　そ……そんな、しちゃだめ……っ」

「あ……痛い、ですか」

しかし、慈英が狭い器官を傷つけただろうかと思ったのは一瞬だった。胸の上に崩れ、上半身を震わせた臣が、蕩けきった声で、やめないでと言ったからだ。

「違う、それ、い……すごく、いい……っ。いいよっ……おっき……い」

ふだん話す臣の、あの活舌《かつぜつ》の良い声音が嘘のような、甘ったれて濡れた声でもっとと囁かれ、頭に血がのぼる。

「っああ、あ、ん、……も、と……もっとっ、突い、て」

「ふ……っ」

臣のそこは、味わうように慈英を食《は》んでやわやわと蠢いた。根本から溶けて吸いこまれそうな官能に、慈英も息を切らして腰を揺らす。

なめらかな頰は上気し、汗を滲ませていた。赤い唇を自らの舌で何度も舐め濡らしながら覆い被さってくる臣は、夢中になったように目を閉じて、ぐちゅぐちゅと音を立てて尻を揺する。感じるところをかすめると「ああ」とのけぞり、そのたびに慈英を締めつけた。

(いやらしい、のに……なんで、こんなにきれいなんだ)

たまらなくきれいで、淫らだった。もっと奥まで行きたいと腰を突きあげると、臣が啜り泣いて身をよじる。大きくはだけたシャツの隙間、つんと乳首が尖っているのが見えた。痛々しいほど小さく、赤いこれを、さきほどまで臣は自分でいじっていた。

(自分で、ひとりで触ってた)

見ることの叶わなかったそれを想像したとたん、臣の中にいる慈英はさらに膨れあがり、小さく唸った慈英は、嚙みつくようにそこに口づけた。

「……んあ! やっ、なにっ……?」

びくりと臣が背を反らすが、逃さないと捕まえる。硬くなった小さな突起を舌で撫でると、ぷつんとした感触が気持ちよくてやめられなくなる。

「ん、ん……舐め、て、くれんの……?」

しゃくりあげて喘ぐ臣の、妙に拙《つたな》い物言いが腰に来る。小首を傾げて、潤んだ目でじっと、たしかめるように慈英を見つめた。

「本当に、してくれる……? おっぱい、ないけど」

子どものような言葉に含まれる、不安とためらい。女の子じゃないんだよと、少し卑屈なくらいに確認する臣に焦れて、慈英は答えの代わりに小さなそれを両方、指でつまんだ。

「いやじゃないなら、するけど……どうしますか」

「あっ！　ね、じゃ、じゃあ……」

吸って。吐息だけの声音で、耳朶を噛むようにねだられて、いったい誰が逆らえるだろう。

「……ん、んく、……あぅっ、あ、い……乳首、気持ち、い……」

くんと吸いついて言葉通りにしてやると、鼻にかかった声で子猫のように鳴く。

聞いたこともない甘さに、脳が煮える。この声はなんだろうと思う。扇情的に甘くかすれて、とろとろと耳から滑りこみ、かき乱し、慈英から根こそぎ理性をもぎ取っていく。

「――くそっ……！」

「えっ……？」

腹筋だけで上体を起こし、しなやかな身体を強く抱いた。驚いたように臣は身をよじる。

（気持ちがいい）

臣の身体は、この腕にあつらえたかのようなおさまりのよさだと思った。縋《すが》ってくる腕、力なく背中を掻く指の頼りなさに、大の男を投げ飛ばした逞《たくま》しさなど微塵も感じられない。

（ほんとに、これは現実なのか？　本当に、俺はこのひとを抱いてるのか？）

いま自分がこうして抱いている身体が、誰のものかもわからなくなる。信じられなくなる。

臣の身体は夢のようにやわらかくて、すぐにこの腕からすり抜けそうだった。実際、慈英が抱きしめた瞬間、彼はすぐに逃げだそうとしたではないか。

だから怖い。苛立つ。もっとたしかに抱いていたい。――しがみつかせたい。

「……っ、あ、んう……！　や、なに⁉」

衝動的に口づけながら、痛まない左腕できれいな脚を抱えあげた。なめらかでほっそりとした腿を強く摑んだ慈英は、ものも言わずに激しく、下から腰を揺すりあげる。

「あ！　あ！　あ、ん、や、っ！　だっ……め、怪我、……あっ」

「……かまわない」

だめだと制す言葉を何度も舌で封じて、もう止まらないとその唇を嚙む。力んだ腕が痛みを覚えたが、ゆらゆらと頼りなく傾ぐ白い脚を見ているだけで、痛みなど霧散した。

臣の中に、滾《たぎ》った熱を放つことしか考えられないまま、強引に腰を突き入れると、だめ、としゃくりあげながら臣は泣きはじめる。

突きあげるほどに臣の中は蕩け、じゅぷじゅぷと音が激しくなった。

「すご、すごいっ……だ、だめ、そんな、しちゃ、やっ……あん、ん！」

身勝手な慈英の動きにさえ、彼は感じるようだった。踊るように食いついてくる臣の内部はどこまでも深く、この身ごと吸いこまれていきそうな錯覚さえ覚えさせる。

「だめ、そこ、いっちゃ……いっちゃう、から」

そうして、泣きじゃくる声に覚えるのは、ちりちりと尖った感情だ。臣に与えられるのは純粋な快楽だけではない。この苦く重く、昏《くら》い衝動を孕んだ、御せない熱情なのだ。

こうまでこの身体を熟れさせたのはいったい誰なのかという埒《らち》もない、けれど切実な感情がこみあげて、醜くしかし真摯なそれを慈英は認めた。自分は嫉妬している。

手慣れて甘い仕種、乱れるだけ乱れる、開発されきった身体に、その過去の痕跡に、目眩がするほど腹を立て、いっそ傷つけてやりたくなっている。

「……ずいぶんあなた、感じやすいんだね。慣れてる、んだ」

「あっ、ご……ごめっ」

吐き捨てると、びくっと震えて臣は顔を歪めた。そして動きを止め、慈英から目を逸らす。

「や、やだ……った？　ごめん、俺……っ」

泣き笑いに似た悲痛な顔に、傷つける意図で吐き出した言葉のうしろぐらいような開放感と、その数十倍の後悔を覚えた。だからつい、慈英の声は甘くなる。

「……いやじゃない。感じやすいのは、嫌いじゃない」

「ほん、と……？　いい？　感じていい？」

ひどいことを言ったあとに、それも耳朶を嚙みながらの、こんな台詞は卑怯だ。知っていて、慈英は口にした。慣れているというなら自分もひとのことは言えないと、自嘲しながら腰を抱く。臣は、もう今度は抗わないまま、揺すりあげる男の動きに素直に感じた。

「いいから。もっと乱れて」

「いや、あ……っ、こわ、怖い……っ！」

「……怖い、ですか？」

「いいからっ……こわ、い……！　っあ、ふ……んっ、んー……！」

きつく抱きしめると、背中に腕がまわった。肩口で吐息する臣に、胸が苦しい。

――俺、あんまりお育ちよくねえし、昔が昔だからな。

幼いような素直さを見せつける中、ほんの一瞬だけ翳りを覗かせる彼の横顔に、いったいなにが潜んでいたのだろうと思っていたけれど――この乱れきった表情に、答えを知った。

強気で明朗な気質の臣の中に潜んだあのほの暗いものは、この淫蕩といってもいいような気配を殺すゆえのものだったのだろうか。

(だから……なんだっていうんだ)

流されるままにこんな状況に陥っている自分だ、なにを言う資格もない。すすり泣く声は神経を逆撫でるほどに蠱惑を含み、もっと、とねだる表情は溺れきっている。

「は、ふ……あ、ふかっ、い……っ！　もっとそこ、して、そこっ」

「ここ……？　してほしいの？　ずいぶん、いやらしいね。もっと……どうするの」

尋常ではない乱れ方だと感じながら、引きずられている自分を慈英は知った。そうでなければこんな、嬲《なぶ》るようなひどいことを自分が言うわけもないと思った。

だが、淫乱だとなじるたび、臣は少し哀しげに笑って、淫猥な喘ぎで慈英を煽ろうとする。

「うん、んっ……あっ、あっ、ぐちゅぐちゅって、それ、し、してぇ……！」

この凄まじく心地いい身体の中に踏みこんでしまえば、ひたすらに快感を追って射精したいだけの生き物に成り下がってもしまうだろう。

臣の性癖に対しての驚きなど、いまさら覚えることではない。セックスに対して嫌悪を覚えるほどに子どもでもなく、ただ貪りあうだけの行為があると、知らないわけでもない。

だからいまはただ、感じるといい。それだけのはずだ。

（——違う。そうじゃない）

冷めたふうに考えながら、それでも拭い去れない苦みを噛みしめる。分析をするふりで、なにかから目を逸らそうとしている自分を知り、慈英はきつく眉間を狭めた。

（身体の反応だけ、なんかじゃない……）

そんなふうにこの彼を、貶《おとし》めたいわけではない。ただ、ただなにか一番大事な、大切な感情を置き忘れてしまったような、そんな気がして苦しい。

しなだれかかるやわらかに細い身体の持ち主は、その苦悶にも似た表情には気づかない。

「いい、い……あ……っ、い、ちゃい、そうっ……ん、んん」

素直な喘ぎを漏らす、うっとりと開いた唇を自ら吸い、ただ愛おしい、と感じた。

（臣さん……っ）

キスの途中、声にならない声で彼の名を呼ぶ。口づけをほどくと、鼻の奥が痛くなった。泣いてしまいそうなせつなさは、細い首筋に顔を埋《うず》めてこらえる。けれど鼻先にふわりと、ぬくもりを孕む、甘い香りがして、よけいに慈英は泣きたくなった。

息を切らしたまま、ひと際強く抱きしめると、動きの止まった慈英は焦れた声にねだられた。

「も……っ、おね、お願いっ……動い、て……っ」

「……わかりました」

臣は感じすぎて、すでに痙攣さえしている。苦しげな目尻に口づけながら、慈英は思う。

抱きしめて、揺さぶりながら舌を吸った。この甘さを嫌というほどに味わうその前に、たぶんわかっておくべきことがあるはずだったのだと、いまさら思い知った。

けれどもう、爛れたような快楽の前に、まともな言葉が思いつかない。

(抱きたい。この中に射精したい。俺の徴《しるし》を、なんでもいい、残したい)

あ、あ、と細切れに声をあげる臣の背をシーツに押しつけ、激情に駆られた慈英はのしかかるまま食らいつくすように唇を、その身体を奪った。

「や……いっ、いっく、……いっちゃ……ぅよ……っ」

「……いっていい」

たまらない、甘い声。やわらかに腿に触れた小さな尻の奥で、淫らに収縮する粘膜。痴態。

それ以上に、臣の与えてくる奔放なまでの快感に、慈英は溺れた。

「いっていいから……俺に、抱かれて、いって」

「やー……っ!」

高い声で喘ぐ身体を組み伏せたまま、とっくにわかっていて目を逸らしていた胸の奥の言葉を、嚙みついた首筋の脈へと吹きこんだ。

「……きです」

聞こえていないはずの臣は、怯えたように震えてやがて、慈英を道連れにするようにその首に腕を絡ませ――気持ちさえ見失いそうな官能の淵《ふち》に、落ちたのだ。

＊　＊　＊

デジタル時計が深夜零時を迎えた部屋の中には、臣の寝息以外なにも聞こえない。傷をかばいつつシャワーを終えた慈英は、備えつけのバスローブを纏ってソファに腰掛けた。

（疲れた）

いまだどこか呆然としつつ、瞬きも忘れたように臣の寝顔に見入る。

うつぶせ、アッパーシーツからはみ出した象牙色の細い肩と背中までのラインは、行為の最中には目にすることがなかったものだ。

手の中に、薄い肉付きのあの背中の感触がまだ残っている。

うっすらと乗った筋肉は良質でやわらかかった。女性の、とろけるようなそれではなかったけれども、手触りのしっとりとした肌に夢中になった自分は否めない。

だが、無理に動かした腕の痛みは、シャワーを終えてなおひどくなった。ずきずきとしたその感覚は、まるで慈英を咎めているようだ。

(最低だったな)

ほとんど指一本触れさせられないまま、臣のあの細い指でやわらげた箇所に導かれ、ついにその甘すぎる身体の内側まで知った瞬間、なぜか慈英の胸には苦さだけが満ちた。

シーツを剝がせば、いまだ裸のままの臣の腰から脚にかけて、呆れるほどの情欲の残滓がこびりついているはずだ。だが少しも甘い気分に浸れない。――浸れるわけがない。

――気にすんなよ？　誘ったの、俺だから。東京に戻るころには……忘れていいから。

いいかげんくたびれた身体をほどくなり告げた声の軽さが胸を貫く。

乱れてこぼれ落ちた髪に遮られた視線。あんなにもまっすぐに見据えてきた目は、最後まで逸らされて慈英を見なかった。

口元だけが薄く笑っていて、鮮やかだった素直な情さえも隠してしまった。

――それまででよかったら、……また、相手して。遊びでいいしさ。

そうして、慈英の返事も待たず、眠りに逃げた臣は卑怯だ。

「……それまで、って、なんなんですか」

弄ばれたみたいだ、と嗤《わら》いながら呟けば、自分でその言葉に傷ついた。

「俺が、いなくなったら……忘れるんですか」

そうして、また他の誰かに、あんなふうに笑いかけて、虜《とりこ》にして誘って、寝るのか。

（いやだ……！）

無防備な肢体をさらして、貫かれて、いいと泣いて、甘えて。

想像しただけで胸が焼けただれる気分になる。濡れた髪を掻きむしると、ゆるんだ包帯を纏った腕がじりじりと血を滲ませている。けれど、そんなことはもうどうでもいい。

ただ胸にさす後悔が痛い。痛くてたまらない。いっそ声をあげて、泣いてしまいそうだ。

「——……っ」

慈英の食いしばった口元から、声にならない呻きが漏れた。ひどい、と吐息だけで呟けば、なぜか喉奥から笑いがこぼれる。

「あんな目で、見たくせに。……なにが、遊びだ」

いっそ本当に遊ぶつもりなら、もっと簡単な誘い方もあったろうに。

だったらどうして触れるたび、うろたえて赤くなったりした。戸惑った顔や、感嘆を乗せたまなざしで見つめたり、気安く触れて心を安らがせたりしたのだ。

襲われた自分を必死になって護って、そのくせ落ちこんで泣き顔を見せて。

臣の印象はあまりにちぐはぐで、どれが本当なのかもはや、慈英にはわからない。なのに、臣のどんな表情であれ、すべてが慈英を捕らえて離さないから、たちが悪すぎる。

惹かれて、それがフィジカルな欲求を伴う情だと自覚する前に強引に身体で落とされた。

そのくせに帰るまで、なんて期限をつけて、牽制して勝手に眠った。

これでは好きだと言えもしない。いまの臣にはなにを言っても傷つけそうで、第一、セックスのあとの睦言など、信憑性がなさすぎてどうしようもない。

「ずるいでしょう。俺に……いいわけくらい、させてくださいよ」

なにより、自分で切り離すようなことを言ったくせに、うつむいた顔が本当は後悔にまみれて、泣き出しそうに歪んでいたから、言葉をかけることもできず、慈英は青ざめた。

なにを言ったところでもう信じないと、かたくなな横顔に告げられてしまったからだ。

(間違えた。……全部)

甘くあたたかな、拙いようなやさしい心を表す言葉を、もっと早く探すべきだった。なのに急くような臣に飲まれ、欲望に負け、結局は寝てしまった。

いまさら気づいてしまった、臣に向けた感情を表す言葉。それを口にすることに比べて、セックスのあまりの簡単さに、目眩がした。

(こうじゃなくて……っ)

一息に、こんな深みに落ちるのではなく、もっと臣を、大事にしたかった。けれど慈英がほんの少しぐずぐずしている間に、彼は勝手に結論をつけてしまった。

——男の身体なんか……見たら、萎えるだろ？　だから、目、瞑っててていいから。

慣れているんだと笑いながら一度も、臣は慈英の目を見なかった。

――に、妊娠とかもしないし、生でして平気だから。楽、だろ？

あれは全部、否定してくれと願って発した言葉だったのだと気づいても、いまさら遅い。ましいて、情よりさきにつないだ身体に、言葉を添えれば言い訳じみる。濁ってしまいそうな想いがせつない。

（もうあなたは、なにも見てないし、聞いてないんだ。聞きたくないんだ）

抱かれる間中、あの少し壊れたような笑顔しか見せないでいた臣は、最後にはずっと目を閉じていた。それは結局自分が、彼の望みを、期待を裏切ったからだ。けれど、待ってくれというのに急いたのは臣も同じで、結局どちらが悪いというのか。

（どうして間違った。どこでずれた？　なんで俺はもう少し、待てなかった）

いまとなってはどうしようもない。ただおそらく、目を覚ました臣はあの遠い目のまま、「悪くなかったよ」と言うに違いない確信がある。

淫乱を装った言葉を、場に飲まれた慈英はひとつも否定してやれなかった。だから臣はたぶん『慈英に軽蔑されている』と思いこんでいるだろう。

彼の心の動きだけ手に取るようにわかるのに、そのかたくなさをどうやってほどけばいいのか、少しもわからない。

――べつに重く考えなくってていいじゃん。たいしたこと、ないし。

あんなに大胆に、自分から身体を開いたくせに、慈英になにを言われるのかと怯えて、毛を逆立てた猫のように警戒したまま逃げられた。

「……あんまりでしょう？　なんでですか。俺は、そんなにひどい男に見えますか」

寝顔に、小さく問いかける。睫毛を震わせるだけの臣から、当然答えはない。

食い散らかして捨てる男だと決めつけられたのは、それが臣の臆病さのせいにしても——さすがに苦い。けれど、弄んでくれと差し出されて、結局は甘い身体を味わってしまった。

「どうしろっていうんだ……」

狂おしいような吐息がこぼれて、重くなった肩を背もたれに沈めると、ちょうど目線のさきに真新しいスケッチブックが立てかけられていた。無意識に手が伸び、はらりとめくる。真っ白なそれを見つめ、慈英はおもむろに、愛用していた鉛筆を取りだした。

（いま、描くしかない）

凄まじいような情動が身体の中を駆けめぐっていた。麻酔も切れ、おそらくは薄く開いてしまったであろう傷口が熱を持って痛んでいても、休む気にはなれなかった。

さらりと紙面を滑る黒い鉛の粉は、まるでその中に埋まっていた形を掘り起こすように形をなしていく。なにを描こうと思っているわけではない。ただ勝手に手が動く。

次第にできあがっていくのは、あきらかにいま目の前で眠る青年の顔だった。

「……くだらない」

感傷のままに、そして感情のままにそこにあるものを描き写したことなど慈英にはなく、まして自発的に「ひと」を描きたいと思ったことなどない。

絵の中に情念をこめるようなやり口は、自分のスタイルとはほど遠いもので、それを覆すようなこの行動に憤りに似たものさえ感じている。

（こんなもの、それこそマスターベーションじゃないか。最低だ）

そう思っても、手が止まらない。網膜に残像として残るあの形をいま、ここで描かなければ、そして紙面に留めたそれを、自分の中から切り離さなければ、膨れあがった想いで身体が破裂しそうだと思った。

腕の痛みはもはや感じない。久方ぶりに描くそれは信じられないスピードで完成に近づいていく。

さらさらと紙の上を滑っていく指先と、臣の寝息だけが響いている。ざらついた良質な紙の上に明確に、産毛の陰影までも写し取っていく。臣の姿を、少しでも美化することのないよう、慈英は疲労の滲んだ赤い目で、まるで睨めつけるようにして観察した。

陶酔の過分に混じる感傷などが、自分の絵の中に少しでも入りこまないように、いっそ憎んでいるほどのまなざしで慈英を翻弄する青年を見つめ続けた。

いままで慈英は、己の胸の裡にありそして指先で描く、曖昧な、けれどうつくしいイメージより勝るようなものはないと、どこかで傲《おご》っていた。そうでなければ描き続けることは不可能だったし、ひとの心を打つようなものを創りあげることなど、できるわけもなかった。

（俺の目がおかしいのか。それともこのひとが、規格外なのか――）

だが、そうすればするほどに、臣のフォルムのあまりの完璧さに、どうしてこんな生き物がいるのだと思った。打ちのめされたような気分で、それでも手が止まらない。

（それとも、これが、恋か？　こんな、歯ぎしりしたくなるような感情が？）

正直、そんなものを自分ができるとは、思ったことがなかった。

恋人らしい存在は幾人かいて、けれど絵に向かえばそんな相手がいたことさえ、完璧に失念する自分は、どこかがいかれているのだと、照映に言われずとも本当は、知っていた。

――おまえ一見、常識人に見えるから、周りはだまされてっけどな。

画家として生きようと、決めるよりもさきに自分にはその道しかないとどこかで悟っていた。うまく交われない世の中との関わりを、カンバスを盾にさらりと躱し、尖りきった感性で他人を傷つけないように、言葉と所作だけはどこまでも静かに穏やかに振る舞ってきた。

慈英は傲慢で臆病だった。全能感に溢れた子ども、そのままに生きてきた。そして、そんな自分だからこそ鹿間のように、世慣れきった大人の汚さに傷つけられたのだと知る。

けれどそれでも、慈英は慈英のままでいた。変わることなどなかった。

臣のように胸の奥深く、やわらかな部分までを痛めつけ、たった一度のセックスで世界を変えることなど、誰にもできなかった――。

「……ひどいひとだ」

笑いながら呟いて、慈英は手を止めた。できあがった絵を立てかけて検分すると、敗北感が胸に溢れる。

ただ情動に任せて筆を滑らせたものなど、いっそ破り去りたいようなできばえであってほしかった。それなのに、気恥ずかしい想いを綴った、出すあてのない手紙のような一枚の絵は、いままで創りあげてきたどの作品にも劣らないものがあった。

穏やかな、少し疲れた寝顔。きれいな額にこぼれた髪の一筋までも描き漏らすまいと、必死に描いたデッサンは、どうしようもなく恋に溺れたばかな男を知らしめただけだ。

臣は、欲にまみれているはずの行為のあとで、こんなにもあどけなく眠る。そのくせにどこかしら、侵しがたいような神聖さを醸し出している。

呆れるような淫奔さを見せつけたくせに、なにも知らない少年のような表情を浮かべて、慈英を置き去りにしたまま、ただ、そこにいる。

切り取った、この時間の中だけに生息する臣を、そして目覚めた彼はあっさりと凌駕《りょうが》するに違いないのだ。その声で、――瞳の輝きで。

「……ん……」

寝返りを打った彼のかすかな声に、渾身の力で写し取ったそれから未練なく視線は剝がされた。そしてやはり臣の表情は、もうさきほどとは違う色を見せた。

癇性に眉をひそめ、ぐずって、小さく身体を丸める。さきほどの顔が見守りたいたぐいのそれなら、これは口づけていますぐ起こしたいなと思う。

（重症だな）

恋に目が眩んでいるならば、それもいいと思った。こんな感情は知らなかった。苦く、痛く、熱いのに、全身を貫く痺れるような快感がある。

彼に向けて浮かべた慈英の笑みは、さきほどのような暗い色を刷《は》いてはおらず、あきらめに似た穏やかさを纏って臣を包んだ。

「どうすれば、いいんでしょうね」

呟き、起こさないようにそっとその寝姿に近づいて、怜悧な顔にこぼれかかる髪を梳けば、しっとりと指に絡む手触りがある。一房をこより、頬に触れると、熱を持ったなめらかさと弾力を感じた。小さな頭を、祈る腕でかき抱いて、慈英は呟く。

「本当に……どうすれば。そばに、いられますか……？」

答えは、眠る愛おしい青年の裡にではなく、おのれ自身の中にある。それを知りながら、差し伸べた情を拒まれることに怯える自分を、慈英は情けなくも感じる。

はじめて、言葉の器用ではない自分を呪った。臣のつらそうな顔をやわらげてやるひとことさえ、自分には思いつかない。絵を描く以外なにもできない自分など、彼にはなんの魅力もないのかもしれないし、もしかしたら一度寝て、もう興味をなくされたかもしれない。

（怖い）

このひとに捨てられる。そう思ったら死にたくなった。だが頼むからと強く、願った。できるならば、まっすぐにこの想いをぶつけても怯えずにいてほしい。この腕の中から、逃げないでほしい。
そしてもしも叶うなら——あの明るい瞳のまま、自分だけを好きになってほしかった。

＊　＊　＊

慈英《じえい》の抜糸は、傷口が開いたために、当初の予定よりさらに十日は遅れると宣言された。

「安静にしてくださいって言ったでしょう。いったいなにをしたんですか？」

呆《あき》れた医者に、絵を描いたのだと告げると、いったいどんな大作だと苦い顔をされた。

今度こそ動かさないようにと、肩から胸にかけてテーピングのように包帯を巻きつけられ、動作を阻むように固められた。そのため、しばらくは右腕の動きにかなりの支障が出た。

片腕があがらないため、洗髪も不自由するようになったとこぼせば臣《おみ》は言った。

「——だから俺が、頭洗ってやるってば」

「そんなことまで、いいですよ」

押し問答をするのは、慈英の泊まるホテルの部屋だ。あの事件からはすでに二週間が経過したのだが、初日に無茶をしたせいか、医者は慈英の包帯をゆるめようとしない。

「いいですよったって、できないだろ?」

「その辺の床屋で頼みますから、かまいません」

肌を重ねたあと、臣は自分から逃げ、もう顔もあわせないのではないかと危惧《きぐ》していた。だがその予想に反し、ふたりの関係はそのままずるずると続いた。

むしろ熱心なのは臣のほうだった。看病の名目で、仕事の合間を縫い、または非番をやりくりしてできうる限り時間を作って、彼は慈英のもとを頻繁に訪れた。

「床屋っても、いちいち金かかるじゃんか。いいじゃん。俺、してやるって」

いっそ甲斐甲斐しいまでに世話を焼こうとする臣は、表面上はなにもなかった顔をする。だが、あの日からなにかが決定的に変わってしまったことを、慈英は知っていながら気づかないふりをし続けた。

「っていうかおまえ、床屋じゃなくて美容院とかサロンいけよ。アーティストなんだからさ、もっとこうオッシャレーな店とかさ。東京にはいっぱいあるだろ?」

臣はごくふつうに明るく笑っているつもりなのだろう。以前よりずっと饒舌で、だが視線を微妙に逸《そ》らしたまま、一度も慈英の目を見ようとしないそれがふつうと言うのならば。

「まあ、ありますけど。俺は基本、そういうのは面倒なんで」

「なんだよ面倒って。こだわって髭とか生やしてるくせに」

「これはいいんですよ。放っておけばそれなりにさまになるんで」

それならば彼にあわせるほかにない。穏和に笑って相槌を打ちつつ、慈英は吐息する。

（緊張してるくせに）

出会いのころと変わらないテンションで接しながらも、いまの臣ははりつめきって、どこか痛々しい。少し前までならばぞんざいに扱ってきた慈英を、施されるほうがせつなくなるような気遣いで包みこもうとする。

「とにかくもう、そこまでしなくていいですから。ひとりでなんとでもしますから」

「……だって、痛いだろ？　また、傷口開いたら、まずいじゃんか」

やんわりと伸べられた手を拒めば、心許《こころもと》ない表情を見せるからずるいと思う。

右肩の怪我は、不自然な言動を見せる臣には免罪符のようで、その一点を言い訳にあれこれとかまってくるから、結局は強く拒みきれない。

「遠慮とか、すんなよ。俺も……なんかできたほうが、楽なんだ」

責任を感じていると告げられるたびに胸がしくりと痛む。だがそれが顔に出ると、なお臣は傷つくようだったので、慈英はこのところずっと張りつけたような笑みを纏《まと》っている。

「まあ、その話はいいです。それより、なにか食べに行きません？」

「なにかったって……もう駅前の飯屋関係食いつぶしたよなあ。なに食いたい？」

話題を変えると、臣は慈英の意向をまず問いかけてくるから、慈英は歯がゆくなった。

かつて、バスを追いかけて走りながら慈英の袖を摑《つか》んだ日の、邪気のない強引さは臣の中に見つけられない。

身体を重ねた分、開いた距離がもどかしい。だからあえて、選択権を彼に委ねてしまう。

「べつに、なんでも。どこでもかまいません」

「……おまえいっつもそれじゃん」

考えるのも大変なんだと眉をひそめた臣に、それくらいは悩めばいいなどと思ってしまう。それはどうしようもない焦《じ》れを抱える、自分の未熟さからだ。

（狭量だ、本当に。……自分が言えないからって、つまらない意地を張って）

ホテルを出て駅に向かって歩きだす慈英は、半歩下がるようにして臣のあとを追った。背中だけは、どれほど情の滲《にじ》むまなざしで見つめても許されるような気がしたからだ。臣もまた振り向かない。強く視線を意識しているのは、硬く尖った肩の動きで知れるのに。

「腕の抜糸、いつだって？」

「……三日後、ですね」

そのあとに続く言葉を、慈英はそっと飲みこむ。

慈英が襲われた一件は、全国的なニュースのひとつとして取りあげられた。殺人事件の容疑者が逃走生活の末、追いつめられ第一発見者を切りつけたとなれば当然のことだった。

慈英自身は軽傷であり巻きこまれただけだったため、被害者として名前が報道されることはなかったが、さきの逮捕騒ぎですでに業界や知人、親戚らに噂は回ってしまっている。

おかげで『アレは秀島《ひでしま》慈英のことか』という話が駆けめぐり、唯一のパイプラインである従兄は連日かかってくる詳細を問う電話に悲鳴をあげているようだった。

——おまえ、もういいかげん帰ってこい！　そうでなきゃそこのホテルの電話と住所、おまえの大学のＨＰにたれこみしてやるぞ！　もう俺はいちいち対応すんのうぜえんだよ！

照映《しょうえい》の苛立《いらだ》った声でそう怒鳴られたのは、昨晩の電話だった。

——はあ……まあ、もう少し、様子見します。抜糸するまでは同じ病院にかかりたいし。

半ば脅迫じみたことを告げられた慈英の返事は、微妙に歯切れが悪かった。それは疵の経過の問題だけではなく、その横に肌をさらした臣が横たわっていたせいだった。

秘密のにおいのする淫らな行為は、結局はあとを引いた。

怪我の翌日からほぼ毎日、慈英のもとを訪れてきた臣は、はじめこそその気配さえ匂わせずにいたのだけれど、それも五日目を過ぎれば限界だったようだ。

きっかけは、包帯のせいで着替えもままならない慈英の着衣を手伝っていた細い指が、開いた傷口を労《いたわ》るように、そっと裸の腕に触れたことからだ。

——……まだ、痛むか？

——もう、あまり。動かしたり、ぶつけなければ。

軽い痺《しび》れがあるだけだと答えて、至近距離で見あげてくる目に捕まった。臣の細い指先が、慈英のシャツのボタンにかかったまま止まる。ふたりきりの空間で会話が途切れ、空気の密度があがった。ごまかしようもない息苦しさを認めたのは、お互いに同時だったろうか。ためらいと緊張と、そして隠しきれない官能への期待を滲ませた目元はふわりと赤く染まり、考えまいと、意識するまいとしていた努力をあっけなくうち崩していく。

吐息した臣の唇が、はだけた胸元にそっと触れると、微弱な電流がそこに走った。鼻を鳴らしてにおいを嗅ぐような仕種《しぐさ》をした臣は、うっとりと目を細めてまた息をつく。

色浅い、密な睫毛《まつげ》が重たげに瞬《しばたた》き、再び目を開ける。まるで吸いこまれるように、慈英は顔を傾けた。重なる唇だけはもう、なんの違和感もなく互いの感触を覚えてしまっていると、あまりに自然に吸いあった口づけに慈英は思った。

悪い習慣のように、それからほとんど毎日、肌に触れあっている。

食事を終えて戻った、長逗留のホテル。秋の早い日が落ち、周囲は闇に包まれる。

「仕事はいいんですか？」

「……いやなのか？」

シーツを汚さないためにバスタオルを敷くのにもすっかり慣れた。あの日のようにもたれかかってきた臣の細い身体を受け止めながら、拒めない自分を情けないと慈英は思う。

「いやとは言いませんが……ちょっと、待ってくれませんか」

「待つ、って、なに？　なんか、ある？」

軽く背中を撫でただけで震えた臣は、危ういほどに欲に弱い。ニンフォマニアの気質を本人も自覚してはいるようで、ひとたびこうなれば焦らすなと涙目で迫ってくる。

だが今日こそは——と慈英はかぶりを振り、そっとうかがうように声をひそめた。

「なにっていうか、少し、話をしたいんですけど——」

「——そんなの、もうしたじゃん」

だが案の定、語尾を被せるように臣は乾いた声を発した。笑っているようなのにどこまでも冷ややかで軽薄なそれは、慈英の言葉など聞きたくないと告げている。

（また、言わせない）

あれからもう何度も、似たようなやりとりを繰り返した。そのたびに臣は壊れそうな目で笑って、なにも言うなと慈英の顔をじっと見あげてくる。

「い……いいじゃん。やじゃないんだろ？　なあ……しよう？」

「あのですね、だから……」

「べっ、べつに話すこととかないし！　もういいだろ、俺、したい」

そうして先んじられてしまえば、慈英ももう、なにも言えない。日を追って見えなくなる臣の心は、どんどん遠くなる気がする。

（なにが怖いんだ。もうやめようと言うとでも思ってるのか、——それとも本当に）

ただ遊びたいだけで、慈英の気持ちが重いのか。だから受け入れたくないのか。考えたくもない最悪の予想は、あまりにもかたくなな臣とすごすうちにだんだん否定できなくなる。

（ただ、好きだと言いたいだけなのに。なんでそんなに拒むんだ）

そのくせ、尽くすようなことをしたり、快楽だけ求めたがったり。

昼の顔に似合わない、どこか卑屈さが滲む臣が哀しかった。媚びるような目が苦手だった。求めるのならそのまま、堂々と強気でいてほしいと、何度かの行為で苦く感じていた。

言葉は、視線はどこまでもすれ違う。その代わり、お互いの感じる部分ばかりを競うように知ろうとする行為は、なにかに急《せ》かされているように濃厚になるばかりだ。

「な、早く……触って」

はやく、と言いながらやはり、怯《おび》えたように目を逸らす。臣は一度として、慈英の目の前では完全にその肢体を晒《さら》すことはしなかった。この日もまた、薄いブルーのカッターシャツだけを身体に纏って、薄い胸のさきが布地を押し上げ、尖っているのが卑猥だった。

アンダーシャツを着ない主義なのか、これは無事に動く左手を差し入れるとすぐに素肌に行き着く。ああ、とそれだけで感じ入ったように吐息して表情をゆるませ、薄い良質な筋肉のついたそこを揉みほぐすようにすると、慈英の腰をまたいだ脚がびくびくと跳ねた。

「ひっ……ん、あぁ、あっ」

女でもここまで感度のいい身体は滅多にない。指のさきで軽くかすっただけでも息を切らし、たまらないと腰をすり寄せてくる。最初は、触れることをずいぶんと臣は拒んだ。そんなことはしなくていいからと、一方的な奉仕だけで終わらせようとさえしていたけれど、触れずにいるにはあまりにその身体は艶《なま》めかしかった。

慈英を口に含みながらほっそりした腰を掲げ、こらえきれない脚の間をあの細い指でいじっているのを、じっと見ているだけでは我慢できるわけもない。

「あ、あっ⁉ や、なに……」

「なにって、なにが？ 驚くことないでしょう」

もうとうに下着も取り去っていたから、手を伸ばせば腰の丸みに触れるのは容易だった。戸惑った顔をする臣を見下ろした自分の視線は、おそらくは浅ましく熱を持っていたことだろう。唾液と、それから慈英自身から滲んだもので小さな口元を汚している姿さえも愛おしく、不意打ちに口づけると驚愕に目を見開くのがせつない。

胸までは触れても拒まないくせに、それが下肢に至るとたんに、臣はガードが固くなる。だがいつまでも彼の言うとおり、手を引っこめてばかりでいられるかと、慈英は思った。

「セックスしてるんだから。好きなところに触って、なにが悪いの」

「だ、だって、だ……っ」

少し酷薄に笑ってしっとりと手のひらに吸いつく尻に指を食いこませると、大きな目が快楽に染まって歪《ゆが》んだ。そのまますると滑らせた指で、彼の手に包まれたままの濡れた性器に触れてやる。

「あう！ やっ……あ、やっやっ」

「暴れないで……腕、動かないから」

軽いパニックに陥って、慌てながら腰を引いた動きを卑怯な言葉で制した。びくり、と今度は傷心に顔を歪めて、臣はおとなしくなった。その従順さがかわいくも憎らしい。

「……濡れてる。もう、こんな？」

「ひっ……いや、いや……っ」

はじめて手にした同性の性器は、不思議な感触がした。自分のそれとはやはり微妙に違う形状や大きさに、純粋に好奇心を駆り立てられる。

身体を丸めて逃れようとする臣を、不自由な右手で抱き寄せて膝に抱えた。慈英自身も彼の手によってとうに着衣を剝がされていたから、高ぶったそれ同士がぬるりと絡む。

「あ……う」

ごくりと喉を鳴らした臣の小さな尻が、ひくりと蠢《うごめ》いたのが触れている部分で知れた。ねだるまなざしに、しかし慈英はかぶりを振る。

「……そこまではしませんから」

「え、今日も？　……なんで？」

なじるように唇を嚙んで見つめられても、頷《うなず》くわけにはいかなかった。

はじめて彼を抱いたあの日。勝手がわからずに狭いその場所をこじ開け、好き放題にしたせいで、翌日の臣は立つのもひと苦労といったありさまだった。数日経《た》っても硬い椅子に座る場合などは一瞬顔をしかめていたほどだ。そんな状態であの体力勝負の仕事に出て、いくら見た目より丈夫と言っても、臣の身体が保《も》つわけがない。

「……お腹《なか》、痛くなったんでしょう。あのあと」

臣はごまかせたと思っていたようだが、ひとを看病すると言いながらあのあと数日、小さな顔は微熱に火照《ほて》り、そのくせときどき腹を押さえて青ざめてもいたのだ。

（やっぱり、無理があるんだろう。ああいうのは）

それでも触れあいたい欲をおさめられない。だったら、臣の負担を考えて身体をつなげることだけはやめておけばいい。それに――これ以上、身体のことばかりエスカレートさせるのは虚しいと慈英はどうしても感じていた。

「そんなの、しょうがねえじゃん。そういうもんだし。……俺なら、平気なのに」

どうせ慣れているからと、作ったような笑みで挑発されても乗るわけにはいかない。そのあとでこっそりと、後悔するに決まっているのだ。

臣も、そして慈英自身も。

「それとも……やっぱ、男の尻に突っこむなんていやか？」

わざと下世話な物言いをされても、慈英は答えず苦笑する。そうして、手の中の秘めやかな不思議な感触に濡れたものを、丁寧にこすりあげた。そうすれば、淫らな場所を慈英の視界から隠すかのように、きつく臣が抱きついてくるのをすでに知っていたからだ。

「なっ……も、それ、ずる……あっ、あっ、いや……っ」

「……っ」

慈英のそれも臣の指に捕らわれ、近い位置でお互いの屹立を宥《なだ》めあいながら口づける。ぬらりとした先端がこすれあい、ぬめりを帯びた刺激にふたりの息が震えた。

「な、あ……うしろ、だめ……？　なあ。抱いて……くんないの？」

せつなそうに懇願する臣の尻が、膝の上でひくひくと震えた。やわらかく淫らな、収縮を繰り返す振動が、彼の中の疼《うず》きを慈英に伝えてくる。けれど慈英は黙ってかぶりを振り、手の中で震える臣の欲望をきつくいじった。

「ひど、ひっ……あ、あっ！　は、ん、……じえ……っ」

びくんと跳ねあがった臣は、すすり泣くような声をあげた。ぴったりと首筋に押し当てられる唇から、こんなときでもなければ呼ばれることのない、自分の名がこぼれてくる。

（ふだん、絶対呼ばないくせに）

無意識なのだろう、極まってくると小さく彼はこの名を呟《つぶや》くようになった。そして、大抵そんなときには、慈英が触れないままの場所を、空いた指で慰めているのだ。

「っふ、あ……ああ、慈英っ、あ……！」

小さな甘い声で切れ切れの喘《あえ》ぎを漏らしながら、丈の長いシャツの裾に隠され、丸い肉に埋まったあの場所に、淫らな細い指を差し入れている。

物足りないのだろう臣を思えば、気づかぬふりもつらい。慈英自身、本当はいますぐにもその狭く温かい、濡れた場所を暴いてしまいたい欲求は強い。

それでもどこか、こんな気持ちのままでまた身体をつなげることは、摑めなくなった互いの距離感をさらに見えなくする気がしてならない。

(ごめんね、臣さん)

胸の裡《うち》で詫びながら、焦れて泣く臣の頰をそっと舐める。

「ん、むう……っ」

言葉も心も拒むのに、キスも愛撫も欲しがる臣が、わからない。だが、その名を呼ぶこともろくにできずに、抱いてやることもしないくせに、こうしてずるずると曖昧《あいまい》なまま、臣の手を離さないでいる慈英のほうこそが、ずるくて卑怯なのだろうか。

混乱のまま、彼の細い手に握られた性器だけが熱くて、慈英はただ自嘲の笑みを浮かべた。

＊　＊　＊

触れあったあと、身支度をすませるといつも言葉少なにうつむいて、臣は帰っていく。

そして今夜もまた、なにかボタンを掛け違えたような違和感と、生理的な欲求を満たしたあとの倦怠に包まれて、慈英はぼんやりとするばかりだ。

「……三日か」

抜糸のすむまでは同じ病院にかかりたいと、従兄にはそう告げた。治療は東京のほうがいいのではないかと怪訝《けげん》に告げられたものの、いまはまだ、と慈英は答えただけだった。

――まだ、ちょっといろいろあって、帰れません。

一度決めると誰になにを言われようと己を曲げない慈英のことなど、彼はとうに知り抜いている。無駄な説得はものの数分でやめ、吐息混じりに御崎《みさき》が心配していると言った。

――わかったけど、ここにだけは連絡入れておけ。

慈英の事件は、病室の御崎にまで届いたらしい。それがカンフル剤になったのか、寝ている場合ではないと家人を一喝した画廊の老主人は、その後驚くべき回復力を見せたそうだ。あげく、奥方によってシャットダウンされていた鹿間《しかま》の件を知っては、どうやって慈英に詫びればいいのかと臍《ほぞ》を噛み、照映に連絡をつけてきた。

――ジイサン、なにやら息巻いてたからな。血管が切れる前に顔出してやれ。おまえがいてもいなくても、なんかやらかす可能性もあるし。

すでに東京では、物事が動いてしまっているぞ。そう告げて、従兄は電話を切った。

(そんなことは、わかってるんだ)

言われずともと、苦い唇を噛みしめて、終わりに近づいている時間を慈英は思う。

あの事件からは二週間以上が経過している。慈英がこの街に来た折りにはまだ夏の気配がそこかしこに残っていた光景も、すっかり晩秋のそれに変化した。ずるずるといつまでも、こうしていても意味はない。

ならばこのまま臣になにも告げず別れるほうがいいのか。それとも、揺れている彼をいっそ強引にでも抱きこめばいいのか、まだ惑うまま決めかねている。

彼はたぶん、自分を好きでいるのだろう確信があった。だが、いっそ自虐的なまでに「慣れ」を強調してみせる臣が、果たしてそれを——慈英の心を本当に望んでいるのか、それだけは自信が持てない。

身体は素直に、この腕に包まれてくれるけれど。引きあう唇の心地よさが、身体の相性ばかりではないと信じたいけれど、目を見せない臣の心は、遠く霞んで慈英には摑めない。なにひとつ求めないどころか、逃げるばかりの臣がわからない。そのくせ少しでも慈英が冷たい声を発すると、可哀想なくらいに怯えて萎《しお》れる。

「俺に、どうしろって……?」

やさしくすれば躱《かわ》される。苛《いじ》めれば泣く。言葉をかければ耳を塞いで、キスばかり繰り返しては、哀しそうに笑う。そして淫奔に乱れるセックスのよさも、事態を混乱させている。

抱いてくれれば誰でもいいんだと、ことあるごとに言われて受け流せるほどには、慈英は練れていない。というより——ひとの心の裡を知りたいなどと、思ったこと自体がないから、本当になにもわからない。

離れてしまったら、あの激しい性を持つ彼がひとりに耐えきれるとは思えない。同時に、そうして置いていく自分だから、臣が逃げ腰なのかと思う。

ただ、この声を聞いてくれたら、知ってもらえれば。ＩＦ《もしも》ばかりが募っていくくせに、臣の揺れる瞳を見ると、言葉もろくに出ない自分が歯がゆい。

（……だって、なにも言えない。言おうとすれば、泣きそうな顔をするんだ）

慈英がなにか言いかけるたび、彼は一瞬ひきつった笑いを浮かべる。そのあとあの大きな目には涙の膜が張るから、苦しくて言葉が霧散する。肩を締めつけるこの包帯のようだ。縛られて動けない不甲斐なさに、内心では繰り言ばかりがこぼれ落ちた。

（絶対、泣かせたくない。だから、ものを言うのが怖い……最悪の悪循環だな）

いったいこの状態をどう打破すればいいというのか。暗く目を伏せた慈英は、鳴り響いた電話の音にはっとなる。

『秀島さま、外線からお電話が入っておりますが――』

「あ、ええ。つないでください」

また照映が帰京の催促かと思って取りあげると、フロントは意外な人物の名前を告げた。

待ちあわせは、ホテル近くの深夜営業の喫茶店だった。

「──やあ、遅くに申し訳ない」

「かまいませんが……どうなさったんですか？　堺《さかい》さん」

突然、呼び出してきた堺に、席に着いた慈英は訝《いぶか》しみつつ、声をひそめて問いかけた。

「なにかまた、証言でも必要に？」

そのほかにわざわざ堺が慈英を訪ねる必要性を見いだせない。しかしやんわりと笑った堺は首を振って否定する。

「いや、いや。……あの件はもう、あとは書類上のことですから」

落合《おちあい》の傷害に関しては大勢の目撃者もいたため、慈英への事情聴取はほとんどなかった。あとは裁判時に証言の必要があれば、法廷に立つことになる可能性があるとは聞いていた。

「その件ではまたなにかあれば正式に連絡致します。……今日はちょっと個人的に」

言葉を切って、運ばれてきたまずいコーヒーを啜《すす》った堺の意図が見えず、慈英は戸惑った。

「個人的に、と……仰《おっしゃ》いますと」

「小山《こやま》のことです」

まさかの名前に、慈英は一瞬ぎくりとする。しかし、顔に出すほど浅はかではない。

「……小山さんが、どうかなさいましたか？」

「毎日、ここに来ておるんでしょう」

穏やかな笑みで返すが、しかし堺のやさしげな顔立ちにはそれを拒むような色があった。

内心で冷や汗をかきつつ、慈英は迷い、一瞬だけ沈黙した。

（どうする。しらを切るか。それとも答えるか）

しかし、堺の視線は穏やかでありながら真摯《しんし》で、重いものを含んでいる。このような目をする人間の前で下手な嘘をつくのは、たぶん無意味なことだ。しかしはっきりと肯定も否定もするのはためらわれ、堺の問いかけにはこう答える。

「ええ……なんだか、俺の怪我に責任を感じていらっしゃるようですから」

曖昧な返事をする慈英に、しかし熟練刑事はなおも食い下がった。

「秀島さん。すみませんが、腹を割っていただきたい。ごまかされなくてもいい」

「なにを……？」

ごまかしてなど——と言いかけた慈英は、薄い笑いをやめた。半端なポーカーフェイスが通用する相手ではないことを、その奥目がちな目の強さに悟ったからだ。

「わたしは、あれがどういうやつか、よおく、知っているんです。わかっとります」

そのひとことに退路はすべて塞《ふさ》がれ、慈英はかすかな不快感を覚えつつ吐息した。

「……なにを、お話しすれば？」

投げやりに訊《たず》ねると、堺はしばし口をつぐみ、ややあって急くように問いかけた。

「まず。……東京にはいつ、お帰りになられるんでしょう」

「腕の抜糸がすんだら、と思っています」

「それは、具体的にはいつでしょうか」

「……三日後ですね」

問われて、慈英は逡巡《しゅんじゅん》した。そうして、自分でも期限を決めかねていたそれを堺に向けて告げると、急に焦るような気分になってくる。もうあと三日しかないのだと――ずるずる引き延ばしても詮無いと思っているくせに、そう考える自分がいかにも優柔不断でいやになる。

「三日後、そうですか。……そうか」

慈英の答えに、堺はてっきり安堵の表情を浮かべるものだと思っていた。しかし、「そうか」と繰り返す彼はむしろ落胆の表情さえ浮かべていて、慈英はますますわからなくなる。

(咎《とが》めにきたんじゃ……ないのか?)

なぜかはわからないが、臣と慈英の関係を、この年輩の刑事はすでに知っているらしい。臣のあの直情な性質上、気を許した相手には隠しごとがうまいとは思えない。

――堺さんがさー、昔少年課の担当だったころから世話になっててさ……。

そしてふと蘇った臣の声に、合点がいった。おそらく慈英の知り得ない過去を、この刑事は見てきたのだ。

「堺さん。あなたは……なにを、どの程度、ご存じなんでしょうか?」

いっそのこと、それこそ腹を割るかと問いかけた慈英に、堺は目を瞠《みは》った。

「おや。案外はっきりされた方ですね」

「腹の探りあいは、好きではないんです」

「ははあ。なるほど。そうですか、そうですか」

やや斜に構えた、しかしきっぱりした返答に機嫌よさげに笑う堺がよくわからない。言葉を待つ間に運ばれてきたコーヒーを啜ると、慈英の口の中は乾いて苦く粘っていた。

あたりまえだが、緊張している。ただでさえ情の絡んだ話は苦手な上に、臣と自分の関わり方は世間の多くには誹《そし》られることが大半だろう。

「では、秀島さん。ここからは、あれの保護者として言わせてもらいます」

「……ええ、どうぞ」

早く別れてくれとでも言うのだろうか。それとも警察のような組織では、性癖に関してはなにか大きな責任問題になるから、黙っていてくれとでも頼みこまれるのか。

ぼんやりと荒《すさ》んだ気分で黒い液体の波紋を眺めていた慈英は、堺の言葉に目を瞠った。

「お願いします。もし、これからいずれ東京に戻っていくのなら、……あれのことをちゃんと、終わりにしてやってくれませんか」

「……え？　堺さん、それはどういう意味でしょうか」

頼みますと頭を下げた堺の意図がわからない。早く東京に帰れ、ならば理解できる。しかしその物言いは、できればその逆であってほしいと望むかのようだ。

眉をひそめた慈英に、堺はなおも苦い顔で、こう続けた。そして慈英はさらに驚く。

「あれは結局……いっぱし遊んで慣れてるつもりでも、てんで、ガキなんです。傷つくなら、浅いうちにさせてやりたいもんで」

「あのちょっと、待ってください。なんですかそれは。なにを仰ってるんです？」

まるで行きずりの男に弄《もてあそ》ばれた娘を案じる父親のような台詞《せりふ》に、ついに慈英は目を丸くする。混乱した慈英の心境を察したのか、堺は照れ混じりの苦い笑みを浮かべた。

「いや。親ばかみたいなもんで、お恥ずかしい口出しです」

微苦笑する堺の穏和な目に、こうした相手を何度も前にしたことがあると語られ、自分もその中のひとりかと思えば情けなくなった。

「……いつもそんなふうに、なさるんですか。上司っていうのはずいぶん、大変ですね」

発した言葉に刺《とげ》が混じる。自嘲気味に頬を歪めながら、いったい自分は臣の何番目の男なのかと考え、その発想に慈英の自尊心は著しく傷つけられた。

「え？　……いつも？　――あ、いえ！　ああ、すみません、誤解されたかな」

しかし、焦ったように声を裏返した堺は、不快にさせて申し訳ないと頭を下げた。うろんに見つめた慈英の視線に、熟年刑事は冷や汗をかき、しきりに額を撫でつける。

「信じられないでしょうけども、誓って、こんな差し出口をしたのは今回がはじめてで」

「はあ……」

「いやもう本当に……カミさんにもよけいな世話だと言われたんですけども」

カミさんとはなんだ。堺の言葉に慈英はまた混乱する。これはもう、彼のペースで話を進めていてはよけい、事態がおかしくなりそうだとため息をついて口を開いた。

「すみません、率直にお訊《き》きしますけど、その……臣さんと、堺さんはいったい？」

幼いころに補導されたこと、現在職務をおなじくしているところから、臣の恩人的な人物であるのは間違いない。それにしても行きすぎだと思う慈英に、彼はあっさりと答えた。

「ああ、後見人だったんですよ、わたし。まだ臣が、未成年だったころですが」

「後見人？　……と、言いますと？」

「高校に入ったころでしたね、うちに引き取りましてね」

そうだったのかと慈英はなにかが腑に落ちた。事情はまだ定かではないが、後見人がつくということは臣には正式な保護者がいないということになる。つまり堺は言葉通り臣の『親代わり』だったわけだ。そうとなればこの呼び出しも、もっともなことと思えた。

「あんまりそのへんの話は、あれは、しませんでしょ」

「ええ、なにも。……あのひとのことは、ほとんどなにも知りません」

重く低まった慈英の声に、「しかたないヤツだ」と堺は舌打ちをした。

「あれはどうも、刹那的になりすぎていかんのです。根本が、どうもこう、……ひとってのは情が薄いもんだと決めつけてかかって、あきらめてるとこがあるんです」

吐息まじりの言葉に、そうかもしれないと慈英が頷けば、堺はまた爆弾を放り投げた。

「だいたいろくでもない男に引っかかってふらふらしてるから、肝心のときに腰が据わらん」

「男に引っかかって、って……さ、堺さん？」

身も蓋もないことを呟き、疲れたように煙草を取り出した彼に慈英は面食らった。あまりにナチュラルに、臣の性癖を認めている中年刑事が計り知れず困惑すると、「もういまさらですわ」と彼は笑った。

「あれは中学のときからですからねえ、まったく」

「……まさか」

かつて臣の言った「非行歴」という言葉の意味に、どこかふつうではない、うしろ暗いものを感じ取っていた慈英は、堺の苦笑いにその答えを見つけてしまう。

「男とホテルから出てきたとこ、とっつかまえたのがわたしです」

「そう、ですか」

「いまほど未成年の淫行にうるさい時代じゃあなかった。けどわたしが捕まえる必要があった。意味は、おわかりですか」

ただの素行不良や早熟な行動ではなく、おそらくはそこに金銭の授与があったことを匂わせる堺の言葉に、慈英は声もなく頷いた。

ショックではないと言えば嘘になる。だが心のどこかで、堺の声に慈英は納得していた。無心に男に奉仕する所作には、臣の言葉通り、同性を好むのだろう性癖をむしろ受け入れている奔放ささえも見て取れた。だが一連の臣の愛撫は、プロの技巧にもひけを取らなかった。というよりあきらかにあれは、教えこまれなければあり得ない、そんな淫技だった。

「……それで、俺にそこまで仰る理由はなんでしょう？」

あえてあけすけなことを言う堺に、どこか自分を試しているような気配を感じて慈英は視線を鋭くする。姿勢を正して問うた慈英に、堺もまた表情をあらためた。

「聞きますか？」

後悔しませんか、と聞こえるそれには、迷いなく頷いた。

「あのひとは、たぶん俺にはなにも、言いません。とくに、一番肝心な言葉はけっして。だから、わからないんです。……これからどうすればいいのか」

だから、なにか。手がかりになることがあれば教えてくれと、慈英は頭を下げる。

短いつきあいながら知った堺の性格、そして職業倫理から考えても、彼が軽々しく他人のプライベートを口にすることはあり得ない。臣の過去をなにか、いまの慈英と臣にとって重要であることを、堺は打ち明けようとしているのだろう。

「……あまり、気持ちのいいお話じゃないかもしれません」

「かまいません。いまの話でおおよそは、想像がついてますし」

いっそ潔く頷けば、「そうですか」と堺は安堵したように呟く。いずれにせよ、胸の中にある憶測と、堺がこれから語ることはそう遠くあるまい。疑心暗鬼に駆られるより、いっそのこと疵だらけの真実が知りたい。

「もう十何年前の、話です。あれの母親は、中学生の子どもを置いて、有り金持って突然どっかに行っちまった。それがはじまりです」

「え……」

切り出された話の内容は、予想していた以上に重たく、慈英を打ちのめした。

「もともと私生児だったらしいんですが。ろくにかまわれんだったんで、消えたことはどうでもいいが、まだあれは義務教育中だった。働き口なんぞもないし……正直、児童相談所に行くったって、そんな知恵は子どもにはない。おまけに学校の教師もろくじゃなくて」

少年期の臣の家庭は、かなり複雑だったらしい。ありがちな話ではあるが、荒んだ環境に育つと、モラルに対してボーダーラインの低い子どもになりやすい。

「それで食うに困ってふらふらしてるうち、男引っかけるようになったらしいです」

そうしてまた、見栄えだけは鄙《ひな》にも希《まれ》な臣少年は、堺と出会うころにはすっかり、この界隈の好事家《こうずか》たちに知れ渡る存在だったようだ。

「援助交際たら言って。飯を食わせてやる、あったかいところで寝かせてやると、わけのわからん子どもを言いくるめて、おもちゃにするような阿呆どもは、どこにでもおるんです」

苦い声で言う堺は抑えきれない憤りを胸の奥で嚙んでいた。

「おまけに、そうやってしかひとにやさしくされない子どもは、なんべんでも同じようなことを繰り返す」

まだ三十代だった堺は、夜の街で臣に会うたびに説教をし、ときにはひっぱたいてでもいかがわしい場所から引き剝がした。何度も、何度でも。

「いまじゃあすっかりでかくなって、いっぱしですけど……昔はもう痩せてて背も小さくて」

少女か少年か近くに見ても判別がつかないほどだった当時の臣は、あまりにきれいすぎたと告げる堺に、慈英は頷く。二十代の半ばを超えたいまでさえも、あの顔立ちに身体だ。未成熟な少年期、どれほどにその存在が危うげであったのかは想像に難くない。

「なにをしとるんだって、自分で自分をだめにして、どうするんだって散々怒鳴りました」

叱りつけると、きょとんとした顔を見せたという。他人がなぜそこまで自分に関わるのか、まるでわからないような臣が不憫《ふびん》で、それ以上に腹立たしく。このままじゃあいかんと堺は妻に相談し、引き取ることに決めたのだそうだ。

「しかし……なぜ、あなたが、そこまで？」

「さあねえ。……尻をけっ飛ばすうちに、情が移ったっていうんですかね」

放っておけないでしょうと苦笑する堺に、慈英も頷くしかない。

「ああいう方法のほかに、誰かにやさしくされることを知らんかったんですよ。あれは」

ごくあたりまえの、肉親からもたらされる心配や、包むような情、そんなものを知らずに身体ばかり大きくなった子どもは、しかし堺の家に引き取られてから目に見えて落ち着いた。

「あれはもう、カミさんが勝ちましたですねえ。悪さすりゃ尻ひっぱたいて、飛び出ていきゃあ頭はたいて叱って連れ戻して……そのうち、臣もやっとわかってくれたようで」

当時すでに、細君の腹の中には新しい命が宿っていた。子育てはひとりもふたりも一緒でしょうと、乳幼児と同じレベルでしつけをする彼女に、まず臣はなついたようだった。

「すばらしい奥様ですね」

「頭があがりません」

照れたように笑う堺と、顔も知らないその奥方に、慈英は心からの感謝を覚えた。この懐深い夫婦に出会わなければ、臣はどうなっていたのかと考えるだけで背筋が寒くなる。

「まあ、それで学校にもちゃんと行くようになって、それでもまあ……そっちのほうはどうにも、こらえきれんのですか。よく、男と揉めまして」

「……はあ」

世代的に、同性愛への嫌悪感を覚えることも強いだろうに、けろりと言う堺にいっそ感服する。臣を抱えこんだときから、そうした偏見もなにも覚悟の上だったのだろう。

「まあカミさんが、ありゃ病気でもないから治すわけにもいかんだろうって。ただあの子は男を見る目がないってもう、言うもんですから」

堺の言葉は淡々として、あまりにあっさりと語られるから却って奇妙な気分になった。

「もうあれは、息子みたいなもんで……まあ、嫁を取るのが無理ならせめて、寂しいことにならないようにって、俺らは思ってるんです」

しみじみと青年刑事の行く末を案じる言葉をこぼされて、慈英になにが言えただろう。

「根は本当にいい子なんです。まあもうあの歳の男捕まえて、いい子もないもんですが」

「……知っています。素直で、気持ちのとてもきれいな、まっすぐな……やさしいひとです」

静かな声で告げると、忙《せわ》しなく瞬きを繰り返す堺の目尻に滲むものにも気づいてしまう。かすかに笑った慈英に堺は目を瞬かせ、うん、と頷いた。

「……勝手な打ち明け話ですみませんでした。勝手ついでに、こんな話をわたしがしたことも、あれには黙っておいてくださるとありがたい」

「むろん、言いません。……わかった気がしますから」

深々と頭を下げられて、慈英は首を振る。正直、耳にしてしまった話は、平常心で聞けるものではなかった。しかし、ああまで臣が身体ばかり求めてくる理由、それが朧気《おぼろげ》ながら、堺の言葉の中から察せられた。

彼の言ったとおり、フィジカルな関係のほかに誰かをつなぎとめる方法を臣は知らないのだろう。情緒が追いつく前に性を知って、おそらくその安易さに負けたまま何度も、同じような破綻を繰り返してきたのだろう。そして——寝たらなにかが終わりになることも知っていながら、早く早くと求めることを急くから、あんなふうにアンバランスなのだ。

——俺のこと、嫌いだよな……？

頬に触れながらの問いかけは、必死のまま否定を求めていた。あれがきっと臣なりの、精一杯であったのだろうと、いま考えればそう思える。

(似てるのか、それが)

臣とは来し方もなにもかも違うのに、ひとと関わることの下手さだけがそっくりだ。慈英自身、ひとに倦ぶれるほど、他人とのつながりを正しく築いてきたたちでもないからわかる。いずれ壊れるものならば、最初からなくてかまわないとうそぶく姿の中に、どうしようもないひと恋しさが潜んでいることなど、自身が一番わかっている。

(俺も、同じだ)

話を聞いてくれと思いながら言葉が出ないのは、一度彼を目の前にすると、その感情を慮《おもんぱか》る余地などなくなる。息苦しいような熱がこみあげて、わけもわからずせつないからだ。

冷静でなどいられず、相手の一挙手一投足に過剰に怯えて、それでなにもわからなくなってしまう。好意は、たしかに感じられる。けれど、もっと近くに来てくれと告げても、逃げずに受け止めてもらえるのだろうか、その確信が持てずに、曖昧に逃げて引き延ばす。

そうして、惑う内に力なく下ろされた指先に、あきらめた顔ばかり見せられると、もう慈英もそれ以上は言えなくなってしまう。

臣も慈英も、臆病でずるいだけだ。自分を護ろうと過剰に防衛しようとするから、伸ばされた手にも気がつかないまま、叩き落とすような真似をしてしまうところもそっくりだ。

臣はそうして距離を測っては試し、慈英はそのまま見ないことにする、その程度の差だ。だが、そこから踏み出すのは恐ろしい。ましていままでに知らなかったほどの熱情を覚えた相手に、もしも伸ばした手を拒絶されたならと考えれば、身が竦《すく》む。

(どうすればいいのか、わからないんだ。怖くて)

沈黙した慈英に、堺はふっと話題を変えるような声で告げる。

「ふだん、あれは明るいでしょう。短気で、そそっかしくて」

「あ、……ええ」

「あれもね。無理しとるんじゃないんです。本当は、ああいうのが臣の、根っこにあるとこなんだと思うんです」

このところ向けられなくなった、あの子どものような無防備さも、けっして装っていたものとは思えない。だからむしろそれこそが本質と言う堺の言葉に頷き、慈英は言った。

「そうですね。やっぱりいまは、俺が、……悩ませているんでしょうか」

問うそれは思った以上に重い響きとなり、堺を唸《うな》らせた。

「正直、落ちこんじゃ、います。……それこそ、わたしがわかっちまうくらいには」

肯定されるとやはり痛い。しかし物思いに沈みそうになった慈英に、堺は告げた。

「だから、できるなら、早いとこすっきりさせてやってくれんですか」

「すっきり、ですか」

この会話の当初、彼の口から発せられた言葉の意味が、微妙に違って聞こえる。怪訝に顔をしかめると、堺はどこかしら必死に言葉を綴った。

「あれがあそこまで落ちこむのは、見たことがないんです。まあ、ある程度の歳になってからはどんな男と揉めても、そりゃあ本人の自由ですし。案外けろっとして立ち直りも早かったから、心配したことはなかったんですが、今回ばっかは違うんです」

「え……」

堺の真剣な声に胸が騒いだ。そこまで臣を揺らがせている自分の存在が、彼の中で決して小さくはないからだという事実に、一瞬喜んでしまった慈英はおのれを羞《は》じる。

けれどそのうしろぐらいような歓喜は紛れもない本音だから、どうしようもない。

動揺する慈英の背をまるで押すように、堺に頭を下げられてしまえば、なおのことだ。

「勝手な言い分です。けれど、……わたしは、本音は、あなたのような青年が、できれば臣のそばにいてくれたなら、安心だと思ったんです」

本当に親ばかで申し訳ないと顔を歪める堺に、どう答えればいいか慈英にはわからない。

正直、臣との関係にはじまり、こんな第三者に口を出されてしまったことも、それが相手の保護者的な立場の人間であることも、なにもかもが非常識すぎる。

「堺さん。……あなたにそんなことを言われても、俺は――」

慈英の言いさした声を遮り、堺は慌てたように肉の厚い手を振ってみせた。

「いや、いや。東京にお戻りになるのも承知してます。できないのは、わかってます。……それでもだからこそ、終わりにするなら、きちんとしてやってほしいんです」

再度請われて、そうだ、と唇を噛みしめる。まるで、嫁にもらえと言うような勢いの懇願が、二十三歳の青年には重すぎて、判断をつけることがうまくできない。だがそれは、腰が引けているのとは少し違う。

あの彼を、受け止めて、この手に抱きしめてしまってもかまわないのだろうか。そうしてそのあと、いままで臣が受けてきたような傷を、自分が決して与えないとは言いきれない。

(それで、いいのか？　俺は、どうしたいんだ……？)

すべては結局、自信のなさに端を発するものだ。なにより堺がどう言ったところで、それを臣自身が望むかどうかさえも見えないままなのだ。

第一、三日後にはもう、この地を離れることが決まっているのに――。

「あ……っ？」

「どうしました？」

ふと、なにかが脳裏をよぎって慈英は声をあげた。驚く堺になんでもないと首を振りながら、ふっと肩から力が抜けていくのを知る。

(そうか。違うんだ。三日後と決めたのは誰でもない、俺でしかないんだ。だったら……)

答えはごく、簡単なことなんじゃないのか。狭くなっていた視界がいきなり開けたような気分で、慈英が浮かべた笑みに、堺は怪訝そうに顔をしかめた。

「秀島さん……?」

「ええ、……はい、聞いてます」

わかっています、と頷いてみせ、まだ納得できない表情の堺にまず、向き直った。

「いいかげんなことには、しません。帰るときには、俺からちゃんと話します」

「そうか……そうですね」

違う答えを欲しかったのであろう刑事は、その言葉にがっくりと肩を落とした。

内心で謝りつつも、慈英はそれ以上の言葉を綴る気はない。このいま、堺に言い訳するよりもさきに、成すべきことが見えてきていたからだ。

「では、どうも……遅くにすみませんでした」

「ええ、では」

(すみません)

悄然《しょうぜん》として帰途につく堺へ内心で詫びを入れた慈英は、ホテルに帰るなり電話を取りあげる。ゼロ発信のあとに押したボタンは０３、唯一慈英が覚えている、従兄の電話番号だ。

『……はい、秀島です』

「もしもし、照映さんですか。俺です。頼みがあるんですが」

『あ？　なんだ、めずらしいな』

疲れているのか、不機嫌な声で電話に出た照映に、慈英は気の急いた声でいま思いついたことをそのまま打ち明けた。

「不動産関係に、ツテはありませんか。住む家を探したいんです。アトリエが欲しい」

『まあそりゃ、なくはねえが。どこら辺に目星つけんだよ。いまの部屋悪くねんだろ？』

都内でアトリエとして使用できる部屋を持つとするなら、けっこうな広さが必要になる。いっそ実家の鎌倉の奥地でどうだと告げる彼に、そうじゃないと慈英は答えた。

「都内じゃないんです。このあたりでどこか、いい場所はないかと思って」

『……は？　おまえなに言ってんだ？』

問われた瞬間、彼はいったいなにを言いだしたのかわからないといった声で答えた。だが画壇以外にはコネクションの少ない慈英にとって、顔が広くフットワークの軽い従兄は、唯一にして最強の頼りだったため、真剣に聞いてくれと続ける。

「できれば駅からの近場がいいんですが、贅沢は言いません。飛びこみでもいいんですが、やっぱりこういうのは紹介のほうがたしかでしょう？　当たってみてもらえませんか？」

このところにない吹っ切れたものを滲ませて、いっそそんな自分がおかしくさえある。いきなりの電話で笑いながら突拍子もないことを言う慈英に、従兄は『なんの冗談だ』とうろんげに問いかけてきた。だがいたって正気だと慈英は答える。

「冗談じゃないです。本気なんです」

『あのな……おまえな、逃避もいいかげんにしろって』

「違います。逃げないために、ここにいたいんです」

呆れ声で諭そうとする照映に、きっぱり告げると、受話器からは沈黙が流れてきた。

『——なにすんだ、おまえ、そこで』

ややあって、どうやら本気で話を聞く気になったらしい従兄の問いに、慈英は笑った。

「なにって、俺ができることなんか、ひとつしかないでしょう」

『まあそりゃ、そうだけど……本気の本気で、マジか』

「ええ。本気の本気です」

なぜとかどうしてとか、従兄はそんなことをひとつも問うては来なかった。ただ念を押すように、訊ねてきただけだった。

『やけっぱちで放り投げるわけじゃや、ねえんだな？』

「ええ。まあ……笑ってもいいですよ？」

浮き足立つような気分にまかせて、少年のような笑みを浮かべた慈英は言った。

「好きなひとがいるんです。ここに。……だから、離れたくない」

『……はー……？』

「まだ、あのひとを俺のものにしてない。全部を落としてないんです。口説く時間も欲しいし、押してだめなら引けって言うじゃないですか」

絶句した気配に、喉奥で笑みが漏れる。聞いていてもいなくてもかまわない。ずいぶんとハイな気分でいるのは、ここ数日の揺り返しではあると思いつつ、慈英は止まらなかった。

「でも帰らなきゃならないし、うだうだいつまでも考えて、どうしようかって、勝手に……そうですね、勝手に煮つまってたんですけど」

――東京に戻るころには……忘れていいから。

リミットの区切られた時間に怯える臣の感情に、引きずられていた感は否めない。堺と言葉を交わしつつ、突破口の見えないループに疲れながら、いったいこのさきどうすればいいのかと惑うばかりの慈英の脳裏に浮かんだのは、しかしその臣自身の言葉だった。

――出勤するわけじゃないしどこにいても、絵が描ければいいんだよな。

彼はかつて、公務員じゃそうはいかないと、笑い混じりに言った。

「だったら、時間なければ作ればいいかなと。幸い定職についてるわけでもないし……半分失業者みたいなもんですし」

『……あー、まあそりゃそうだけどよ』

縛られて動けないのは、慈英ではなかった。しがらみの多い臣こそが、ためらいも迷いも多いはずで、その痛みを感じ取るあまり、自分自身さえ見えなくなってもいたのだろう。

『てかおまえ、鹿間とかどうすんだ。具体的なビジョンはあるのか』

「これから、御崎さんと話しあいます。まあ、絵が売れなければそれまでですが――」

そんなことをあっさり答える自分が、誰のせいで変わったのかなど、わかりきっている。

「そうですね……食えなければそれこそ、その辺で似顔絵でも描きますよ」

さらりと、およそいままでの慈英の口からこぼれようもない言葉に、照映は今度こそ電話の向こうで沈黙した。

『おまえ……慈英か？』

あげく、おそるおそる言った従兄がおかしくて、慈英はめずらしく、声をあげて笑った。

＊　＊　＊

街を離れる前日の夜、抜糸のための病院から戻った慈英はめずらしく自分から臣へと連絡を取った。

「明日には、東京に戻ります。ご挨拶はしておこうと思いまして」

『わかった。……いよいよ、だな』

彼はそのひとことに息を呑んだ。あまり鮮明ではない携帯電話越しの臣の声が、硬い緊張を孕《はら》んでいる。せつない震えが伝わってくるような沈黙に、彼にはなにも言わないまま決めた、自分の今後についてを、思わず口走りそうになって慈英はこらえた。

「――ええ。まあそういうわけなので、時間が取れれば、何時でもいいから来てください」

『え、あ、あの――』

代わりに、めずらしくも強引にそれだけ言って、了承を待たずに電話を切った。

そういえば臣の都合などなにも聞かなかったとあとで気づいたが、おそらく彼はどんなことをしてでもこの部屋に来るだろうことは察せられた。

果たして、夜十時を回るころにホテルのドアチャイムが鳴らされる。確認もせずそのままドアを開くと、ぎこちない笑みを浮かべた臣はそこにたたずんでいた。

「よ……よう。お疲れ」

「いらっしゃい」

身体をずらしてどうぞと誘えば、臣は軽く頷いて部屋に足を踏み入れる。そしてドア脇のクローゼットの中、まとめた荷物が積みあがっているのを見つけ、ぎくりと肩を強《こわ》ばらせた。

「……っ、けっこう、荷物あったんだ」

「ああ、長かったですからね。着替えとか案外増えました」

あっさりと頷いて、コーヒーでも淹《い》れましょうかときびすを返せば、追ってくる視線が縋《すが》るようなものを湛《たた》えている。

「ええ、もう今日、抜糸がすみまして。経過もいいそうです」

ほら、と軽く腕を回してみせると、それには少しだけほっとしたように臣は微笑《ほほえ》んだ。

あるいはそれは、いま慈英が身につけているのがあの日臣にもらった、黒いシャツであったせいだろうか。一瞬なつかしそうな目をしてみせるけれど、慈英は気づかないふりをする。

「いろいろ……お世話になりました」

「別に、なにもしてねえよ」

コーヒーを渡しながら告げると、薄く笑って目を逸らした。カップにつけた小さな唇がどんなに小刻みに震えても、崩れてはくれないのかと慈英は少し焦れったい気分を覚える。

(しかたないか)

こういうひとだ、と吐息して立ちあがる。そんな些細な動きにさえびくりと肩を震わせ、怯える臣がやるせなく——また、だからこそいとおしかった。

「ここですごすのも、今日で最後ですね」

「……っそ、だな」

窓際にたたずんで呟けば、息を呑むような音が聞こえる。意地の悪いことをする、とおのれに苦笑する。だが今日ばかりは手をゆるめてやるわけにはいかないのだ。

強情さを捨て、かたくなな態度をやめて、どうか感情のままにこちらを見てはくれないかと願えば、言葉もなく見つめてくる臣の目が赤らんでいた。

「最後、だな」

小さく呟いて、自分の声に震えた空気にさえ傷つきそうなくせに、臣はまだ微笑もうとする。この程度ではまだ足りないかと内心苦笑して、結局こらえきれず腕は伸びた。

慈英から自発的にしかけた抱擁はこれがはじめてで、自由になった両腕で強く包めばやはりすっぽりと収まってしまう細い肩に、慣れもせずにくらりとする。

(ほんとに……あなたは、こういうのは簡単なのに)

大事なものを勝手にあきらめているくせに、抱擁には応えて背中に腕を回してくる。言葉と頭と身体がばらばらな臣が、腹立たしくてかわいい。

「な……なあ。最後なら、あの……っん、んう」

意地を張るならこちらもだ。歪んだ笑みを浮かべ、慈英は誘いの言葉を吐こうとしたその口を塞いだ。髭《ひげ》がくすぐったいと肩を竦めるのを逃さず、舌でなぞればあっさり応えて開く唇。濡れたキスより本音をよこせと、本当は言いたいけれど。

「……ねえ。刑事さん。お願いがあるんですが」

「ん、ん……?」

ひとしきりその唇の甘さを堪能したあとに、臣の頬を軽く撫でて、ひっそりと告げる。

「今日は、俺に抱かせてください」

「——え、あ……？」

耳元へ囁くと、いままで散々に睦みあった記憶などまるで忘れたような、ひどくうぶな表情で臣がうろたえた。両手に包めそうな小さな顔は上気して、手のひらに熱を伝えてくる。

「いやですか？　したくない？　最後なら、しようってそう言いかけたんでしょう」

「んん……っ」

決めつけると、頬を上気させた臣が震えながらこくりと頷く。無言の了承にひそんだ痛々しさを癒《いや》すには、言葉よりも口づけが有用であると慈英はすでに知っている。

「ん……ん……あ、ふっ……」

うっとりと酔いしれたその表情を、薄目をあけてうかがった。長い睫毛が頬をかすめ、舌を嚙んだだけで溶け崩れる弱い身体を引き寄せ、スーツの中に手のひらを滑らせる。

「あう！」

撫でるまでもなく、期待だけで全身を高ぶらせた臣の乳首はとうに硬かった。シャツ越しに突起を引っ搔くとびくりと腰を引く。だが、逃げは許さないと腰を抱いて、しつこいほど小刻みに、そこを指先でこりこりとかする。

「あ、あっ、……あっやっ、それ、だめっ……」

崩れた身体に慈英の脚を挟ませると、やわらかい腿がきゅうっと締めつけてくる。火照って熱く、軽く押し上げると声もなく臣は仰《の》け反《ぞ》った。

「なんですか。まだたいしたことしてないのに、もうだめ？」

「っ……や、がま、……できな……っ」

腰から滑らせた手のひらで尻を包むと、おののきはいっそうひどくなった。臣はもう息も絶え絶えで、ぐったりしている。

「なんか、おまえ……なに、今日……どしたの？」

上着を脱がせ、そのままベッドにもつれこむ。いつになく強引な慈英に戸惑い、見あげてきた瞳は、出会ったころそのままの素直な感情を滲ませている。

（もっとそんな目をすればいい。嘘をつけない顔で、俺を見ればいい）

生え際から指を滑らせ、愛撫するように髪を梳《す》きながらにっこりと笑ってやると、臣はじわじわと首筋から赤くなった。

「ちゃんと、覚えててくださいね。俺のことを」

「……覚える、から」

あえて別れのそれと取られるような言葉を、きれいな額に唇を押し当てて告げる。臣はひくりと息を呑んだ。自分に悪趣味だと思いながらも、慈英のかすかな嗜虐《しぎゃく》心は止まらない。最低なのは自覚しても、自分の言葉で傷つく臣がたまらなくいとおしく、また憎らしい。

「覚えるから、ちゃんと……覚えるまで、して」

泣き出しそうな顔をしてそれでも、肝心のことをやはり臣は言わなかった。

（まったく……）

ある意味ではこの日は、慈英の最初の賭でもあった。こうして最後の時間だと突きつけて、せめて臣がなにかしらの反応をよこしてくれたなら、素直にこちらに越す計画を話そうと思ってもいたけれど。

（どうやら、無理らしいな）

素直に甘い言葉を投げても聞きはしないだろう。どうせそんな言葉が贈られるわけもないと、自分で耳を塞いでいるから悪いのだ。

（俺のことを、まるで信じてない。なにも聴こうとしないんだから、言ってあげない）

だから少しだけ置いていく。臣は慈英を思って泣くだろうか。それともすぐに忘れるだろうか。確証はなにもないけれど、少なくとも簡単に忘れられるような夜にはしない。

第一、急いたのは臣のほうだった。少しだけ待ってくれれば露悪的な振る舞いなどしなくても、簡単に自分は落ちただろうに、勝手に予防線を張って身体だけ欲しがって、慈英の誠意を最初から、ないものと決めてかかったから悪い。

（簡単なことばっかりしてたら、欲しいものは手に入らないよ。臣さん）

痛みを添えた言葉でしか届かないなら、無理にでもねじこんでしまいたい凶暴な情動を、自分でも持て余している。これでもやさしいほうだろうと、慈英は内心うそぶいた。

「どうしたの。……泣かないで」

「泣いて、ね……よっ」

本音では、もっと泣いてと心で呟きながらまた唇を重ねた。喉をひきつらせ、しゃくりあげながら、臣は悔しげに唇を嚙む。強情さに笑ってネクタイをほどくと、きつく閉じた目尻から滲んだものが睫毛を濡らした。

そろりと、瞼の隙間を舌のさきで撫でると少し塩辛い。そのまま顔中のそこかしこに唇を押し当てると、ゆるやかなはじまりに戸惑うように、そろりと目をあわせてくる。

「……あ、な、なに？」

さらりとした髪のこぼれる顔を啄《ついば》んで、シャツのボタンをはずすと慌てた顔をする。そういえば脱がせるのははじめてだったかと思っていると、案の定、臣が慈英の手を止めた。

「お、俺はいいから」

「どうして。服、汚れるでしょう？　ちゃんと脱いだほうがいい」

いままで触れずにいた事実を、なんでもない顔でいなすとさらに赤くなった。臣が言葉につまっているうちに、慈英の繊細な指先はさっさとそのシャツをくつろげてしまう。

「あ、ちょ……っ、ばかっ、やめろって！」

「なぜ？」

袖のボタンはそのまま、肩までを引き下ろして白い胸をさらす。あたたかな色味の肌がさっと染まる。そのままスラックスのベルトに手をかけ、もがく臣を肘《ひじ》で押さえた。

「や、やだ、……やっ、脱がすな！　裸、やだ……！」

「やだやだばっかりですね、刑事さん。……まあ、いいけど」

今度は脚をばたつかせて拒む臣に手を焼いて、さきに慈英は自分のシャツだけを脱いだ。

腕の包帯に息を呑んでしまった臣は、もうそれ以上強く抵抗できなくなる。

「でも、あんまり暴れないで。抜糸したばかりなんだから」

のしかかると、弱くもがくだけの臣がかわいかった。いままで一度もその肌を晒すことをしなかったのは、同性である身体を見せるのがいやだと、臣が過剰なほど羞じらっているからだ。

「おまえ、……ひどい……っ」

「……そうかもしれない」

いやだ、と最後まで抵抗した下衣を強引に引き下ろし、下着も靴下もベッド下に放った。

明かりも消さないままの部屋の中、かきあわせるようにシャツの胸元を握りしめる細い指は強情で、さてどうするかと膝立ちに眺め下ろせば許してと首を振ってみせる。

「やだ……見るなよ……見、ないで……」

「どうして？　なにがいやですか」

そんな仕種は却って逆効果なのにと思いながら、震える唇を吸いあげた。舌を出せと促しながら剝《む》き出しのなめらかな脚に手を這わせ、ゆっくりとラインを辿《たど》る。

「ほら……手を、離して。胸を見せて。ちゃんと、俺にも覚えさせて」

「ひゃ、……や……っ」

首筋に耳元に、吐息混じりに囁き唇を落とすと、敏感な身体は臣の意思を裏切り、慈英へと開こうとする。かたくなに握りしめた袖口のボタンは、きつい口づけに意識を逸らさせている間に勝手に外した。

(可哀想に、臣さん。俺なんかに好かれて、こんなに羞じらって、苦しそうで)

セックスの最中、こうまで強引に振る舞ったことなどない。こんな自分もいたのだなと、どこか他人事《ひとごと》のように感じながら少しゆるんだ拳の間に指を入れ、敏感な手のひらをくすぐった瞬間、臣は悲鳴をあげて背中を跳ねあげた。

「い、っやっ……!」

焦ったように臣が手を振り払うのも、計算の上だ。慈英は暴れた両手首を捕らえ、怯える顔の脇に押しつけた。

「……や……見たら、やだ……っ」

生け贄《にえ》のようにベッドの上に磔《はりつけ》にされた臣の身体を、じっと眺め下ろす自分の顔が獣めいたものになっていることを慈英は知る。

乱れたシャツを申し訳程度に纏ったただけの臣は、どうしようもないほど扇情的だった。

赤く染まる肌は身を捩《よじ》るたびに違う陰影を見せつける。指で尖らせた、男の胸にしては卑猥な形の乳首が呼吸にあわせてゆるやかに動いている。

すらりとした脚の間には、それなりに成人の男性らしい、けれど本来の意味では機能したことのないだろう性器がすでに興奮を示していた。

「も……や、……っ」

それをこそ恥じているのだろう。臣はしきりに、慈英の膝に押さえられた脚を閉じようとする。けれど、くねらせる腰の動きや涙目はまるで、そのまま触れてと誘うようだ。

「——慈英、なあ、やだ……！」

鼻にかかった声で、ついに彼は名を呼び、そして、ぽろりと涙を落とした。赤らんだ目で懇願された瞬間、慈英が覚えたのは残酷さを帯びた歓喜だ。

「なにがいや？　見られて恥ずかしい？　勃ってるから？」

「ひ！　や、や……っ」

笑いながら問うと、臣は顔をくしゃりと歪めた。必死になって手を振りほどき、身を起こして逃げようとするから、許さず強く抱きしめる。

「あん……っ」

濡れて、赤く熟れきったそこに指を這わせた。こうして触れたことははじめてではないでしょうと、ことさら卑猥に揉みしだくと、臣は硬直してこくりと息を呑む。

「見たかった、ずっと。……どうして、隠すんですか？」

この艶めかしい身体のなにを恥じるのかわからないと、体側を撫でて囁く。デッサンをする前にその形状を指でたしかめるように細やかに、そしてそれ以上の作為を滲ませながら。

「だっ……だって、やだろ？……んな、こんなの……っ」

「こんなのって、これですか？　どうしていやだと思うのかな」

問いながら手の中のものをきつく握ると、跳ねあがるように薄い胸を反らせる。

「ひぃっ……んっ」

「もう、知ってるのに。あなたが男のひとだなんて、そんなの」

そのまま、ねだるように突き出された胸の上を噛んでやると、悲鳴はなお甘く蕩《とろ》けた。

「あっ、あっ、や、そこ、やぁ……」

尖らせた舌のさきでぐるりとその小さな粒の周囲を撫でる。甘く濡れた声をあげるくせに、臣は拒むように首を振った。許さずに、指先で捕らえた性器をゆるゆると刺激しながら、血の味さえしそうな赤い胸をきつく吸うと、くたりと抗《あらが》う身体から力が抜ける。

「俺に、ちゃんと抱かれて……？」

「っあ、……う……っ」

薄く盛りあがった胸筋の狭間、かすかな窪《くぼ》みを辿るように舌を這わせる。肌を傷つけないよう拳を握って慈英を押し返していた指はほどけ、おずおずと裸の肩を撫でてきた。

（ああ。落ちた。でもまだ、……身体だけ）

片頬で笑う慈英の前には、期待と興奮をこらえきれない艶めいた顔がある。ねっとりと口づけると、もうあきらめたかのように、力なく首筋に巻きつくしなやかな腕。

「ふっ、んふ、う……っ」

いつもは臣の好きにさせていた口腔の淫らな愛撫も、この夜ばかりは譲らないと知らしめるように先手を打って仕掛ける。舌を舐めて噛んで、彼がなにひとつ自分で動けないほど、どろどろに溶かして壊してやりたい。

「ああ……ああ、や……そんっ、こすっちゃ、や、あ、あっ……」

キスの間にも濡れそぼった性器は長い指にこすられ続け、とろとろと雫をこぼして震えていた。頬ずりをすれば髭がくすぐったいと肩を竦めるが、それにさえ感じるのは知っている。

「いやですか？　感じない？　痛くしてる？」

「や、じゃない……やじゃ、ないけどっ……」

ふだんとは逆に問いかけると、恥ずかしい、と呟く唇がやわらかに動くさまさえ、どこまでも卑猥だ。混乱のまま虚ろな目をする臣は、信じられない事態が起きているいまを理解しきれず、それだけに抵抗が弱まる。

「ほんとに、してんの……？　慈英、触って……ん、あん、んっ」

そのくせ、熱っぽい顔で濡れた自分の性器と、慈英の指を見つめている。不思議そうな顔をする臣は、すでに慈英の手になにもかもを委ね、官能に沈みきっている自覚はあるのか。

「……っ、ど、して……なんで？　なんで、すんの？」

「指、嫌いですか……？」

子どものようにあどけなく問うのは、もはやパニックに近いからだろう。だが少し残る理性が、信じられないと細い首を横に振らせるから、まだ足りないのかと脚を開かせた。

「あ、うあっ!?　ひ……っや、やだ！」

「やだじゃない。訊いてるでしょう？　指は好き？」

誰の手が触れているのかしっかりとたしかめろと、腰を折らせて膝の上に乗せ、その部分が彼の目にしっかり見えるように掲げさせる。淫らな体勢に臣はむずがったけれど、手の中にしたそれがさらにひくりと跳ねたことで言葉の信憑性は薄れた。

「ほら、見て。ちゃんと、本当に触ってるってたしかめて」

「やあ、ひっ……ひどい、ひどっ……」

「ひどくない。それで、質問に答えて。……俺の指は好きですか？」

泣きながらうねる腰。無意識に身体を慈英にこすりつける臣の顎《あご》を、空いた手でしっかり摑んで問いかけると、ついに震える声を発する。

「……す、き……っ、すき、好きぃ……」

「――……っ」

たどたどしいそれに、どうしようもないせつない目眩《めまい》が訪れる。いたぶるようにして引き出した告白でも、それがたとえ指先のことだけでも、こんなにも。

「……俺もけっこう、安い」

「ん、ん……なに？　あ、あん、もお、こすっ……こすんないでっ」

自嘲の呟きを聞きとがめた臣が正気づく前に、慈英は濡れた指を早める。すでに溢《あふ》れた粘液がぬらぬらと臣を濡らして、激しい愛撫にひどい音が立った。

「あ、だ、……だめっ、で……ってちゃ、あっ」

びくびくと足指をきつく丸めて身を捩る臣を追いあげながら、顔の横で揺れている曲げた膝を、慈英はねっとりと舐めあげ、軽く噛んだ。

「——あ！　ひ、やんっ……！」

それが最後のとどめになったのか、がくりと腰を跳ねあげた彼の性器から、勢いよく粘液が溢れ出る。先端を包んだ手のひらに弾《はじ》けたそれは、とろりと熱かった。

「はっ……あっ、あっ……」

余韻に震えながらうっとりと目を閉じた臣の胸に、受け止めきれなかった雫が飛んでいた。肌の色はもう、見事なまでに薄桃色に染まっているから、白い精液がずいぶんと目立った。

それをそっと舐め取ると、感触に気づいた臣が目を見開く。

「や、……なっ、なにしてんだよっ」

「ああ……こういう味、するんですね」

慌てる彼に取りあわず、慈英が奇妙な味を舌の上に感じていると泣きそうな顔をした。

「ば、か……っ！　舐めんな、っていうか、味とか言うな……！」

口づけると、口の中に残るそれを拭い取るような勢いで舌を含まされた。必死になって口腔を舐め清める仕種に心地よさと同時に、苦い思いがこみあげた。

（どうしてこのひとは、こう、変なところで卑屈なんだか）

だいたい女の代わりと言うが、臣の薄い胸からして女性には到底見えない。顔もきれいだけれどたしかに男の造形でしかないし、錯覚を起こす要素はどこにもない。それに第一、慈英自身はゲイに偏見を持ったこともないし、そうと言葉で告げたこともないのに。

「汚いんだから、するな……」

呟きに、かちんときた。勝手にひとを、妙に神聖化しないでほしい。そういうのは、慈英がいちばん嫌うものなのだと、どうして臣はわからない。

「……どうして。精液、舐めたらいけない？　あなただって俺の、飲んだでしょう」

「せっ……い、えきとか、おまえは言うなっ。俺はいいけど、するなっ」

だだっ子のようにわめいた臣は、慈英の露骨な言葉に真っ赤になり、そして少し傷ついたような顔をした。どうやら相当理想化されているらしいと気づいて胸が悪くなるが、だったらいっそ、と慈英は思う。

「なにをいまさら。……まあ、じゃあ、言わなきゃいいんですね」

「──っ、あ⁉」

いずれにしろ泣かれようとどうしようと、この日だけは許すつもりもない。じっと臣を睨《にら》んだまま、汗やそのほかの体液で濡れた脚に、指を這わせ、そっと秘めた場所まで運ぶ。

びくりと臣が身じろいでももう遅かった。手の中で粘った体液がちょうどいいと、尻の肉を強引に開いて、竦む入り口をぬらぬらと撫でる。

「……うそ、や……っ」

これ以上はないと思っていたのだろう。身体中を染めあげた臣は驚きを通り越し、怯えたように歪む目で慈英の顔を見あげ、口を開きかけた。だが、おそらくは拒む言葉を吐き出す前に慈英はキスで声を塞いで、ほころびるやわらかな肉の狭間に、ぐりっと指を入れた。

「んん──ッ‼」

目を瞠《つぶ》って硬直する臣の表情は、悲痛なものだった。離してと訴えるようにもがく、小さな顔を片手で拘束したまま深く舌を絡め、同じ動きでまだ濡れの足りない内部を探る。

汚いからと、決して触れることを許されなかったその粘膜は、ためらいを表して忙しない収縮を繰り返している。だが指のほんのさきを含ませただけで、硬い抵抗に阻まれた。

(少し、ひきつるな)

念のためベッド際に置いておいたのは、それ専用のローションだ。キスをほどき、滴る唾液を舐め取った慈英が長い腕を伸ばしてボトルを摑むと、臣はさらに泣きだした。

「や……っ、や、やめ、やめ……っ」

「やめません」

恐慌状態に陥った身体はろくな抵抗もできず、手を離しても逃げられないでいた。

慈英の胸の中で怯えて縮こまる身体に、粘りの強いローションを直接垂らす。

だが窄《すぼ》まった粘膜はいくら濡らしても緊張に硬くなるから、強引にするにも限界はあった。

「……臣さん」

傷つけたくはない。本当ならば心も身体も、どろどろになるまで甘く溶かしてやりたい。

それでも、臣自身に拒まれてはそれは無理で——だから。

「臣さん。ここに入れさせて。……俺を。お願いです」

「や……っ」

強ばる頰に口づけて、許されなければどうしようもないと慈英は懇願した。

「触られるのは、いやですか。指は好きだって、言ったでしょう？　入れるのはだめ？」

「って……だって、そん、そんな、とこ……っきたな、い……あ！　あ、だめっ！」

「汚くない。はじめに、きれいだからって言ったのは誰？」

「いやっ、あ……っ」

喘ぐように告げる、その合間の呼気にゆるんだ瞬間を逃さず指を進めると、気持ちよりさきに身体が負けてしまう臣につけいっているとは思う。

「や、だ、……だめ、入れた、や……っあん！　ぬるぬる、やっ」

「どうして？　俺を、ちゃんと包んでくれたでしょう、ここで……それとも、痛い？」

でも痛いならよすからと、やさしげな声で言いながら、慈英は中をかきまわす。

「だって、だっ……」

「だってなあに」

「いつも、しないって、ゆった……っ」

なかば朦朧《もうろう》とした臣の頬を撫でると、そんなことさえ感じるのか、ひくんと鼻を鳴らした。

「じえ、……やなん……だ、ろ？　気持ちわる、……っくて、だから……っ」

ずっとだめだと言ったくせにと、潤んだ目で責められて、そういうことかと慈英は思う。

（こんなんで、本当にいいわけがなかったろうに……ひどくした）

はじめて彼の中を知ったあの日、ずいぶんと無理をさせた。こうして触れればなおわかる。

気持ちいいと言っていたけれど、臣が緊張していれば身体の中はひどく硬い。

「あとで、やっぱ汚いって思われんの俺、やだ……っ。だったら、しなくて、い……っ」

自責の念と、慈英の中で惑う気持ちに歯止めをかけたくて挿入行為に踏み切らなかったことが、臣の中ではそんなふうに捕らえられていたのかと思う。

「ああ……そうじゃないから。泣かないで、いいから」

言葉さえもうままならない様子の臣に胸が痛んで、頼むからやさしくさせてほしいと口づけた。ふうっと鼻に抜ける吐息をした臣は、そうしてようやくおずおずと力を抜く。

「力を抜いて……もう少し。ほら、濡れて、あったかくなった」

「ん、んんっ、ん。いや……い、っや」

あやすようにキスを繰り返していると、ぬるみを帯びた熱に慈英の指は包まれた。まるで性器をそこにあてがったかのような快感が突き抜ける。ジーンズの中が張りつめて疼いて、早くと急く自分に呆れ笑いを漏らした慈英は、臣の指をそこに導いた。

「いやって言わないで。ね、……ほら。触って。俺はいやがってますか？」

「あ……？」

わかるでしょうと苦笑すると、心底驚いたように見つめられて少し、恥ずかしかった。

「じ、えい……慈英の、これ、くれる？」

そして、蕩けきったまなざしに声にねだられると、お好きにと笑ってその手に委ねるしかないだろう。無理な体勢でジーンズを脱がそうとするから、腕の筋を違えはしないかと思って身体を離すと、とたんにまた不安そうになるから自分で脱ぐと告げた。

(肌が……ああ、やっぱり気持ちいいんだ)

ふたたび身体を重ねると、ふと気づく。ぴったりと重なった湿った肌の感触は、溶けあいそうなほど馴染んでいるのにこうして全裸で抱きあうのははじめてだ。

見交わした視線のさきの臣は、あきらめたように儚《はかな》い、だからこそきれいな笑みを浮かべていて、そんな顔をいつまでもさせない、と慈英は強く思う。

（でも……もう少しの間は、泣いていて）

痛みを覚えたままで、いてもらおうと思う。強情でかたくなな臣を完全に手にするまでには、あと少しばかり時間がかかることは承知だ。

（悩んでください。そうして俺のことばかりずっと、考えていればいい）

だったらせめて、その胸を破くようなせつなさを覚えていてほしい。そう待たせるつもりはないが、たとえ短い間に彼が余所《よそ》を向いてもすぐ、奪い返せるほどの強烈さを与えたい。泣かせても、そのあとで、大事にするから。離さないまま、だめにするほど甘やかしてやりたいから――だから。

（俺を、あきらめないでいて。その代わり――いまは）

身体だけはちゃんと、甘やかせて。含ませた指で粘膜の奥、少し違う感触のする場所を撫でると、弾けるように震えた脚が慈英の腰を挟みつけてくる。

「く、……ふ、あんっ、んっ」

「ああ、ここ？」

「うんっ……あ、そこっ」

重なりあった腰を揺らす。臣の性器はまたゆるやかに勃ちあがり、慈英の腹にこすれている。荒い呼吸に上下する胸のさきも、いっそ溶けてしまえと舌で愛撫を与えた。

「あ、……っ、ゆ、び……いい……っ、好き……」

奥を暴く指をうっとりと締めつける臣にふと思い立ち、薄く開いた唇に空いた指を這わせる。舐めてもいいのかと迷うように瞳で問われ、慈英はうなずいた。

「いいですよ。……好きに、食べて」

「んん……っ」

口腔まで敏感な彼は、舐めるという行為だけでも高ぶるようだった。臣はこの長い指がことにお気に入りらしい。大事なものを捧げ持つように、ほっそりした指に慈英の手を包み、懸命に小さな口でしゃぶっている。

こんなものでよければ本当に、切り落として食べさせてやりたい。半ば本気で思い、自分にはフェティッシュな感覚はないと思っていたが、それも危ないものだと慈英は己を嗤う。

(でも本当に、このひとがそれが欲しいなら)

いつだって笑いながら、慈英は指を落とすだろう。もうそれで二度と絵筆が持てなくなっても、臣のためならば惜しまないだろう。

いのちをまるごと、この臆病な彼に捧げたい。望まれない供物だとしても、小さな口をこじ開けて、絶対に喰らわせる。

「……覚悟を、していて」

「んあ……っ、あひっ、ひ、あう、もっ……やあ、ぐちゅぐちゅ、やだっ」

ひっそり囁くと、急いた気分が高まった。唇と、狭く蕩けそうにやわらかい粘膜を同時に指で遊んで、これは臣を刺激するというよりも、早くここを犯したいという欲の表れだ。

熱く濡れている臣の内壁は、慈英のそんな身勝手さをも快楽として受けとり、ひくひくと飲むような動きをみせる。早くこの中に溺れたい。耐えきれず、やわらかな腿に濡れた性器をこすりつけると、臣の淡い色の目が、淫らに濡れた色を濃くする。

「あ、あ、ね……も、……もう、きて、それ、それ、それぇ……っ」

息を切らし、慈英の指を甘噛みしながら臣はねだった。震える脚を絡め、なめらかな腿の内側で脇腹を撫でてくる。

誘う仕種に背中が震えた。慈英の指が強ばり、強くこすれた粘膜に臣は高い声をあげる。

「やぁっん、も、もうっ……」

「もう……なに？」

濡れた指を引き抜き、なめらかな腿に手を添える。手のひらが吸いつくような肌が震え、その下で激しく脈打つ血の流れさえ感じる。

開ききった脚の間に自分のそれをあてがい、頬を舐めて問いかけた。忙しなく息を切らした臣は、焦らす慈英の肩を力なく掻きむしる。

「どうしたいの。言ってください」

「……っもう、いれて、もう、慈英、じえ……っ！　それ、ちょ、だ……っ」

ちょうだい、と舌足らずに誘われるより早く、ずるり、と重く食みこんだ。目を見たまま、険しく睨むような顔を取り繕えもせずにいる慈英の前で、臣は目を瞠って硬直する。

「かはっ……あっ……」

「……っどうしたの？　いや？」

「ち、が……あ！　あ、あっ、はいって、くる、はいってっ……！」

挿入した瞬間、臣の腕が背中に回される。抱擁の力なく甘い感触に、背中が震え、そして。

(すごい……きついのに、蕩けてる)

うねり、吸いついて、くわえこんでくる粘膜の凄まじさに、頬までが総毛立った。

久しぶりに味わう彼の内部はやはり強烈で、思わずうわずった声が出そうになるのを、慈英は奥歯を噛んでこらえた。

「痛くない、……ですか？」

「ん、な、ないっ……っないから、も、もっと……っ」

いれて、とこらえきれなくなったように腰を掲げた臣に引きずりこまれ、ひと息に残りを押しこんだ瞬間、根本から波打つように締めつけられてくらりとした。

「あっ……あ……」

奥までをしっかり含ませると、臣はびくびくと痙攣し、遠い目で小さく喘いでいる。見ればすでに薄く引き締まった腹は濡れていて、入れただけで達したのだとわかった。

「……す、ごい……っ、慈英、すごい、これ……っ」

腰が抜けそうな快楽。互いをきつくかき抱いたまま、荒い息を混ぜて唇を嚙みあった。ことに臣は、挿入しただけでも感覚が飛んでしまったらしい。

「いっちゃう、すぐ、またっ、あぁ！」

さきほどまで見せた羞じらいなどもう意識の外なのか、淫蕩にゆるゆると腰を回し、慈英を締めつけてくる。かと思えばとろりと溶けた粘膜の奥へいざなうように腰を押しつけ、練れた動きでグラインドする。

「っと、臣さ、……それ、まずい……っ」

「や、とま……な、……いい、よ……っねえっ」

早く動いて、もっとよくして。すすり泣きながら腰の奥をうねうねと動かされ、意識が飛びそうになる。軟体動物のように蠢く臣に負けそうで、舌打ちした慈英は腰を引く。

「まったくもう……っ」

「や、ぬ、抜いたらだ、め……っあーっ、あっ、んんあっ、あっ！」

これじゃ結局、忘れられないのは自分じゃないか。苛立ちながら強く腰を打ちつけると、歓喜の声をあげて震える喉に食らいついた。

「あ、んひっ……っ、じ、え、慈英っじえいっ、俺、……ねえ、俺、いい……？」

けれど官能に我を忘れたように腰を振りながらも、泣きじゃくり縋る彼が呼ぶ自分の名はあまりにも哀しげに響いた。

「臣さん？」

「じえっ……が、いままでした……ひと、より、いい……？　覚えてて、くれる？」

問いに驚いて顔をあげると、泣いている臣は決して、意識を飛ばしてなどいなかった。じっと、もうなにもかも見逃すまいとするような濡れた視線に貫かれて、息が止まる。

「……こんなひと、ほかに知りません。忘れられるわけが、ないでしょう」

頷いて、こちらも泣き笑いのように告げると、嬉しいと笑った。

「……ありがと」

もうそれだけでいいと微笑む臣に、そうそうあきらめがよくならないでほしいと思う。だが言葉にはしないまま、慈英はゆっくりと快楽だけを送りこむ。

いくら泣いてもいい。いずれこの涙も、せつなげな物思いも全部、さらってしまうから。

（俺は、あきらめは悪いようなんですよ……？）

きれいに笑ってさようならなんて、させてやるつもりはない。慈英の執着にいずれ気づいた臣が、怯えて逃げようとしても、許すつもりはさらさらない。

だがいまは、淫らに身体だけを揺らしてやりながら、濡れた頬に口づけるだけだ。

「あう……っふ、また、いっちゃ、う……っ」

「まだ……まだです」

「やっ、いく……い、っく、あぁ、あ……！」

この熱炉のような身体の奥に、ありったけの熱情だけを注ぎこんでいく。そうして悶え狂い、慈英の不在を、身体と心の両方で嘆いて餓《う》えて、待っていればいい。

「いっぅ、いいっ、んも、らめ……っ」

やがて来る終わりを引き延ばそうというように熱を散らし、呂律《ろれつ》の回らなくなった唇を塞いだ。蕩けた粘膜をぬぐぬぐとえぐり、ひどいほどに掻きまわすと、背中にちりちりと走った痛みがあった。

爪で掻かれた背に汗が滲み、ひりついた感覚をいつまでも慈英に与え続ける。いっそこのまま、このささやかな痛みが消えなければいいとさえ慈英は思う。

もういく、もうだめ、と繰り返した臣は、慈英の腕に何度も口づけていた。

ゆるみかけた包帯を必死におぼつかない手で、いまさら無駄なのに直そうとする。無意識のいじらしさに泣きそうになって、慈英はひときわ激しく臣を揺さぶった。

「もう、もう、い、いっちゃ……！」

この甘い喘ぎも、臣の中に深く入りこんだこの快楽も、なにもかも鮮明に自分の中に焼きつけたい。考えたとたん、強烈な射精感が襲ってきて、慈英は片頬で笑った。

「……ねえ、これ、気持ちいいですか」

「きも、ちいっ、……んぅっ、んー……！　も、もう、やだっ……」

小刻みに感じるところを刺激してやると、お願いだからもう終わってと感じすぎて達せなくなった臣が訴えてくるから、耳朶《みみたぶ》を嚙んで囁いた。

「ねえ。……終わって欲しかったら、好きだと言って」

「！　いっ、……いや」

いいかげん朦朧としていたくせに、そう告げたとたん臣の目にふっと正気が戻った。逃げかかる腰を捕まえ、引きずり寄せ、奥の奥まで暴きながら慈英は言う。

がくりと跳ねた臣の身体の上に、雨のように降る自分の汗が弾ける。激しさを物語る飛沫《しぶき》を目の端でたしかめながら、慈英は酷薄な声を出した。

「言わないと、終わりにしてあげない。……どうします？　ひと晩中このまま、俺に犯され続けたい？」

「ひ……!!」

おそろしいことを囁くと、臣はぶるぶると震えた。怯えたのかと思えば、ひと晩中犯すという言葉に想像だけで感じて、また少し射精したようだった。

「もう、あんまり出なくなった……ほら、つらいでしょう、言って」

「も……い、や、ぁ……！　い、て、じえ、も……いってっ……」

「言いなさい、臣さん」

慈英は聞いてやらず、揺さぶられ続けた臣はもう許してと本気で泣き出し、しかし結局は口を割らなかった。あまりの強情さに結局負けた慈英は、少しだけ言葉を変えてやる。

「じゃあ訊くから答えて。……キスは好き？」

「すき……っあ、あっ」

「セックスは？　こういう……ことを、されるのは？」

「ん、も、やー……もう、いい……っああ！　あああ！」

「じゃあ、嫌い？」

すき、としゃくりあげて、無理矢理に言わせたそれに慈英は自嘲した。その燻《くすぶ》る感情のまま、こちらへの恋情を伝える以外の単語ならなんでも口にする臣に、さんざんなことを言わせ、そのたびに手ひどく責め立てた。

「も、だし、て……おしり……奥……熱い、の……っ」

だがもういいかげん限界が来て、どろどろになった臣の痙攣じみた動きと、本気の哀願に慈英は結局負けてしまう。

「……奥に、出すよ。全部、こぼさないで」

「んーっ……んっ、だ、だしっ、出して、……あぁ、あ……！」

強く音が立つほど叩きこんだそこから勢いよく放ち、粘ついた体液を強く混ぜあわせた。

（――身体が、灼《や》ける）

汗にまみれ重なった胸からは激しく脈打つ鼓動が響いて、心音さえも同じリズムを刻む。

呆然としたような顔で幾度めかの絶頂に押し上げられた臣は、いまにも途絶えそうな呼吸を繰り返していた。

「覚えた……？」

そのくせ、慈英が抱きしめてももう逃げようとしない。逃げられないほどに疲労させたのだからあたりまえだと思いながら問えば、のろりと細い腕があがった。

「……わすれ、ない……」

喘ぎすぎてかすれた喉から発した声は、吐息の振動としてしか伝わらなかった。だが、慈英はそれで充分だろうと、熱くなる目をきつく閉じる。

（臣さん。意地っ張りもたいがいにしないとね）

本当に壊してしまうよと、慈英は口の端だけで笑みを浮かべた。

気づけばすべての指を絡めあったまま、声もなく夜に沈んだ胸の裡にある言葉はきっと同じものだったろう。

——離したくない。

*　*　*

慈英が東京に戻ってまず思ったのは、耳鳴りがするほどに雑音が多いということだった。長くこの都会に暮らし、とっくに慣れていたはずの雑多な物音や、猥雑にすぎるようなひとごみに疲れる自分を知って、慈英は苦笑する。

たかが一ヶ月と少しで、身体はすっかり、あの信州の街に馴染んでしまったようだと苦笑しながら、麻布の古い街並みを歩いた。

この日は久方ぶりに、御崎に会うことになっていた。訪れたようやく先日、自宅療養になったという彼は、慈英の顔を見るなり目を潤ませた。

「ああ、秀島くん……すまない、このとおりだ。すまなかった……」

「そんな、やめてください！　御崎さん」

玄関まで出迎えた御崎は、上がり框《かまち》にまるで頭をこすりつけんばかりにする。慌てて、慈英は痩せた身体に手をかけ、顔をあげさせた。

「秀島くんには、なにからどう詫びていいものか……この数週間、生きた心地がなかった」

目を潤ませた老画商は、通された居間の応接テーブルに、また手をつこうとする。

「もう、ニュースを見たときには血の気が引いて……あんなことさえなければ、きみが事件に巻きこまれることもなかったろうと思うと、わたし」

「それについてはもう、気になさらないでください」

もとをただせば、おのれが病に倒れたことが原因だと御崎は言う。それが慈英を旅立たせ、事件に巻きこませたのだという自責の念に駆られたらしく、彼はいくら慈英がなだめても、しばらくは涙混じりに詫びるばかりだった。

「鹿間も、まさかあんな男だったとは……このままにはしないよ、秀島くん。まだ、わたしの力もそう、捨てたものではないのだからね」

病みあがりの痩せた身体に怒気を漲《みなぎ》らせた御崎は、強い光をその目に宿していた。語られた言葉より、その元気そうな様子にほっとして、慈英は頰をゆるませる。

「不当な審査をした展覧会の選考者らには、こちらからしっかりと話をとおしたよ。どうやら鹿間や彼らは、わたしがもう、いけないと思ったらしくてね。退院したら慌てふためいていたから――」

熱弁をふるう御崎に、慈英は落ち着いてくださいと告げる。

「その件は終わったことですし……今日は、その話をしに来たんじゃないんです」

「え、そ……そうなのかい？　わたしは、てっきり……」

頷き、ゆったりと笑んだ慈英に、激していた御崎は目を瞠る。

（まあ、驚きもするだろうなあ）

帰京してからの二週間は、さまざまな手配に追われて瞬く間にすぎた。

季節はその間にすっかり冬支度を整え、いま御崎と対座する慈英のうしろでは、ガスヒーターがフル稼働している。

「これからは、なかなかお会いできなくなると思いましたので、ご挨拶に」

「ええ？　きみ、待ちたまえ。まさか筆を折るつもりじゃあるまいね⁉」

不安そうに腰を浮かせた御崎へ、違いますよと慈英は告げた。

「いえいえ、まさか。引っ越すんです。東京を、離れます」

「引っ越すとはいったい、どこに――」

「長野です。もう住む家も決めまして、アトリエに使える部屋のある一軒家を借りました」

突然のそれに、御崎は驚いていた。だが続いた慈英の言葉に、彼はさらに驚愕する。

「それで急な話ですが、出立は明日なんです。もう荷物もほとんど、送ってしまいました」

「は……？　明日⁉」

御崎は照映と同じように、声を裏返した。その反応に、慈英は楽しげに目を細める。

「なんでまた、そんな……」

「いろいろ思うところがありまして。急に決めたもので、挨拶がぎりぎりになりました」

息をついてしげしげとこちらを検分する御崎に、笑いがこぼれてしまう。どうやら帰京した自分は、相当に印象が違うらしく、誰に会っても似たような反応をされるのだ。

「いや……そうですか。そこまで決めているならわたしに、言うことはないが」

寂しくなりますねと呟いた御崎は、「具体的にはどうするつもりなのだ」と訊ねてきた。

「田舎住まいもいいだろう。けれど、東京を離れてだいじょうぶなのかい？　もしも生活に追われて創作をあきらめるようなことになるのなら、それはいけない」

「むろんそんなつもりはありません。だからこそ今日、御崎さんをお訪ねしました」

「と、言うと？」

「とりあえず、描きかけのまま頓挫《とんざ》していたものを、すべて年内に仕上げます。その上で、ぼくの作品にそれなりの引き取り手を探す、協力をお願いしたい。そして、もしも需要があるのならば、どんな絵であれクライアントの望むものを描きます」

「秀島くん⁉」

ひどく具体的な話を持ちかけた慈英に、御崎はまた目を剝いた。混乱をあらわにする彼に、慈英は少し皮肉なものを滲ませた、だがしたたかな笑みを返す。

「下世話な話をするとお思いかもしれませんけど……好きなようにやるためには、それなりに必要なこともあると、そう思ったんです」

「しかし、それは……できうる限りのことはするが……」

請け負うとは答えてくれた御崎だが、その目の奥に失望に似た複雑なものが見える。慈英はふたたび表情をやわらげ、「誤解しないでください」と言った。

「意に染まないものに手をつけるわけではありません。望まれたオファーに応え、そして要望以上の『ぼくらしい』ものを、創りあげればいい、それだけの話だと思います」

きっぱりと言いきった慈英に、御崎は鋭い視線を向けた。少しでもそこに虚勢や嘘が混じっていれば許さないとでもいうように、彼は慈英をじっと観察する。

そうしてしばしの沈黙のあと、「秀島くん」と御崎は呟いた。

「いまのきみだったならば――個展はもしかすると、とうに成功してたかもしれないね」

「ぼくも、そう思います」

笑ったその頬に浮かぶ、いささかふてぶてしいような逞《たくま》しさに、老齢に入った画廊の主人はただ、眩《まぶ》しげに目を細めた。

「また細かいことは、長野からご連絡いたします。お身体は大事になさってください。……御崎さんにはまだまだ、教えていただきたいことがある」

「もうなにを教えられる立場でもないけれど……きみこそ、どうか気をつけて」

それではと暇《いとま》を告げる慈英を玄関まで見送って出た御崎は、ふと呟くように口を開いた。

「しかし……きみにはいったい、なにがあったのかな。この、ほんの短い間に」

「なに、というか……」

とくになにということも、と言いかけて、慈英はやめた。そして鮮やかに笑いながら、あたたかく理解してくれる先達の目をまっすぐに見て、告げる。

「恋を、しました。それから、自分を知りました」

「ほう！　それはすばらしい」

御崎は、予想どおり茶化すこともなく嬉しげに笑う。そして、深みのある声でこう言った。

「その恋は、きみにとってうつくしいものかな」

微笑んで慈英が肯定すると、「それはなおいい」と御崎は頷く。

もう一度、すばらしいねと繰り返した御崎に手を振り、慈英は彼の家をあとにする。その背中に満ちた逞しさを、老画商は微笑ましげにいつまでも見送っていた。


「疲れたな……」

結局この日はあちこちに挨拶に回っただけで、一日が終わってしまった。ぐったりとしながら風呂をあがり、手慣れた仕種で包帯を腕に巻きつけ、慈英はほっと息をつく。

抜糸したあとの傷口は、薄く盛りあがったピンク色の皮膚が目立つ。表面がつながっただけの話で、まだ衝撃やなにかを与えると痛むだろうから、しばらくは保護の意味で包帯ははずせないようだ。

(明日は宅配が九時到着だから……もう寝ないと)

ベッドやタンスなどの大きめの家財道具はとうに運んでしまったから、残るのは細かなものをつめこんだ段ボールだけだ。それを明日の朝配送したあと、慈英も発つ。

ここ数年の来し方を振り返るような気分で、ぐるりと部屋を見渡した。

もとより画材関連以外はろくにモノのない部屋だが、あらかたの荷造りがすんでしまえば

奇妙にがらんとして見える。狭い２ＤＫのこの部屋ですごしたのは、学生時代から考えて五年だ。愛着もある。現在の収入――それこそ高校のころから御崎を介して得た絵の代価を思えば、もっと広い場所に越すことも可能だったが、慈英はこの部屋が好きだった。号の大きな絵を描く際には困ったが、それも芸大の敷地を勝手に使わせてもらえばすんだことだったし、欲もなかった。食べて寝られればかまわない。それはいまでも変わらないけれど、あちらではもう少し生活に重きを置くようになるだろう。

慈英はフローリングに直に敷いた、底冷えのする布団に転がって、さて次の住処《すみか》はどんなところであろうかと思いを馳せる。

おそらく冬は相当に寒いだろう。今度は一軒家だから暖房費もかさむなと考えると、その所帯じみた発想に苦笑が漏れた。

突然の引っ越しについては、照映と御崎以外に、理由を述べていない。

気が向いたからのひとことで話を終わりにできてしまう自分のキャラクターが、思うより周囲には破天荒に感じられていたのだなと、妙な客観性をもって受け止めた。

詮索されたとしても、もはやどうでもいいことだ。慈英は胸の裡にあるものを、あの信頼する従兄とそして御崎、堺という先達ら以外には、まともに打ち明けようとも思わない。

そして、もうひとりには――できれば行動で察してほしいと願うのだが。

（難しいか、それも）

天井を眺めながら薄く笑えば、面影は鮮やかに視界をかすめて、あっという間に虜《とりこ》にする。

ごろりと寝返りを打つけれど、どうにも眠れそうになく、慈英は起きあがって布団の中から手を伸ばし、スケッチブックを取りだした。

ぱらぱらとめくれば、あの甘やかで、涼しい彼がいる。あれ以来、時間を見つけては覚えている限りの臣の姿を書き留めたそれはすでに、一冊ぶんを丸ごと使った量になっている。

あの夜以来、記憶を拾っては増え続けているそのスケッチの群は、慈英のあまりに恥ずかしい心情が赤裸々に綴られている。

言うなれば出す宛のないラブレターのようなもので、とてもひとには見せられたものではない。どうせ見るものなどいないけれど、万が一のために目立たない場所にしまっておかないとまずい。そう思いながらも手放すこともできないままだ。

「……我ながら、どうかしてる」

呟いた慈英は、喉奥で軽く笑った。そして順序もなにもなく、執拗に彼を描きとったクロッキーを眺め、ふと中ほどにある一枚に目を止めた。

はじめて彼を抱いた夜の、静かな寝顔。これがすべてのはじまりだと思えば胸が痛い。

なぜならば描かれた臣の姿はどれもこれも、まだ慈英のものとは言いがたい。かたくなで思いこみの激しい、あのわからずやな彼を、さてどうやって口説き落とせばいいのか。

そんなこともなにも考えられず、心ばかり先走って明日には引っ越しだ。なんだか滑稽な自分に笑えて笑えてしょうがない。

（まあ、いずれにしろこれくらいしかできないけれど）

脳裏にふと浮かんだ像に、新しい一冊を取りだした。さらさらと鉛筆を滑らせながらイメージを形にしていくと、笑う彼の顔になった。

夢見がちだと自分をまた笑い、それでもかまうかと居直るように、慈英は臣を描き続けた。

＊　＊　＊

平屋の一軒家は、ＪＲの駅からは少し離れた、徒歩では三十分、バスで八分といった場所にあった。

最初にこの街を訪れた折りに眺めた、あの野放図に映る庭のある家と、よく似ている。幾分狭いながら庭もあり、ずいぶんとこれは贅沢な環境だと慈英は思った。

「かなり、予想よりいい家だな」

日当たりのいい縁側からのぞむ庭には勢いよく雑草が生えていた。だが、これはこれで風情もあろうと放置したまま、慈英は家を見渡す。

常識はずれなことに、慈英がこの家を自分の目で確認するのは、じつはこれがはじめてだ。条件は一軒家で、アトリエに使える広い部屋があること、即時入居できること、それだけ。

賃貸でも建て売りでももうとにかくなんでもいいと言う慈英に、不動産屋は呆れ返っていた。

だが、そこはあの抜け目ない従兄の紹介とあって、後日クレームの入ることのないように考えてくれたようだった。

本来居間にあたる一番広い部屋にはフローリングの上に更にシートを貼ってもらい、制作時のアトリエに使うことに決めた。いずれにせよ来客など滅多にあるものではないが、その場合にはシステムキッチン式の台所で対応すれば充分な話だろう。

「……本当にあの値段で大丈夫なのか？」

東京ではせいぜい2DKのマンションを借りられる程度の家賃で、これだけの空間が使えるというのはにわかには信じ難かったが、そこはやはり口利きもあってのことだろう。

解体した段ボールの積みあがった部屋の一角、とりあえず生活に必要なものを仕分けした中には、当然画材類が大きく幅を利かせていた。

数冊あるカルトンやスケッチブックの中には、むろん臣の寝顔をデッサンしたものもある。これだけは手で運んできたあたり、すでに自分の執念じみた思いが空恐ろしい。

「さて……買い出しにでも行くか」

簡単な掃除を終えると、慈英は財布を手にする。水回り用品などの細々したものは、買い直せばいいと捨ててきたため、いろいろと必要なものが不足している。

「ああ、あと転居届も……住民票と、あとはなにがいるんだっけか？」

市役所への届けもついでにしてしまおうと、書類関係をまとめて紙袋に突っこむ。そのまま勢いよく表に出た慈英は、しかし一瞬で凍りつきそうになり、家にとって返した。

「寒いな、さすがに……！」

東京ではまだ薄手のジャケットでも間にあう季節だが、この街の風はさすがに凍るように冷たい。これはエアコンで追いつく寒さではなかろうから、早いうちにガスヒーターかほかの暖房器具も揃えなければならないだろう。

（床暖房でもさきに設置を頼めばよかった）

既存住宅へのあとづけタイプのものもたしかあったはずだ。様子見をして、場合によっては工事を入れよう。とくにアトリエでは直に床に座る時間も長く、冷えては作業などやっていられないと、慈英は首を竦めた。

（東京とは違うな、なにもかも）

鈍色《にびいろ》の空もすっかり冬模様で、軽く息を吐くと、白くこごる。それでも肺の奥まで浄化するような清涼な空気がいいと微笑み歩き出せば、凛《りん》とした空気に背中が震えた。

バスを使ってとりあえず市役所に向かい、住民票などの届け出をすませた。ついでにもろもろの手続き用に印鑑証明も取ったあと、駅前に向かう。

「とにかく、店が少ないな……」

駅周辺の商店街に行かなければ、どうやら買い物には不自由するようだ。コンビニやドラッグストアに恵まれたいままでの住環境との差に戸惑いつつ、慣れない雰囲気にも楽しさを覚える。

（もう少しあちこち、調べておかないとな）

洗剤や掃除用具など、かさばるものは配達を頼んで、とりあえず今日の夜の食料品を買いこんだ。だがそもそも調味料からないことに気づいてまた店にとって返し、あれこれと揃えたせいで、けっこうな荷物になった。

ひとり暮らしが長い慈英は、大抵の料理はできるし案外凝り性だ。しかし勝手のまだ摑めない台所ではカレーあたりが無難だろうと、ジャガイモやタマネギなどかさの張る材料を買ったのも、荷物を重くする要因だったろうか。気づけば慈英は、ぎっしりと食材のつまった、スーパーのロゴ入り紙袋を長い腕に抱えこんでいた。

スーパーのレジ係が強引につめこんだせいで、上からものが溢れそうだ。二重にしてくれてはいるが、これならばエコバッグでも買って詰めればよかったかもしれない。

「……タクシー、使うか？」

これを抱えてバスに乗るのは少し難儀だ。タクシー乗り場のある駅前のロータリーに向かい、容量ぎりぎりまで詰めこんだ紙袋を揺すって慈英は歩き出す。

そしてあと百メートルほどでタクシーの停車場にたどり着く、といったところで、どこかで見覚えのある車が、視界の端に滑りこんできた。

（あれ……？）

車になどさして興味のない慈英が車種まで覚えているのはめずらしい。ぼんやりと眺めているとそれはずいぶんと忙しない様子で停車した。

そして、なにかを思い出した慈英ははっと息を呑む。

「——あれは、まさ……か」

予想どおり、まず助手席から降りてきた堺の小柄な姿に目を瞠っていると、続いて運転席から、きつい表情のままの青年が現れた。

「う、……わ」

すごい偶然だと慈英は思うが、考えてみればこのあたりは彼らの管轄区域なわけだ。

（いや……そうだ。いて、あたりまえか）

久しぶりに見る、臣の細いシルエットにうっかりと胸が高鳴った。コートを纏った彼は堺となにやら難しい顔で言葉を交わし、携帯を片手に険しい目をしていた。

どうやらまたなにか事件でも起きたらしい物々しい様子を遠目に眺め、慈英は気づかれぬようにきびすを返す。

臣は少し痩せただろうか。遠目ではわからなかったけれど、痛々しいほど白い頬は、慈英がこの街を離れる前よりも硬質な色香を増したようにも思えた。

いずれにしろ、臣の姿はあらゆる意味で、慈英の心臓に悪い。

もう少し落ち着いたら連絡を取ろうと思っていたのだが。不用意に高鳴った胸が苦しく、たまらずに吐息した慈英の腕の中で、荷物袋がびりっといやな音を立てた。

「え……」

じりじり、と手の中で拡がっていく破れ目にまさかとひきつった次の瞬間、一番下につめこまれていたビネガーの瓶が、もがく指の間から滑り落ちた。

「――うわーっ！」

焦って発した声と、アスファルトに砕けた瓶の破壊音はけっこう響いた。周囲の注目を一身に浴びた慈英は、冷や汗が出るような気分になる。

そして、おそるおそる背後を振り返ると、案の定――。

「……慈英……？」

ぽかん、と口を開けたままの臣が、声は聞こえないながらも自分の名を呼んだのを知る。

呆然としている臣よりさきに反応したのはかたわらの堺で、驚きもあらわに駆け寄ってきた。

「ちょっと、あれあれあれ、秀島さん⁉　秀島さんですか！」

「あ……どうも……」

いまさら逃げるのも変な話だと、慈英は薄い愛想笑いを浮かべるしかない。第一、破れた紙袋を抱えた状態では身動きも取れなかった。

「あれまあ、どうなさったんですか、大荷物で！」

「いやまあ、見てのとおり、ですが……」

あたりに漂うビネガーのにおいに辟易《へきえき》しつつ、言葉を濁した慈英は情けなく笑った。

「まあいい、ちょっと待っててください。ちょっとそこらで、袋もらってきましょう」

「ああ、お手数おかけして、すみません」

ともかく話はあとだと、年齢のわりに軽いフットワークで近くの店を目指した堺は、すれ違いざま臣に顎をしゃくった。へたすぎなウインクは両目を瞑っているものだったが、それはそれで慈英には微笑ましい。

だが、二週間ぶりに聞こえる声には、胃の奥がきゅっと緊張を帯びた。

「……なにしてんの、おまえ」

「いや、買い物ですけど」

しまりのない再会だと思いながら硬い表情で近寄ってきた臣に、見たままを告げるときつく睨《ね》めつけてくる。

「そういうこと訊いてるんじゃねえだろ、なんだって東京くんだりから、酢だのタマネギだの買いに来るってんだよ!?」

「いや、酢じゃなくてビネガーなんですけど」

「同じだそんなもんっ、横文字で言えばいいってもんじゃねえだろがっ！」

けんか腰の臣にたじたじとしつつ、しかしうっかり動くと崩壊寸前の買い物袋が完全にぶちまけられると感じた慈英は、もう指一本動かせない。

「いやだって……引っ越したもので」

「——はあぁ⁉　てめ、なに寝ぼけたこと言って……っふざけてんじゃねえよ！」

「う、うわ落ちます落ちます！」

胸ぐらを摑まれそうになり、慈英がとりあえず落ち着いてくれと告げると、臣はぎりぎりと唇を嚙んだまま拳を握りしめた。

「はは。まああらためて……お久しぶりです、元気でした？」

答えないままの臣の表情を眺めていると、ゆっくりとそれが紅潮する。

「……っ、久しぶりってなんだよ、久しぶりって、二週間しか経ってねえじゃんっ」

穏やかに笑んだままの慈英に、臣は混乱もあらわに目を泳がせた。この状況がわけがわからず、どう判断していいのかすら、臣は摑みあぐねているようだった。

その落ち着かないさまもひどくかわいらしい。慈英は自分がゆるんだ表情になっている自覚はあったが、顔が笑ってしまうのはどうしようもない。

「最後、なんじゃなかったのか……っ」

「最後？　……ああ、あの部屋ですごすのはあれが最後ですけどね」

「な……そ……っ、⁉」

そんな性《しょう》の悪い男の前で、どこか悲痛な声で呻いた臣は、にっこりと笑う男にとんでもない言葉を返されて絶句した。

(まったく、素直じゃないくせに素直だから)

目を回す臣の心にいま、混乱の嵐が吹き荒れていることなど、想像するまでもない。悪戯《いたずら》が成功したときのような爽快感を慈英は味わった。

「てっ、てめ……だま、だましっ……!」

「だますなんてそんな。嘘は言ってないですよ、俺は」

ほんの少し、隠しごとはしたけれど。内心呟きつつ、こうまで自分が浮かれている理由に気づいてしまえば恥ずかしいような気分になる。

(……よかった)

臣をけっして逃がすまいとこんなところまで来たけれど——あれ限り、彼の中で本当に終わりにされていないという保証はどこにもなかった。

冷たい目で見られたり、蔑《さげす》むようにつれなくあしらわれればどうすればいいのだろうと、実際にはひどく、怯えてもいた。

だが目の前で、赤い顔を複雑そうに歪めた臣からは拒絶の気配はない。どころか、二週間前よりよほど慕わしいと訴える感情さえ隠せず、潤んだ目で慈英を睨んでくる。

ひと目さえなければ、そしてこの厄介な荷物さえなければすぐにでも、抱きしめたいほどのいとおしさだけを慈英に見せつける。

「――そんなわけなので、またお世話になります」

沈黙がいっそ心地よく、うつむいて唇を嚙んだ臣の形いいつむじを眺め下ろしていると、ぱさりと乾いた音がした。ふたり同時に気づいて目をやると、さきほど市役所に届けた住民票他の書類の入った袋だった。脇に挟んでいたのだが、滑り落ちてしまったのだろう。

「すみません、拾ってもらえますか」

これなんで、と頼めば臣は赤く潤んだ目で上目に睨みつけてきたあと、渋々といったようにそれを拾いあげる。

「……ん」

「ありがとうございます。……あー、あのですね」

突き出され、しかし両手がふさがって受け取りようもない慈英はしばらく考えたあと、臣に告げた。

「お願いがあるんですけど。いいでしょうか」

「なんだよ」

そして、まだこの事態にどう対処していいのかわからないらしい臣の、拗《す》ねたような顔を見下ろして、晴れやかに笑った。

「落とし物、届けてくれませんか？　あとで」

「……へ？　それって、……これか？」

なんのことだと臣は目を瞬かせる。そして少ししてから、おずおずと封筒を掲げてみせた。

「そう、それ。大事な書類なんで、刑事さんに預けるのがいいかなと思うんですけど」

市役所のロゴ入り封筒。その中身がなんであるのか気づいた臣は、はっと顔をあげる。

「中に、住所書いてありますから」

「……じぇ……」

「そこに、何時でも、いつでもいいから、来てください。……待ってるから」

最後のひとことを、少し強く告げる。散々噛みしめたせいで赤く色づいた臣の唇は震え、そのあとゆるやかに、その口角をあげた。

「……しょーがねえ、な。じゃあ、持っていってやる」

「はい、よろしく」

鼻を啜って笑った表情を、もうずいぶん久しぶりに見た。あのやんちゃな少年のような、そのくせはにかんだ臣の笑顔に、慈英のほうが泣きたくなる。

けれどあえて、余裕の顔で笑ってみせるのは、これも意地だろうか。

「——おーい、これこれ、秀島さん！　なかなかちょうどいいのがなかった!!」

結局、駅の売店でショッピングバッグを買ってきたらしい堺が、その派手な袋を振りながらこちらに走り寄ってくる。

「ああ、すみませんお仕事中に」

「なに、かまわんですよ。こそ泥の連行だけだ」

にこにことする堺はじつに嬉しげで、もしや戻ってくるのが遅かったのは気を利かせてくれたのかと思いつつ、慈英はよけいな口は挟まなかった。

いずれにしろ、ひとことも発しない臣の顔が耳まで赤く、目の端も染まっていることで、堺にはばれていることだろう。

(このひとは、こういうところが却って怖いな。ま……かまわないけれど)

道ばたにしゃがむ男三人、ごそごそと食料品をつめ直しているのはけっこう情けない図ではあったけれども、それもいたしかたない。いまさら格好をつけても、こんな再会をしたあとでは笑えるだけだ。

「さて……お世話かけました、すみません」

「いえいえ。またいずれゆっくりということで……じゃ、臣。行くぞ」

「あ、……あ、はい」

それじゃあ、と臣がきびすを返した堺に続く瞬間、ちらりと振り向く。

どうしようもなく離れがたい、そう訴えるような視線が絡みあって、慈英はせつないような不安そうなまなざしの彼に、そっと耳打ちをした。

「あの。……カレー、好きですか？」

「カレー……？ うん。好きだけど」

それがなんなんだ、と唐突な質問に目を丸くした彼に、慈英は微笑みながら、紙袋のいちばん上に乗っていたリンゴを手に取った。

「じゃあ、あとでたくさん食べてください。あとこれはおやつにどうぞ」

「え？　おやつってなに、……っ！」

赤いそれを手渡すふりでさりげなく、手のひらの窪みを人差し指でなぞってやる。とたん、臣は激しく肩を震わせ、きゅっと瞑ったその目が開けば、とろりと潤んでいる。

「覚えてる、みたいですね？」

「――っ、ばか……っ」

叫んで、慈英の脚を蹴り飛ばすなり背中を向けた臣は、今度こそどうしようもなくなったようだ。無意識に握りしめたリンゴのように赤面し、泣き出しそうな顔を背けて走り出す。

「やりすぎたかな？」

案外と自分にはいじめっ子の気質があったのだろうか。薄い背中を見送りつつ考えた慈英は、ふとそんなことを考えている場合ではないことに気づいた。

今夜彼が訪ねてくるとすると、例のスケッチブックをしまっておかなければなるまい。うっかり見つかれば、本人にはそれがいつのものであるかなど、一発でばれることだろうし、事後の寝顔を写し取られていたなどと知れば、あまり気分のいいものではなかろう。

（いや……いっそ、見てもらったほうが話が早いのか？）

言葉を尽くすより、自分の気持ちを知ってもらうにはいいかもしれない。

慈英を見た瞬間、臣は信じられないと目を瞠った。幼いくらいな素直な反応は眩しく、そして今夜どんな色を湛えるのだろうと思うと、甘く胸は弾む。

自分をどうしようもないと自嘲しつつも、恋のためにばかをするのもいいじゃないかと、慈英はひとりうそぶく。

——その恋は、きみにとってうつくしいものかな。

あの日御崎には言葉として答えなかった本音を、慈英は胸の裡で呟いた。

（……うつくしくて、少し歪んで、でも、すべてがいとおしいと思います）

そして、それは、慈英自身のことでもあり、おのれのすべてでもあるのだ。

いずれにせよあとには引けない。この胸にあるしなやかな熱情を頼りに行くほかないのだと開き直った青年画家は、したたかに歩きはじめる。

北信の街に広がる高い空へ、気負うことのない目を向けて、慈英はどこまでも軽やかに笑った。

さらさら。

口にするのが怖いひとことなんて、絶対に言うべきじゃない。自分の望みと反する答えが戻ってくるのを想定しての質問など、きっとろくな結果になりはしないからだ。

「なあ、慈英《じえい》。訊きたいことあるんだけど」

だが、その瞬間小山臣《こやまおみ》の口から飛び出ていった言葉は、内心の自制とはまるで正反対のものだった。

「なんで……引っ越して来ちゃったの？」

訊いてはいけないことなのかもしれないと、内心では思っていた。それは、どうか彼が自分に都合のいい言葉をくれないかという期待と――そんなことがあるはずもないという不安を同時に孕んだ、臆病な感情からだった。

否定を、あるいは自分にとって都合がいいだけの返事を求めて、曖昧な質問を発するなんて、ひどくあさましい行動だと思う。そうわかっているくせに問いかけたのは、確信が欲しかったからだった。

だが、大事ななにかをたしかめたくて放った臣の問いに対し、秀島《ひでしま》慈英は、ただ笑った。

三時間煮こんだカレーをよそいながら、なんでもない顔で――いや、じつのところ臣は答えが怖くてうつむいていたから、表情を見ることはかなわなかったのだが。

「手狭なのにも、東京のごみごみしたのにも辟易したもので」

ごく平静な声で穏やかに綴られた、しごくまっとうな返事に、臣はすさまじく落胆した。

「そっか……うん、そうだよな」

「この辺は環境もいいですしね、気に入りましたから」

ふうん、そうか。そうだよな。何度も何度もうなずいて、うなずくふりで顔をあげずに済むようにと振る舞うほどには、落ちこんだ。伏し目のまま、ちょっと卑屈に口元を笑わせる臣の目の前に、刺激的な香りのするひと皿が差し出された。

「さて、できました。ルーは俺の好みでスパイス練りましたけど、辛《から》すぎないかな」

「……へえ、うまそ」

再会した秋の日の夜。預かっている書類を届けた臣に、約束どおり作ってくれたカレーは少し辛くて、とてもおいしかった。

「おまえ、こういうのうまいんだな」

「ああ、わりと料理は趣味なんです。ほかにもいろいろ得意なレパートリーはありますし」

料理がうまいなんてことも、この日はじめて知った。そんな程度のつきあいの人間が、なにを過剰に期待したのかなと、泣きそうになるくらいおいしかった。

(俺、ばかだなあ)

どうしてここにいるのという問いに、「あなたがいるから」と、言ってほしかった。でも、言葉はなんだか曖昧にはぐらかされた。遠回しの拒絶かと思う。でもだったらなんでこんなにかいがいしく、臣のための食事なんかが出てくるのだろう。

（俺はほんとにばかだから、あんな言葉じゃわかんねえよ、慈英）

いっそもっとストレートに、「俺に会いに来たの」と訊けばよかった。イエスノーで相手の気持ちをきっかり計れる、そんな質問にすればよかった。でもあの瞬間にはとてもそんな勇気は持てなくて、結果、曖昧な問いには曖昧な言葉を返された。ずるいのは、どっち。

（カレーなら煮つめても、うまいけど）

ただ煮つまっていく心は、重くて暗くて苦いばかりだ。

都合のいい、浅い夢を見たのかなと、再会して数時間ですでに破れかけた胸を抱えたまま、顔が歪むのはカレーが辛いせいだということにした。

そうじゃなければ、性懲《しょうこ》りもなく泣いてしまいそうだったので、にこやかに笑う男の前でがつがつとカレーをかきこみ、おかわりしたあと、臣はにっこり微笑んでこう告げた。

「ごっそさん。……んじゃ、まあ。再会を祝して、する？」

「……え？」

慈英は驚いた顔をした。ネクタイをほどいて、上着を脱いで、まるであのころのままのようにしなだれかかって誘う臣を、なにか困惑した顔で見つめていた。

（ああ、やっぱ違ったんだなあ）

また、あの不毛な時間の繰り返しになるだけか。自嘲を浮かべ、臣は慈英の唇へと指を置く。かすかな髭の感触がいとおしく、そして憎らしく。

「な、しようぜ。……いっぱい、いいことしてやるから」

「臣さん……?」

なにか大事なものを置き去りにしたままの口づけで、臣はすべてをふさいだ。

* * *

芸術家にふさわしい、繊細で長い指がさらさらと紙面を走っていく。

慈英が手にしているのは、部屋にあったなんの変哲もないボールペンだ。百均で買った安っぽい事務用品も、持つヤツが持てばすごい武器になるものだと臣は思う。

彼が手にしたスケッチブックに描かれているのは、たったいま思いついたらしい作品の下絵で、ニッテンとかいう大きな展覧会用のものらしい。

抽象画には造詣の浅い臣にも、なめらかな線で描かれる絵の達者さはよくわかった。理屈を捏《こ》ねられるほどの知識はないが、とにかくきれいで迫力があるのだ。

「……すげえな」

「え?」

「いや、やっぱりうまいもんだなと思って」

口にした瞬間、画家相手にこれは失礼だったかと臣は慌てた。慈英は紙面から目を離さないまま、やんわり口角をあげただけだったが、それが失笑に見えるのは気のせいだろうか。

（また、やっちまった……）

思ったことをすぐ口にしてしまうのは、上司にもしょっちゅうやかましく言われている臣の欠点だ。短気で考えなしというのは自覚もしているが、なかなか改まらない。

「……って、ごめん。いらんこと言った」

顔をあげた慈英は、真っ黒な澄みきった目で不思議そうに臣を見つめた。

この男は出るところに出ればけっこうな有名画家であるらしいけれど、言動にも態度にも偉ぶった印象はまったくなく、むしろ年齢に見合わないほど落ち着いて、腰が低い。臣を見る目にも癇性《かんしょう》な雰囲気はなにもなく、ただやわらかく静かな空気だけがある。

「ごめんって、どうしてですか？　褒めてくれたのに」

おっとりとやさしい声が、耳にやわらかな響きで告げる。ふつう芸術家というのはもう少し、エキセントリックなものなのではなかろうか。いや、これは単なるイメージの話で、ただの地方公務員である臣はほかの絵描きなど知らないのだが。

「だっておまえ、絵描きに絵がうまいってそりゃ、ねえだろう？　俺、素人だし」

どこまでもソフトな慈英の言葉に、臣はむしろ鼻白んで答えた。それは、臣にとって彼の声が、あまりにも甘く響くことが落ち着かなかったせいもある。

どこかばつが悪く、眉をひそめたままの臣がそう告げると、慈英は静かに髭の生えた口元をやわらげるだけだ。

「そんなことはないです。褒められれば嬉しいですよ。わかったような蘊蓄《うんちく》たれられるより、いいものです」

「そ……そっか？　そういうもん？」

ええ、とうなずく物静かな所作は、臣より年下と思えない鷹揚《おうよう》さがある。宥《なだ》められたような自分が少々情けないと思ったが、この男に勝てたためしなどない臣はそっぽを向くしかない。

そのまま手元に集中しはじめた慈英はふっと真顔に戻る。

(こうなると、もうなーんも見てねえんだよな)

自分の中のイメージしか、いまの慈英の目には映ってないんだろうとすぐにわかるのは、隣にいるこの男の気配がいきなり薄くなるせいだ。少し伏せた真剣な目で、さらさらときれいな手が滑っていく紙面の上には、あっという間に不思議な世界ができあがる。

テレビの特集かなにかで見た覚えのある、古代ローマの遺跡に少し似た、入り組んだ階段が湖の上にうねるように縦横に構築されている。そして湖面から突き出た回廊には、巡礼風の衣装を纏った人間がずらりと並ぶ。手の届きそうな位置に浮かぶ、大小さまざまな惑星を目指して敬虔に頭を垂れ、連なって歩く姿が、ざっくりとした線でいきいきと描かれている。

（きれいだなあ……）

美術などまったくわからず、お絵描きをせいぜい小学校の図画工作の時間にやった程度の臣にとっては、なにも見ずにこれだけの絵が描けるというだけで感心してしまう。同時に、よくもこんなに小汚い部屋で、こんなにきれいな絵が描けるものだとおかしくなった。

臣の住むアパートは民間のものを借り受けた形の官舎で、築年数も相当なものになっている。壁や天井なども経年変化のおかげで、お世辞にもきれいとは言えない。それなりに片づけはしているが、そもそも家に帰らないので殺風景このうえない、独り暮らしの男の部屋だ。

（でもたぶんそんなの、見えてねえんだろな）

自分の世界に入りきった慈英には、ときおり声をかけても聞こえないことさえある。変なやつだなと小さく苦笑が漏れたけれど、そもそもは事件の容疑者だった男が、それを担当した刑事の部屋に入り浸っている状況自体が妙だろう。

警察官というのは案外、一般市民の皆様には煙たがられたりすることも多い。都合のいいときだけすり寄って来るような輩《やから》もいないではないが、大抵は引かれることも多いし、なにより守秘義務もあるので滅多な相手は自宅に招いたりもしない。

なにより臣は、個人的なつきあいというものが極端に少なかった。ろくでもない来し方のせいで幼少期の友人は皆無、青年期あたりからは肉体関係コミのくっついたり切れたりする男関係か、もしくは薄く浅いつきあいの同僚ばかり。だから、他人が自分の部屋にいること自体が落ち着かない。

だが慈英は、なんだかあたりまえみたいな顔をしてここにいて、臣もまた客扱いするでもなく、勝手に横で書類なんか捲《めく》ってみたりしている。ひどく静かな空気はべつに居心地が悪いわけではないけれど、この関係に名前のつかないいまの状況を考えれば少し奇妙にも思えた。

（う、ちょっと寒いかな）

北信に位置するこの街は、寒の入りが早い。外に吹きつける風は皮膚を切りそうで、室内にいても薄手のセーターでは厳しいと感じさせる。暦の上ではまだ秋といわれる時期でも、すでに雪がちらつくことさえある街だ。年末も近づいたいまとなればなおのこと、市街地でも山並みが近いせいか、それとも安普請《やすぶしん》のアパートのせいか、この部屋もかなり寒い。

地元民の割に臣は寒いのが苦手だ。暑いのはもっと苦手で、上司で親代わりの堺和宏《さかいかずひろ》係長曰《いわ》く「鍛え方が足らん」のだそうだが。

（集中してんなあ）

肩を竦めた臣が暖房効率をあげるためにカーテンを閉めても、そんなことにもまるで頓着せずに慈英は黙々と手を動かしていた。真剣な表情を邪魔しても悪いかと思い、臣は静かに立ちあがると台所で新しいコーヒーを淹れ、慈英のぶんをそっと目の前のテーブルに置く。

案の定、それらの動作にも気づかないままの男に苦笑して、臣は新しい煙草に火を点《つ》ける。もぎ取るようにした貴重な非番の日。なけなしのオフをただ、差し向かいでろくな会話もないまま臣の部屋で絵を描く男のために提供している。

音楽もかけない、テレビもつけない。たまに聞こえるのは通りを行きすぎるひとたちの話し声。そんな空間の中では、慈英の滑らせるペンの音がやけに響く。

さらさら、さらと。静かでやさしい音を聞き、傍らでぼんやりとしてるうちに、少し寂しいような気分になった。

(俺とか、いてもいなくても、おんなじって感じ)

静かで穏やかなこの時間に、こっそりと臣は違和感を覚えている。だが真剣な相手の前では身じろぎするのも悪い気がして、じっと、向かいに座った男の顔を観察するしかない。

慈英の不揃いに整えた髭。好きで伸ばしているらしいそれの印象にごまかされがちだが、意外に思うほど素顔の印象は若く、甘さがあるのを臣は知っている。

だが、うっとり眺める相手の容貌を、詩心も絵心もない臣が言語に表すとなると、およそ色気もなにもないものになる。

(輪郭は細目、やや面長。鼻は高く、切れ長の目で髪が黒く、全体に細身——)

不審者の観察でもあるまいし。内心自分にツッコミをいれつつ、これはすでに職業病だろうかと散漫に思う。

情報の分析、あくまでデータとしての、私感を排除した観察。ボールペンひとつで豊かな世界観を表す男に対して、ずいぶんと不釣り合いな自分を臣はこっそりと自嘲する。

（まあ……べつに暢気《のんき》におしゃべりしましょうでも、ないよな）

どうして慈英はここにいるのだろう。たしかに部屋に招いたのは自分だけれども、来るなりスケッチブックを開くくらいなら、家で集中して仕事をすればいいのにと、拗ねた気分になってしまう。

（飯食った。テレビはうるさいらしい。あとは――）

ただぼんやり彼を眺める以外に、することがない。だから落ち着かない。このなにもない時間の、間が持たない。寝る以外の関係がいったい、ふたりのどこにあるのか見つけられないまま、臣は唇を噛みしめる。

出会ったばかりのころは、こんなに手持ち無沙汰な気分にはならなかった。話題は噛みあわなくても慈英はいつでも楽しげに笑ってくれたし、からかっているのかと怒っても気分を害することもなかった。

――すごくね、なんだか……嬉しいんですよ。ばかにしてるんじゃなくて、勝手に笑っちゃうんです、顔が。

心からそう告げたとわかる、その顔がすごくきれいなものに見えたのを、臣はいまでも鮮明に覚えている。忘れられるはずがない。

それはすべてのはじまりになった、あの日の記憶そのままのもので――けれど気づけば最近、慈英はあまり笑わない。穏やかな、習い性のような微笑はいつでも浮かべているけれど、楽しそうな嬉しそうなそんな顔はもう、ずいぶん見ていない。そして臣自身もどれくらい、彼の前で素直に笑っていないのかと思うと、ふとため息がこぼれた。

「……あ、コーヒー、淹れてくださったんですね。すみません、気づかなくて」

「ふぇっ!?」

ぼうっとしているうちに、臣はすっかり自分の世界に入ってしまっていたらしい。

すっかり冷めたコーヒーに恐縮しての言葉だっただけなのに、素っ頓狂な声を出した臣へ、「どうかしましたか」と慈英が驚いたように問うてくる。

「あ、……ああ、わり、ぼっとしてた」

「そうか。お疲れですものね」

顔色を変えてうろたえた臣の態度はあきらかにおかしかったが、慈英はただ微笑んだだけだ。追及されたらばつが悪いことこのうえないので、臣はほっと息をつく。

「た……たいしたこと、ねえし。平気」

こういうところは本当に、慈英の穏やかさと口の重さがありがたい。思い出していた内容が内容だけに、不要に動悸を早めつつ臣は愛想笑いをした。

「俺、いると休めないんじゃないですか?」

「ん? あ、いや。そんなことないよ、おまえ邪魔になんないし」

ずいぶんな言いぐさに、慈英はかすかに苦笑した。同時に臣は、なんで自分はこういう言い方しかできないか、と笑ったまま口の端を歪め、しおしおとうなだれる。

「あ——……ごめん」

ひと口コーヒーを飲むなり、またスケッチブックに目を落とした慈英にぽつんと言うと、やさしい声が問いかけてきた。

「どうして？　刑事さん、さっきから謝ってばっかりですね」

「刑事さんって……おまえさあ」

落ち着いた声に、なんだよと言いたくなる。知り合ってもうだいぶ経つというのに、相変わらず慈英が臣を呼ぶときのそれは『刑事さん』のままだ。

「あー、あの、おまえさ。ちょっと頼み、あんだけど」

「はい、なんですか？」

臣は臣で「おまえ」とか「おい」としか呼べないでいる。これは照れくさいのと、いろいろ思うところあってのことであるけれど、本当はなんというかもう少し、このもどかしい距離感を、どうにかしたい。

「いや、その。……あのな」

誠実そうな目でじっと見られていると、これから口に出そうとする台詞が異様に恥ずかしくなる。だが、もじもじするのも柄じゃないと、臣は思いきって口を開いた。

「ベッドの中でも刑事さんっつうの、やめてくんないかなあ」

「は、なに――……っ!?」

臣にしては、精一杯平静を装った、けれど切実なお願いだった。だがタイミング悪く、慈英はふた口目のコーヒーを口に運んだところで、彼は派手に噎《む》せかえってしまう。

「げほっ……」

「うわ、お、おい！　だいじょうぶかよ！」

吹き出しこそしなかったが、動揺をあらわに跳ね飛んだコーヒーは、慈英の手元のラフを盛大に濡らした。そうして臣は、内心の落胆を隠して呆れたふりをするしかない。

「ああもう……なにやってんだよ」

「すっ……み、ません」

布巾代わりに手近なタオルを投げてやると、慈英はまず床やテーブルを拭こうとする。

「おい、そんなのいいから。絵がさきだろ」

「いやこれはいいですから」

「いいことないだろ、せっかく描いたのに」

それでも、「染みになるかも」と恐縮する慈英に、「フローリングとガラステーブルがどうやって染みになるんだ」と臣は憮然《ぶぜん》とする。

「あ、それもそうですね、ええ」

慌てるあまり妙な行動に出たらしいと恐縮して、困ったように慈英は眉を下げる。その顔は、かつて臣から強引にキスをしたあとに見せた表情とおなじ種類のもので、瞬時に背中がむずがゆくなるのを知った。

（あ……やばい）

こみあげてくる飢餓感は、唐突で厄介だ。抑えきれないような情欲を自覚し、臣は無意識のまま唇を舐める。頭の芯にもやがかかって、まずいと思っても止まらない自分を、べつの自分がどこか遠くから眺めているようだ。

（――だって。こいつかわいいんだもん）

たまらずに四つん這いのままにじり寄ると、慈英はスケッチブックを拭いて、上目に臣を見つめてくる。困ったような顔にひどくぞくぞくした。まずいと思うが、止まらない。

「あの……刑事さん？」

「やめろって、それ」

戸惑う声を出した男の腿に、手をかけた。距離をつめるごとにどんどんうろたえるのが面白いと、臣は婉然と微笑んでみせる。

「いやあの、でも明日、お仕事なんじゃ？」

もっともらしいことを言う慈英に、変なやつだよなと臣は嗤った。清潔そうな顔をして、案外とこの男がいやらしいことなど、もう知ってるのに。

「……おまえが無茶しなきゃいいんじゃないの」

大判のスケッチブックをその手から奪い取った臣は、手持ち無沙汰になった長い指を掴んで肩に回させると、猫のように伸びあがり、髭に隠れた顎をそろりと舐めた。

（とりつくろってんじゃねえよ）

ひとりきれいなままでなど、いさせてやる気はない。

「だからっ……ちょっと、まずいでしょう」

「……ん？　なに、いやか？」

さりさりと何度も顎を舌でくすぐりながら言うと、肩におかれた手のひらに力がこもるのがわかった。引き剝がすか抱きしめるか迷うような、かすかな間を感じとる。

内心の葛藤と戦っている繊細な芸術家の顔を、少し開けた距離でじっと見つめてやる。こうなると忍耐勝負で、結局臣のほうが根性が座っている——居直っているとも言う——から、勝つのはわかりきっている話だった。

（たまにはこう、がーっと男らしく押し倒してくんないかな……）

内心で呟きつつ、できないんだろうなあ、とあきらめの笑みがこぼれた。慈英はひとになにかを強いるにはあまりにやさしい。ただ、ふたりの関係がいつでも臣主体で動くことになるのは、それだけが理由というわけではない。

「なあ、セックス、したくない？」

「いや……その」

誘い水を、だからひそめた声で囁きかけて、臣からするりと腕を回した。だが慈英のリアクションはため息ひとつ。しょうがなくこうしていると言いたげな吐息に、じくりと胸の奥が疼いた。ことの最初からそうだから、慈英が乗り気ではないのもしかたないけれど、つらい。抱かないなら俺が犯す、とでもいうような勢いですませたはじめてのセックスを、思い出してしまうから。

（すいませんねまったくホモで。でもこれはしょうがないじゃんよ）

ホモは病気じゃなくてクセなのよ、病気は治るけどクセは治んないでしょうと、有名な双子の片割れも言っていた。そうして居直る以外、マイノリティの生きる道などない。

「やならいいよ……」

「――いやじゃないです」

ちょっとだけ自分の考えに傷ついて、首に回した腕を離そうとしたらようやく、腰のあたりに手が回る。でっかい手だな、と思うと、首のうしろがジンと痺れた。

「ただ、その……すごく、疲れるでしょう？」

ぼそぼそと言いづらそうに低い声が告げた。こちらのことを考えてくれるのは嬉しい。だが、やさしいから断れないんだろうと思うと、臣はつっけんどんなことしか言えない。

「セックスは疲れるもんだろうがよ」

「まあ、そうですけど……」

はすっぱに言い捨てれば、シャイな男はまた赤くなった。かわいいなあ、とまた思ってぎゅっと抱きしめると、慈英はおずおずと背中を抱いてくれる。

(なんで、こうなんだろうなあ)

子どもじゃないから、いちいち好きだの愛してるだの言わなくてもつきあいははじまる。けれど、確証のない関係はときどき、やはりどこかがいびつでせつない。

ときどき——というのは嘘だろう。本音はもうずっと、つらいままだ。

好きになった相手に好きになってほしい。ただまっすぐに自分だけを愛してくれる誰かを、臣はずっと欲している。ただそれだけしかいらないと思うのに、その『誰か』を得るのはなぜこんなにも難しいのか。

(それとも、俺がこんなこと考えること自体が贅沢なのか)

通りすがりの旅行者だった慈英とは、臣から迫り倒して何度も寝た。というか、一度だけを除いて、ねだるようにして強引に抱いてもらったと言うほうが本当は正しい。

そして相変わらず同じことを繰り返す愚かさが、ただ情けなく哀しくて、臣は笑った。

＊　＊　＊

あれはまだ、秋の早い時期。容疑者と、担当刑事としてふたりは出会った。

実のところあの時期の臣は、ひどく焦っていた。念願叶って刑事になったものの、基本的に臣の担当区域は平和なもので、コロシについての捜査にがっつり取りくんだのは、あれがはじめてのことだったからだ。功を焦ってもいたし、余裕もなかったのだろう。

気負いもあっていきり立つ臣を前に、状況が摑めていないのかなんなのか、慈英はいつも落ち着いた態度だった。それがしゃくに障った臣は、容疑が晴れてからも執拗につけ回し、あげくにはその本人にあっさり捕まるという醜態をさらしたのだ。

おのれの非を認めつつも、ぶつぶつと悪態をつく姿はずいぶん子どもじみていたと見えて、そのあとも慈英にはことあるごとに笑われた。鷹揚な態度は四つも年下のくせに生意気だと、臣はふて腐れる以外になにもできなかった。

だが、会うたびしかめ面でいた本当の理由は——自分の失敗を認めるのがいやだったというだけじゃない。怒りや疑いというバイアスをはずして、あらためて眺めた慈英の顔立ちに、けっこうな男前じゃないかとときめいてしまった自分が、まずいと思ったからだ。

特徴でもある髭もワイルドで似合うけれど、これがあるとないとではかなり印象が違う。臣の欲目だけではなく、すらりと背も高く、脚も長い慈英は、いったん髭を落とせば絵描きよりモデルだと言われたほうが納得するような、端整できれいないい男だったのだ。

その後もいろいろとあって、行きがかり上犯人の似顔絵を描いて協力してもらう羽目になったのち、慈英が本当は人物を描くのは嫌いなんだと知って臣は慌てた。

けっこう荒れていた過去のおかげで、上から押さえつけられるやり方は、臣自身嫌いだった。それはいまだに変わらず、正直いって直属の上司が懐深い堺だからどうにかやってこれているが、組織というものにあまり向いていないなと思うことも多々あるほどだ。

なのにその『いやなこと』を他人に押しつけたのかと思えば、臣は非常に自分に対して不快なものを覚えた。ことに出会い頭から延々怒鳴ってるような刑事の言うことでは、慈英も聞かざるを得なかったのではと思うと、どうしようもなくいやな気分だった。

だから、いままでの無礼や非礼も含め、謝った。いやなことさせてごめん。そんな子どものような言葉で謝罪すると、慈英は目を丸くしたあと、おかしそうに噴きだした。

そうしてまた、ばかにされたと怒り出した臣をなだめて、一緒に食事をと誘ってくれて。

(嬉しかったな、あれは)

本音を素直にさらせば、たぶん、ひと目惚れに近いものだったんだろうと思う。顔も声も身体つきもなにもかも、慈英は冗談みたいに臣の好みで、目が離せず——だからこそ『そっちの趣味』はないこともすぐにわかった。彼から向けられる視線には、なんらの熱も見受けられなかったからだ。

だから最初は、突っかかって行くばかりだった。どうしてもどうしてもこの男を見れば顔が赤くなって、うろたえて、もういいかげん新人のころにもやらないようなミスを重ねて。

——……いいですよ、お仕事、熱心なんですね。

それでも、慈英はいつも怒らなくて、それどころか励まされたりした。年下のくせに、顔を見るたびにあの、身体中があたたかくなるようなやさしい顔で微笑まれて、もう本当にどんどん、臣はだめになっていった。

気になる理由も「容疑者だったから」とか、なんだかこじつけみたいに自分の中ででっちあげて、そこに勿論刑事としての意地もあったのだけれども、いまとなってはただ口実をつけていただけにすぎないとわかっている。

街中でたまに見かけたら声をかけずにいられなくって、少しずつ距離は縮まった。言葉を交わすだけでも、えらそうな態度の裏で本当は、ひどくどきどきしていた。

意識しすぎるから、被疑者扱いして悪かったと告げようにも、素直に言えなかった。あげくから回るばかりの自分を、慈英はなんだかおもしろそうに笑うから、ばかにされたのかとまた怒って、逆に謝られたり。

あの時期、慈英には仕事上のややこしいことが起きて、その挫折から逃げるようにこの街に訪れていたことを、いまは臣も知っている。

だが調べるまでもなく、彼の中で鬱屈《うっくつ》するものがあることは、顔を見ていればわかった。

慈英はいつも穏和でやさしい。だが誰も見ていないと——少なくとも彼自身がそう認識していると——その横顔はひりひりしていた。哀しいくらい無意識に、疲れて張りつめて、ときどき投げやりになる慈英を見ていると、どうしてか胸が痛かった。

だからそれを、なんとかしてやりたかった。知り合いとも言えないくらいのつきあいのくせに彼が「らしくない」状態であることだけは、臣にはわかった。

——そういう顔、やめろよ。なんか……似合わねえから。

だから向かい合って食事をする最中、自嘲気味に笑った顔に、そう告げてしまった。煮詰まってる人間に対して言うことじゃなかったと瞬時に思ったけれど、相変わらず言葉がさきに飛び出す臣が謝るよりもさき、ひんやりとした表情で慈英は嗤った。

——それは失礼。

あんな、切り捨てるみたいな声と顔は、知らなかった。浅いつきあいの相手ではそれがあたりまえなのに、哀しくて、腹が立って、臣は結局、席を蹴ってしまった。

そうしたら慈英は、大変だったはずなのに、自分のことで手一杯だろうに、勝手に怒った臣を追いかけて、はじめて名前を呼んでくれた——その直後に。

慈英をつけ狙っていた犯人に、彼は襲われてしまった。

おかげで事件は解決したけれど、臣はもう、どうしていいのかわからなかった。なにをどう、どこから詫びたらいいのかさえも、本気でわからなかったのだ。

だって慈英は目の前にいたのだ。ほんの数メートル先。それなのに護れなくて、悔しかった。あげく怪我を負わせ、頭が真っ白になって。

どうしよう、どうしようとそればかりで。

慈英は天才と言われる画家なのに、大事な腕に傷つけて、いっそ自分が死ねばよかったのにと臣は思った。血を流し、青い顔をした慈英が腕の中で意識を失ったときに、堺が来てくれなかったら、きっとあの場で泣き崩れていたと思う。

慈英の治療が終わるまで生きた心地がしなくて、焼き切れそうな神経を保たせるために、現場の処理やらなにやらで駆けずり回った。忙しなさに身を浸すことで、どうにか正気を保っていたあの時間のことは、臣はいまもはっきりと覚えてない。

自責の念に駆られ、自分こそが怪我人かのような顔をした臣を、けれど慈英は怒らなかった。危険極まりない目に遭わせて、罵られてもあたりまえだったのに、巻きこまれて大事な腕に怪我までしたのに、臣を許そうと思ってか、すごくやさしく笑ってくれた。

——捕り物、生で見られて面白かったですよ？。あんな経験、一生ないかもしれないし。

暢気なことを言う慈英は、なにか吹っ切れたような顔で、慈英の血で汚れた臣の指を丁寧に拭いてくれた。あたたかいタオルで清めてくれている間も、ずっと、静かに笑っていた。

——あんなの一生なくっていいんだよ！

大事にされているような錯覚に溺れたくなくて、ばかじゃないのかと臣は怒鳴った。死にかけたのになぜ、そんな顔で笑えるのか、いっそ怒れと怒鳴りつければ、慈英は言った。

——あなた見てると、なんか楽しくて。すごくね、なんだか……嬉しいんですよ。

あんな口説き文句みたいなことを、大好きな顔で笑って言われたら——もう我慢できなかった。そして臣の動揺にも気づかないまま、覗《のぞ》きこんでくるまなざしのまっすぐさに思った。

（ああもう、やばい、はまる。おまえ、それじゃ好きに——本気に、なっちゃうだろ）

認めてしまうわけにいかないと、必死で封印していた想いが溢れ出した。

——ねえ俺、うまいよ……？

堪《こら》え性のない臣の限界など、とうに来ていた。ぶち切れて、押し倒して、もうこれでもかと、とんでもない真似までやった。あとから思えば、よくあれで逃げられなかったとは思うけれど——ある意味逃げられる状態ではなかっただろう。

——怪我……さしちゃったから。なにも、しないでいいから。気持ちよくしてあげるから。

山ほどの言い訳をくっつけながら身体だけを何度も重ねた。

それでも慈英は、あの一回っきりを除けば、最後まで抱いてくれることがなく。

同情されてるんだろうなとか、呆れられているのかなとか、本当は男の相手なんかしたくないんだろうなとか——いやなことばかり考えながら、それでも、求めれば応じてくれた。

遊んでくれればいいと思った。この街にいる間だけ、臣の身体を毛色の変わったおもちゃにでもしてくれれば、それだけでよかった。

だから、彼が東京に戻ると言ったあの夜。あれはせめてもの餞別のつもりだったのだろうか、きちんと抱いてくれたことが、臣は嬉しかった。おおげさでなく、このさき一生、誰ともセックスしなくてもいいと、泣きながら思ったほどに。

けれど――恋を失って腑抜けになった臣の前に、別れてたった二週間で、慈英は舞い戻ってきたのだ。

この街に越してきたのだと教えてくれたあの日には、なにが起きてるのかわからなかった。

――何時でもいい、待ってるから。

ただただ混乱して、それでも、やさしい顔で、部屋に来てと誘われたから。あのときにはてっきり――気持ちごともらってくれたんだと、そう思った。

もうあれからしばらく経ち、季節は本格的に冬になった。街中から見える山並みも白く雪化粧を刷《は》いて、肌のぬくもりも恋しい時期だと思う。

なのに――あのころから、ふたりの距離はなにも、変わっていない。

引っ越したばかりの慈英の部屋に書類を渡しに行ったあの夜、臣は本当は、かなり期待していた。もしかしたら、もしかしたらとそればかりで、だが同時に「まさか」という思いも膨らんで、止まらなくて。

仕事が終わったのはずいぶん早かったのに、教えられた、駅からもさほど遠くない一軒家に赴くのに、三時間以上自分のためらいと戦い続けた。玄関のインターホンを押した時にはもう、疲労困憊という顔になっていただろう。

新居にあがらせてもらっても、緊張がひどくて慈英の顔なんかろくに見れなかった。

彼となにを話していたのか、どんな声を自分が発していたのか、そんなすべてがわからないまま、口の重い慈英との会話が弾むわけもなく。

――なんで……引っ越して来ちゃったの？

あげく、おずおずと問いかければ少し困ったような間をおいて、慈英は言った。

――手狭なのにも、東京のごみごみしたのにも辟易したもので。

それはとてもまっとうで、あたりまえの理由で、なにもおかしいところなんかなかった。

だから必死に臣は「そうか」と相槌を打って納得して、――でも本音は、泣きたかった。

自分の望んだ答えと違うからって、泣いたりしたら迷惑だと、臣が必死で笑い、だがテーブルの下で爪が食いこむくらいに手を握りしめていたことを、慈英は当然、知らない。

（ひどいやつだ、おまえ）

いっそ帰ってこなければよかった。そんななんでもない温度の低い顔されるくらいなら、あのまま別れに嘆いていたほうがずっとましだった。

だからやけくそのように、また臣から誘った。寝ようと笑って、こんなことはなんでもないことだと、やさしくて残酷な男に言ってやりたかった。むなしくばかばかしいとわかっていたけれど、それ以上どうしようもなかったのだ。

（けっきょく、俺ら、これだけなんだな）

そうして抱かれてまた、傷ついた。だったらもう心などいらないと、彼の前で服を脱ぐ以外、臣になにができただろう。

＊　＊　＊

それからは、もう——あのぐるぐるした時間が再び繰り返されるだけだった。呼びかけもまた、よそよそしい『刑事さん』に戻ってしまった。

東京に戻る前、最後の夜、『臣さん』と呼んでくれていたはずの彼の中にも、なんらかの違和感があるのか、それともそれが、ラインを越えるなという牽制なのか。

（もうなにも、わかんねえよ）

なんだかもうずっとなにかが食い違っている。それだけはわかっているけれど、それをどうやったら埋め合わせられるのかさっぱり、わからない。

身体で帳尻合わせしても無駄だとわかっている。けれど、臣はほかに慈英をつなぐ方法を、なにひとつ知らない。

「な。平気だから、やろ」

「でも……身体は、本当にだいじょうぶですか」

ねだると、慈英はいつも困った顔をして、けどきっぱり突っぱねることもしない。だから、臣はこの態度をどう思っていればいいのか、判断がつかない。

「刑事は体力勝負なんだからさ。多少ハードなプレイしたところでどうってねえよ」

はすっぱに笑えば、焦った顔で身体を引くのに、逃げるとまではいかない。ただ、じっと臣を見つめて、なにか「そうじゃないだろう」と訴えるような目をするだけで。

(それじゃわかんないよ、慈英。俺、アタマ悪いんだからさ)

拒むならちゃんと、徹底的に拒んでほしい。断れないだけでずるずる、つけこませないでほしい。──期待など、させないでくれたほうが本当は、やさしいのに。

「んじゃ……してくんなくていいから、触らせて」

耳を嚙むと、慈英は「え」と息を吞んだ。固まってる間に、臣は黒っぽいシャツを捲りあげて、意外に引き締まっている腹部に口づける。

(もういいや、えっちだけで)

なんだか、考えるのには疲れてしまった。顔をこすりつけ、慈英の匂いに酔う。こうして臣からねだらないかぎり、慈英は絶対抱いてくれない。そんな痛い事実には、涙目になった目を瞑って見ないふりをするしかない。

(だって俺の前にいるから悪いんだろ？　そして、誘えば拒まないのも悪いよな？)

胸の中には言い訳だらけ、本当の気持ちなど言えないまま、抱いてくれとそればかり。

「ちょっと、あの、なにを、……んんっ」

慈英はなにか言いかけ、けれどなにも聞きたくはないと、臣は唇を塞いだ。

そんなつもりじゃないとか、もう終わりにしようとか。そんなこと言われたら死んでしま

う。自殺する勇気も根性も弱さもないけど、たぶん臣の心が死んでしまう。

それくらいだったら誠実な気持ちなんか、いらない。一緒にいる時間を、体温を感じられる距離を保つためなら、恋なんかずたずたになればいい。

（……だいすき）

言えない言葉の代わりに、鼻先を引き締まった肌にすり寄せる。ひくんと腹筋を震わせた慈英の体温があがって、ふわりと立ちのぼる彼の香りに腰の奥が疼いた。

（あ、キた……）

このにおいと体温の記憶で、あとで自慰でもすればいい。むなしいけれど、気がない慈英にこうして触れるのを許されるだけでも、僥倖《ぎょうこう》なのだろうと臣は自分を納得させた。

泣きそうになりながら、臣の手はさっさと慈英の下までくつろげる。心と身体は、相変わらずてんでんばらばらだ。前髪で目元だけ隠して、口元だけで強気に笑って、それを握る。

「あ、あのちょっと、待ってください……っ」

「やらよ」

自慢にもならないが、臣はオーラルはかなり得意だ。ぐっと息を呑んだ慈英が一瞬つまったのをいいことに、好き勝手に手を唇を滑らせて、喉の奥までそれをくわえた。

「……んぐっ……んっ……んん」

これが、臣の身体の奥まで入ったのは二回しかない。最初の時と、あの――思い出せばいまでも胸が破れそうな、ホテルでの最後の夜だけ。

（あれっきりしてないのに。こんなに、おまえのコレかわいがってやれるの俺だけなのに）

まったく誰にもいばれないし、そんなことをしてもなんの意味もないのはわかっているが、それでもここしばらくの清らかさは、臣の人生最長のセックスレス記録だ。

正直いってセックス依存症の気《け》がある臣が、ほかの誰にも――どんなに誘われても誰にも、触らせていないのに。慈英じゃなきゃいやなのに、それなのにこんなに放っておいて。

たまに会って臣がせがんで、セックスの真似事をするだけの、曖昧な関係。

（おっきい……なんだよ。俺にしゃぶられて、こんなに勃つくせに）

再会してからは、臣がねだってもせいぜい触りっこで終わらせられている。口でもあまりさせてくれない慈英は、ある意味健全なのだろうが――問題はそれ以前の話だ。

（したくて、してんじゃないんだもんな……）

なんかまた哀しくなって、臣はぐっと喉を開く。けっこうすごい慈英のそれを無理に奥まで吸いこむと、さすがに苦しくて涙が出た。

「ふぐ……うっ、えう……っ」

感情をごまかすには、いっそちょうどいい。そう思って涙目のままディープスロートを続けていると、強引な腕に頭を剝がされて、口の中から大事なものが引き抜かれる。

「つも……ちょっと、やめてください！」

「あっ……なん、だよ」

こんなことをしていまさらながら、唾液に濡れて汚れた唇を、慈英のきれいな目にさらしたくない。臣が口元を手の甲で覆って顔をあげると珍しく、怒った顔の慈英がいた。

「あのですね。前から言おうと思ってましたが、こういうことされても、嬉しくないです」

「んだよ……よくない？　俺のフェラテク。自信あったんだけど」

「……泣きながらさせて楽しいことはないです。苦しいんでしょうに」

涙目になった目尻をそっと拭われて、澄んだ目に咎められる。その目に映ってる自分がものすごくみっともなく感じて、泣けてきそうだと臣は思う。

「じゃ、……どうしろって？」

拗ねた子どもみたいな声が、我ながら情けない。あげく慈英には深々とため息をつかれて、臣はまた落ちこんだ。

（……またたよ。こいつ、黙っちゃった）

言いたいことがあるなら言えばいい。お前みたいなホモは相手なんかしないと、いやならいやと拒んでくれればいい。なのに慈英は拒絶しない。ただこうして曖昧に、困った顔を見せるだけだ。

（やべえ。俺疲れてるなあ。こんなの慣れてるのに……やっぱ泣きそう）

ふるのなら、さっさときっぱりしてくれれば諦めがつく。なのにそうしてくれない慈英は、やさしいのか残酷なのかわからなくなる。

謝ればいいんだろうか。冗談だと言えばいいのか。でも男の性器をくわえて吸って、それをやんわり止められて、いったいなにが冗談にできると言うのだろう。

こんなことをされても嬉しくない。じゃあなにをしたら嬉しいんだ。喜んでくれるんだ。一緒にいても会話もろくになく、趣味も合わない。じゃあセックスするくらいしか思いつかないのにそれも拒否された。なにも、することがない。慈英のことが見えない。なにひとつ、煮つまった状況を打開する術《すべ》がわからないまま、臣はぼそりと吐き捨てた。

「悪かったよ……ばかな真似して」

そっぽを向いた臣の前で衣服を正した慈英に、結局は謝れないまま立ちあがった。うつむいたままなのは、顔を見たらなにかとんでもないことをわめき散らしそうだったからだ。

そのまま、すたすたと玄関に向かうと、慈英が慌てて追いかけてくる。

「え、ちょっと？　なんです、急に」

「頭冷やしてくる」

背中に投げられた驚いたような声に、振り向かないまま答えた。我ながら呆れるくらい投げやりな声を放ってさっさと靴を履こうと臣は身を屈《かが》める。

「ちょっと、待ってください。どうしたんですか」

腕をとられて、振り払う。外に逃げようと思ったのはただの衝動だったけれど、なんだか虚しいやら頭に来るやらで、もういっそ盛り場で男でも引っかけようかと思う。

(なんかもう、誰でもいいや……)

いっそぐっちゃぐちゃになればいいんだ、俺なんか。そうすりゃ慈英に顔立たなくなって、会えもしないから諦めもつくだろう。そんなやけくそな気分になっていたのを見透かすように、慈英は少し急いた声で言った。

「――どこ行くんですか」

「いいってもう……うっせえな。ほっとけよ」

なにをいまさら追ってくるのか。拒んだのはそちらだろうと臣は振り向かない。

「よくないでしょう、ぜんぜん」

「なにがよくねえの？　いいじゃん。どこ行こうとなにしようと、俺の勝手だろ」

ありありと「心配」と描いた慈英の表情に、もしかすると堺に、ろくでなしだったころの話でも聞いたのかと臣は訝しむ。じっと目を見ると、微妙に慈英の目線が逸れて、根拠のない確信を覚えた。

(どこまで聞いたんだかなあ)

内心では尻軽な臣に呆れているのだろうか。それならそれでかまわないと、自嘲が浮かぶ。

正直いって、臣の恋愛遍歴はろくでもない。思春期のはじめに抱かれることを覚えてから、男は取っかえ引っかえ、いったい何人と寝たのかなんて、もう覚えてさえいないほどだ。

そんな節操のないことを、臣だってしたくはないけれど、捨てられるからしかたない。

さすがにもののわからないガキのころでもないから、援助交際まがいのことはしないけれど、とうが立ったとはいえこれでも、声をかけてくる男はけっこういる。

（結局こんな顔だから、安く見られてんだろうな……）

刑事になってもそれは変わらず、なめられるというか引っかけやすいタイプなんだろうとつくづく情けない。だが、独り寝が寂しいときにはそれもありかと、適当に遊んできた。

臣はセックスのほかに、誰かにやさしくしてもらう方法を知らなかった。生まれたときから父親の顔は知らず、母親は恋愛遍歴の激しい女で、ほとんど放置されて育った。そうして臣が中学にあがったころに、臣を置いて失踪したのだ。

そしてこればかりは誰にも――親代わりの堺にさえも言ったことはないけれど、臣の初体験はほぼ強姦まがいのものだった。相手は当時通っていた中学の教師。母の消えたことを相談しているうちに、面倒をみてやるという名目であれこれされて、それでも好きならと許したのに、任期が終わると同時にあっさり捨てられた。

哀しいとか寂しいより、そういうものなのかなと思った臣は、生きることと引き替えに身体を預けることを知った。性器をしゃぶらせ、尻に入れさせれば男はやさしくしてくれる。不登校児になって夜の街をさまよって、どうにか生きていこうとしていたとき、恩人である堺と出会い、更生しろと引き取られた。

長いこと迷惑をかけたひとのいい堺に触発され、結局は同じ道を選んだ。懐深い恩人のように強くなりたいと思っての進路、けれど性根の部分はそうそう簡単に変われない。

おそらくはトラウマなのだろう。深入りすれば捨てられる。だから自分ひとりで生きていくことができるようになってからも、気楽なつきあいのほうがいいと割り切っているつもりでふらふらと遊んだ。

腰の定まらない自分を堺にもずっと説教され続けて、けれどやはりひとりは、寂しかったから――ひと晩だけのぬくもりでも、臣にはとても欲しいものだったから。

(でも、ばかだったなあ……)

いずれ慈英に会えると、こんなに好きになるやつに出会うと知っていたなら、あんな真似はしなかった。きれいな身体で出会えたならもっと素直に気持ちを伝えられたのかと、もう何度思ったかしれない詮無いことを、臣は胸の裡で繰り返した。

でもそれも、自分だけの勝手な気持ちでしかないことくらい、もう臣は知っている。というよりも、期待して破れるその繰り返しには疲れてしまって、いっそ自分からなにもかも、壊してしまいたくなったのだ。

「待って。頭冷やすって、いったいなにするつもりですか」

「……さあね。おまえには関係ないんじゃん?」

冷ややかな声、薄く笑った表情は、自分ではもう馴染んだものだ。だが案の定、そのすさんだ表情に、慈英はぐっと息を呑んだ。

（こんな俺、知らないくせに。ばかじゃねえの）

引いたな、と思うとさらに笑みが浮かび、臣はくっと唇を歪める。嘲《あざけ》るような表情に慈英は怒るというよりも、むしろ痛ましそうな目をしてみせた。

「関係はないって、いまは俺といるんだし、ここはあなたの家でしょう。出ていくなら俺が出ていくから、……第一こんな寒い日に、そんな格好でどこへ行く気です」

「べつにどこでもいいだろ。おまえに迷惑かけないようにしてくるだけだって」

いまさら心配顔か。おまえは保護者かなにかのつもりかと罵りたくなって、けれどそんな八つ当たりもむなしいと、臣はただ笑った。

（内心では軽蔑してんのかもなあ）

期待を捨てきれなくて、家に誘ったのは自分だ。だが臣がしつこいから流されてつきあってくれているのだろうと思えば胸が痛い。それとも、同情のほうが確率は高いだろうか。

なんだかもういっそ、呆れられてしまったほうが気が楽だ。自暴自棄な気分のまま、薄笑いを浮かべて臣は言い放っていた。

「そんな心配すんなよ。三時間くらいで戻るけど、あったまりに行くんだし――ああ、時間ねえなら帰っていいや。鍵もかけなくっていいし、ここ一応、官舎扱いだから」

いんじゃあね、と軽さを装って、痛さを堪えて笑ってみせる。もうこれで終わりだろう、いっそ見捨てて去ってくれ。

（すげえ、しょうもねえ終わりだなあ）

だが未練がましく、最後の顔くらいは見ておきたいと振り返った臣は、慈英のあまりの表情に凍りついた。

「……それはどういう意味ですか」

低い、唸るような声が、慈英の歪んだ口元から発せられて、臣は息を呑んだ。見たこともないような鋭い目つきに、かわいいなどと思っていた男の顔が、じつはひどく猛々しくも変わることを、はじめて知らされた気分だった。

「え？　ど、……どーゆ、って、べつに」

「三時間で、なにをするつもり？　あったまるって、どういうことをして？」

「な、にって、なにが」

気圧《けお》されあとじさる臣に、慈英はその険しい表情をずいと近づけてくる。驚き、また戸惑う臣の声は、どこかあどけないようなものになった。

（なに。なんでそんなに怒った顔するんだよ。やめてくれよ。怖いじゃん……）

それなのに、その激しい感情を湛えた慈英の真っ黒な瞳が、いつも以上にきれいに見えて目が離せない。心臓は勝手に躍りはじめる。

そしてそれが、身勝手な――本当に身勝手な、都合のいい期待によるものだと気づかないほど、臣は自分を知らないわけじゃない。

「……おまえなに怒ってんの？」

「怒るに決まってるでしょう……！　そんなあからさまなこと言われて、なんで俺が黙ってると思うのか、そっちが訊きたい！」

怒鳴るなよ、と臣は肩を竦めた。さきほどの強気さなどかけらも滲ませない、怯えた顔で慈英をうかがう。

（やめろよ。それじゃまるでおまえ、俺のこと好きで、それで怒ってるみたいじゃないか）

勘違いするじゃないか。期待するのは好きじゃないんだ。だからセックスだけしてくればいいと思ったんじゃないか。気持ちまで——求めなかったじゃないか。

どきどきと乱れはじめた心臓を、服の上からきつく摑んで臣は自分を戒《いまし》める。

（うざいのいやだろう？　年上の、身持ちの悪いホモになんか迫られるのいやなんだろう）

だからいなくなってやろうと思ったのに、引き留めないでほしい。もう捨ててくれと思ったのに、また未練が湧いてしまう。

「だ、って……」

「だってじゃないでしょう、こっちに来てください」

手を差し出され、自分から来いと慈英は言う。けれどいったいどうすればいいのかわからないまま立ち往生した臣に、かすかな苛立ちを滲ませた声がぴしゃりと告げた。

「来なさい！」

「っ……な、な……んだよ。なにその言い方、むかつく……っ」

期待など、もうとうにしていた。だから情の見えない冷たい目と命令口調にもの凄く傷ついて、でもそれをさらけ出すのがしゃくでしょうがなくて、臣は反射的に怒鳴っていた。

「うるせえよ、俺が誰となにしようと、おまえに指図される覚えねえよ！」

なんの権利があってそんなことを言うのか。ふざけるな、放っておけと、頭に血がのぼるままにいろいろとわめき散らした。そうでもなければ、泣いてしまいそうに哀しかった。

（俺のこと——好きでもなんでもないくせに！）

肝心の言葉もなにもなく、思わせぶりに振る舞って、そのくせ欲しがってもくれないで。

「こうなりゃ言ってやるけどな、俺はセックスもしてくれない男に用はないし！」

「……あなたにとって、俺は、それだけですか。それしか、欲しくないんですか」

凍りつくほど慈英の声が低くて、けれどそれを怖いと思いたくないから、嘲笑《あざわら》った。ぼろぼろになった心を護るにはもう、それしかないと思いつめた臣の嬌笑は、ひどくいびつだ。

「あったりまえだろ、尻に突っこんでくれりゃ誰でもいっ……！」

だが、そう叫んだ瞬間、小さな音がした。ややあって、じんわりと頬が熱くなる。

なんだ？　と思って反射的に手をやると、叩いたほうがよっぽど痛いみたいな顔をして、慈英が臣を見つめている。

「……ぶった？」

「殴りました。すみません」

平手でぶたれるのは学生のころ堺の奥方にやられて以来だ。却って新鮮だなあと臣は見当違いなことを考えた。それも、やったのが慈英だというのが信じられなくてきょとんと見あげると、ひどく哀しげな表情をした慈英がいた。

「でも、いやです。あなたが……臣さんが、そういう、自分を投げ出すようなことをするのも、貶《おとし》めるようなことを口にすることも、俺は許せない」

呆然としたまま見あげた男は、自分こそが叱られたように悄然と肩を落としている。

「……臣さんがすごくこういうの、慣れてるのは知ってます。セックスも、あなたにとっては実際、どうでもいい、簡単なことなのかもしれない」

迷うように何度も握ってはとじた大きな手を、慈英がそのまま伸ばしてくる。自分へと向かってくる長い腕を、臣はなんのリアクションも取れずにぼうっと見ていた。

（なんだこれ。なにが起きてんの。誰か俺のことかついでんのか）

それとも、慈英らしくない、悪趣味な冗談だろうか。近づく距離が理解できないまま、身じろぎもできないまま、臣は広い胸に抱きとられた。

「でも、いやです。——本当は、俺だけのひとになって欲しい」

「なに……？」

慈英の告げた言葉と、この展開の都合のよさに頭がついていかない。抱きしめてくる相手の肩越し、薄暗くなってきた部屋を臣は惚《ほう》けるままに眺めていた。

「……なに、言ってんの？」

現実感がなさすぎる。状況判断のできない臣は、感情のそげ落ちたような声しか出ない。

「頼むから！」

焦れたような慈英の声も現実とは思えないまま惚けていると、すごい力で抱きしめられた。

「俺といるときは、俺のことだけ見てください……！」

追いつめられたような声、どこかにさらうような、奪い取るみたいな、そんな勢いの抱擁。慈英は長身だがそれだけに、いかにも美術系という雰囲気でひょろりとして見える。だがじつはけっこう力が強いのだと、臣はあらためて思い知った。

「ちょ、おい、息……できない、苦しいっ……は、離して」

「いやです。離しません」

小さく訴えてもがいても、その手が緩められることはない。それが、ひどく嬉しい。

こんな強い、乱暴なくらいの抱擁を与えられるのは、はじめてだった。

「……離したら、あなたはまた逃げる。いつもいつも、俺の手から、簡単に」

触れあうときにはいつでも臣からねだるばかりで、やさしい男は困った顔で抱いてはくれた。けれど、慈英が自分からこんなに強引に腕を伸ばしてきたことなど、一度もなかった。

いや、たった一度だけ、ずいぶん強引にされたことはあったけれど——。

「簡単に身体ばっかり投げ出されるような、そんなものが欲しいんじゃない。俺は、ただあなたに笑っててほしいだけなのに」

慈英が東京に戻ると言ったあの夜。臣は別れの予感に酔っぱらっていた。同情されて、だからたぶん慈英は、慰めのつもりで抱いてくれただけで——それだけのはずで。

「どうしていつも、俺の目を見ないんですか。なんで、セックスばっかりなんて言うんです。俺は、本当にそれだけの存在ですか」

苦渋に満ちた声が、自分の問いをどうか否定してくれと、そう告げている。痛いくらいの強い腕が、身体だけではなくもっと違うものまでよこせと臣に訴えている。

（嘘だ、こんなの信じられない。……でも。信じたい。だけど——）

混乱しながら、離すまいとする慈英の腕に抱かれて臣は、ぼうっと視線を遠くに流した。

棚の上にある本の表紙が白っぽく映るのを見ていたのに、なんだかそれが歪んでくる。そして混乱するままに、本当にどうでもいいことが頭に浮かんだ。

（ああ、あっちの部屋けっこう埃たまってんなあ……）

今度もうちょっときちんと掃除しなければ、と思いながら発した臣の声は、涙にかすれた。

「おまえ、なに言ってんの……？」

「あ、の……？」

鼻にかかった声にぎょっとしたように強ばった慈英の背中を、今度は臣が強く抱いた。もう我慢できなかった。こんなにあたたかい身体、抱きしめないではいられなかった。

「なに言ってんの……ばか……おまえしか見てないじゃないか……！」

叫ぶように、臣は言った。情けないと思いながら、ぐしゃぐしゃに歪んだ顔を広い胸に押しつける。甘える仕種になってることを、もう止められない。

「おまえだろ、俺のことなんか見てないの、おまえのほうだろ……！」

「え……？」

ぼろぼろ、涙と一緒に言葉も零れて止まらない。ずっと苦しくて、けれど言えなかった本音が、堰《せき》を切ったようにあふれていく。

「い、いっつもスケッチブックしか見てねえからわかんねんじゃん、ばか！　うちに来たって、なんも喋《しゃべ》らなくて、俺のことほったらかして絵ばっかり描いて……っ」

「いや、それは……」

「それはってなんだよ、言い訳があるなら言ってみろ！」

噛みつくように涙目で睨めば、「いや、あの」と慈英はうろたえきった声を出す。だが結局言葉は見つからなかったようで、ただそうっと背中を撫でられた。

「そうやってごまかすな。……今度こそちゃんと答えろよ、おまえなんでここにいんの⁉」

「それ、は」

「環境がいいからって、そんなん、どこだっていいじゃねえか。なんで俺のいるところに、わざわざいるんだよ……っ」

再会の日、躱されてしまった問いを蒸し返した。慈英はぐっと喉をつまらせて、けれど不器用そうに歪んだ表情なんかでは許さないと、臣は襟首を摑んで揺さぶった。

「うちに来てくれって、いま言ってくれたような意味だったのかよ。だったらなんで、あのときそう、言ってくんなかったんだよ」

どれだけ苦しかったのか知れとばかりにぐいぐいと襟を締めつけて、臣は訴える。

「ほんとは俺あのとき、泣きそうだったよ。ふざけんなばか、期待させんじゃねえよって、おまえのこと殴って、蹴り飛ばして逃げていこうかと思ったよ！」

だけどそんなこと、できるわけないじゃん。なんとも思ってないんだよって、そう言われちゃったみたいなもんなんだから。

「でもこれ以上、逆ギレして、嫌われたくないじゃん。だから、俺、笑っただろ？　なあ、ちゃんと笑っただろう？」

そのあとほかに、なにも言えなくなって、……しようよ、って誘うしかなくなっても。

「俺はちゃんと、笑ってただろう……？」

ぼたぼたと涙を落としながら、あの日と同じ表情で臣は笑みを浮かべてみせる。哀しくて哀しくて壊れそうな笑顔に、慈英は目元を歪めた。

「……そんなに、泣かないで」

「おまえのせいだっつの……っ」

肩口に濡れた顔を押しつけて、ぐいぐいとこすりつけて拭いた。子どもみたいに泣いてしまったのが恥ずかしく、臣は顔を広い胸に押しつける。

照れ隠しの意味もあったけれど、鼻の頭も目も、もうきっと真っ赤で格好悪いから、見苦しい顔を慈英に見せたくなかったのだ。

「ごめんなさい。すみませんでした。……俺が、ずるかった。ああして曖昧にしたほうが、あなたが重たくないかと思って、……逃げました」

臣の涙に困り果てた声の慈英は、さきほどの強引さをどこかに置いてきてしまったかのようにそっと、やわらかな仕種で細い腕を取った。

「こっちに、来てください。足りなかった言葉のぶんを、ちゃんと、見せます」

「見せるって、なに」

その手に従った臣は、狭い部屋の中にとって返した。大泣きしてしまったことが、どうにもばつが悪い。慈英の顔が見られずにいた臣の目の前に、さきほどラフを描くために広げていたものとは違う、少しよれたスケッチブックが差し出される。

「恥ずかしいから、見せるのは迷ったんですが。……俺は、口で言うのがへたなので」

端にある紐をほどき、紙質は薄いが量の多いそれをぺらりと捲った瞬間、涙で重くなった臣の瞼が見開かれた。

「またあなたに泣かれるよりは、いい。それに、このほうがわかりやすいと思います」

「なん……」

告げた慈英の顔は茹《ゆ》であがっていた。けれど、たぶん臣も同じような状態だったろう。

紙面を埋め尽くしていたのは、すべて臣だった。一枚目から最後のそれまで、もうとにかく、執拗なまでに、臣の顔ばかりだった。

「こ……これ、なに。俺、知らない……こんなの、描かれた覚え、ない！」

「……本人を目の前にしてると描けないんです」

照れたように慈英は呟く。臣はといえば恥ずかしさのあまり感情がスパークしてしまって、だというのに、そのスケッチから目が離せない。次々と捲っては、そのたびに息を呑んだ。

（なにこれ。俺、こんな顔してんのか？）

笑う顔、真剣な顔、どんな些細な表情さえ逃さないと、そんな勢いで描かれたデッサンは細密で、手すさびに描いたというような代物ではない。たしかに自分の顔ではあるけれども、ひとつの完成した絵画作品として成り立つほどの、力あるデッサンは、どこか現実味がないくらいにうつくしい。

そうして——ことに詳細に描かれた一枚を見つけた瞬間、臣は本当に倒れるかと思った。

「お、おま、こ、……これっ」

「……すみません。それは、その……まあ、最初に描いたものなんですが」

声をうわずらせた臣に、慈英はさすがに赤面した。臣はぱくぱくと声もなく唇を開閉する。口ごもった慈英の態度から、唯一これが「実物」を前に描かれたものだと知れたが、そんなことが問題なのではない。

「さい、最初って、だってこれ……」

これをもし他人が見たら、と思うと死にたくなった。

顔の造りに迫力のない臣は、職業柄なめられないため、ふだんは髪をうしろに流して固めている。だが、この絵の中の前髪ははらりとやわらかく額に降り零れていた。

穏やかに、けれどほんの少しせつなげに閉じた瞼のさき、臣の睫毛は、いまにも震えそうなほど繊細に描きこまれている。しかも横たわっている肩はシーツからはみ出ていて裸だ。

髪の質までわかりそうな繊細な鉛筆のライン。生々しいくらいのリアルで精緻なデッサン。きれいなのに、どうしようもなく艶めかしいこれは誰がどう見ても、情事のあとだとわかる。

しかもこの前髪の長さからして——これが、いわゆるはじめての夜の自分の寝姿だと気づいた瞬間、臣はふらり、と大判のスケッチに顔を埋《うず》めるように、前のめりに倒れる。

「あ、あのっ……刑事さん⁉　だいじょうぶですか」

慌てて差し伸べられた広い手は、臣の額が床とキスする前に脱力した身体を支える。

(どうしよう。心臓が壊れる。だめだ、死ぬ……！)

しっかりと自分を捕まえた大きな手の持ち主に、もうどうすればいいのかわからないまま、臣は茹であがった顔で呻いた。

「なんでこんなん、いま、持ってんだ……」

違う、言いたいことはそれじゃない。そう思うけれども、わざわざみっちりと最後の一枚まで使い切ったスケッチブックがここにあることも不思議で問えば、慈英は顎を掻きながら少しぶっきらぼうに言った。

「これは、なんていうか……手元から離したくないんで」

求めた言葉とは少しずれていたけれど、充分すぎる返事に臣は目眩さえ覚えてしまう。

「は、……恥ずかしいよ、おまえ……っ」

「あ……すみません。やっぱり、いやですよね。……ちょっと変態みたいで」

臣の肩の震えに気づいた慈英が、声を曇らせる。けれど臣はぶんぶんと首を振った。

「……ちが、……おまえ、もう……そうじゃない、そうじゃなくて」

たしかにこの絵は自分だけれど、本当はこんなにきれいじゃない。こんなにやさしくてきれいな絵で、描かれるようなもんじゃ、全然ないのに。

（なのにおまえ、こんなふうに俺のこと、見てるの、慈英？）

どうしよう、と赤い顔のまま見あげた慈英は、小さく息を呑む。そして潤んだ瞳をあわせて、なんだか聞いたこともない甘い声を発した。

「刑事さん……？」

「……いやだ」

一度たがの外れた感情は、臣の口を滑らせる。駄々を捏ねるみたいにまたかぶりを振り、長い脚の上に手のひらを這わせた。

「さっきは名前呼んだだろ。……ちゃんと、臣って、呼べよ」

「いや、あの」

その低い、甘い声で、どんなふうに自分の名を呼ぶのか知りたい。濡れた、媚びるみたいな目をして臣は希《こいねが》う。

臣の手からスケッチブックが滑り落ちる。慈英の腕はその細い腰に回り、のしかかるように臣がもたれかかると、床の上で身体が絡み合う。

「……呼んで、慈英。俺のことちゃんと、名前で呼んで」

くりかえす声は囁くようにひそめられ、鼻先をすり寄せればようやく、慈英は口を開いた。

「……臣、さん？」

「うん。……もっと呼んで、もっと」

「臣さん……っ」

ぎゅうっと抱きしめられ、感極まったような声で名を呼ばれた。うん、と頷きながら臣もまた彼の名を呼ぶ。

「慈英……じぇ、……っ」

自然に引き合った唇で、何度もキスをした。啄まれ、舐められながら胸が痛くなる。次第に口づけは激しくなり、舌を舐め合って荒くなる息の合間に臣は問いかける。

「なあ、……なあ、俺のこと好き？　なあ、好き……？」

赤くなった慈英は、それでもはっきりした声で、答えてくれた。

「――愛してます」

うわあ、と臣は内心で叫んだ。声にはならなかったけれど、生まれてはじめて生で聞いた「愛」という言葉、それもこんなに真剣な告白に、恥ずかしいけれどうっとりしてしまう。

「……死んじゃいそ」

覆いかぶさってくる男の重みに感動していると、「臣さんは？」と問いかけられた。だが、夢見心地の臣は「うん……」としか答えられず、慈英は眉をひそめる。

「うんじゃなくて、答えてください。俺をどう思ってるのか、ちゃんと」

「あは、……はは、うん。……うん」

焦れた声に、笑ってしまう。そっと表情を窺《うかが》うと、慈英の真っ黒な瞳が揺れていた。

(きれいだ、慈英の目。やっぱり……かわいいな)

不安そうな、そして吸いこまれそうな黒に瞼が熱くなって、ああやばい、泣く、と感じた瞬間には、熱いそれはぼろぼろと零れていく。そして慈英は、うろたえる。

「ああ、すみません、どうしよう」

「謝るかなあ……そこで」

臣は泣き笑いながら、髭のある顎をそっと指で撫でた。指先に伝わるくすぐったいような感触にさえ、胸の甘い痛みはひどくなって、目尻からは幾つもの筋を引いて涙が零れていく。

「……泣くくらい俺のこと好きなんだって、思えばいいのに」

うまくない言葉で告げたあと、驚く慈英の顔を見つめたまま、臣はしゃくりあげた。

「俺だけ見てくれなんてそんなのもう、とっくなのに」

「本当に？」

「ほんとになってなんだよ……最初に、抱いてってつったの、俺じゃないか……っ」

不安げに問う慈英に答える声は、拗ねたような甘える響きになった。だが、慈英は自分ばかりが悪いわけじゃないだろうと、こちらも少し不機嫌に言う。

「でも……たまにかまってくれるだけでいいって言ったのも、そっちです」

臣の卑怯な逃げ口上を、どうやら根に持っていたらしい。そういう機嫌の悪い顔をされると、慈英は端整なだけにひどく迫力がある。けれどどうしてかこの瞬間臣は、慈英が自分よりも年下なのだとあらためて感じた。

「けどそんなの、前の話だし、……そうじゃなきゃ、家にまで呼ばない」

そりゃ、エッチは慣れてるけどさ。しょうがないだろそれは。涙につかえながら臣がそう反論すると、複雑な顔をした慈英は、「でも」と言った。

「はじめにこうなったときも、いきなりで……それに驚いた、から」

「な、んで……？」

「こんなきれいなひとが、あんなすごいこと……いきなりするから、俺も混乱しました」

なにを思い出したのだか、瞬時にまた赤くなった慈英に、臣もつられて赤面した。たしかにはじめて寝るにしては、かなり濃厚なベッドテクニックをご披露してしまった自分を振り返ると、引かれてもしかたないだろうかとも思った。

「それに……俺がなにか言おうとすると、黙らせたのは、臣さんでしょう？」

「う……」

恨みがましいような言葉に、臣もまた反省と後悔を覚える。

――オトコ、やったことある？　ねえ、俺、うまいよ……？

ろくなことを言わずにのしかかり、とにかくエッチしてくれとせがみ、すれた態度と手管《てくだ》で言葉はいらないと拒んで――それはたしかに、遊ばれてるとしか思えないだろう。

けれどあのときは、とにかくすぐに慈英が欲しかったのだ。どんな見苦しい手を使っても、身体だけでも、あの瞬間に自分のものにしてしまいたかったのだ。

（だって……俺、自信あるの、セックスしかねえんだもん。我ながら情けないけど）

出会い頭で犯人扱いして、怒鳴りつけて振り回して事件に巻きこんで――そんな臣が、彼の真摯な気持ちなどもらえるわけもないと、そう思っていたから。けれど慈英は、そういう即物的なのはごめんだったのだろうか。そう思うとにわかに怖くなって、臣はじんわり目元を潤ませる。

「……いやだったのかよ。俺とえっちすんの」

「あ、いえそれは、いやじゃないんですけど……でも、複雑でした」

拗ねた口調で上目に見ると、かすかに赤い顔のまま慈英は言った。

「じゃあ、じゃあ……俺の身体、嫌いじゃない？　少しは、好き？　セックス、よかった？」

だったら嬉しい、と真剣な顔で臣が問えば、慈英はかすかに苦笑する。

「とても、よかったです」

なにか吹っ切れたような顔で笑い、声色をあらためた慈英が臣の唇を長い指で撫でる。

「でももう……俺だけにしてください、ああいうのは」

隠せない嫉妬の色が、唇を疼かせる。言われなくても、見境なく襲いかかるのなんかおまえだけだ――と思ったけれど、臣はそれを言葉にしなかった。

(口、いじってる……慈英の指が、俺の、くちびる)

やわらかさをたしかめる手つきに身体が疼いて、言葉より近すぎる体温が欲しかった。

「ああいうのって……こう？」

見せつけるように、濡れた舌の上に指を乗せ、吸いこむようにゆっくりと口腔に導く。ひくりと慈英の喉が上下して、重なったままの腰に感じる重さは、たぶん一緒だ。

「そう、です。もう絶対に、誰もここに、……触らせたくない」

「んん……！」

少し不愉快そうに告げた唇を、指先を解放した臣は遠慮なく味わうことにする。

床に寝転がり、長いことお互いの舌を舐めあった。だが、いままでのキスとなにか違うと臣が感じる理由は、慈英がなんだかやたらに積極的だったことだ。

（うわ、キスしてる。慈英が……慈英と、俺。……ああ、舌、食べてる、上手……）

大きな両手で臣の顔を挟み、ねじこむように舌を入れてくる。ぐりぐりと捏ねるみたいにされたのははじめてで、戸惑う臣は快楽に負けてぼうっとなってしまう。

「んふっ……うっ、う、うんん……っ」

覆い被さってくる背中をきゅっと掴み、臣が小刻みに身体を跳ねさせていると、ふいとそれをほどいた慈英は床の上で冷えかけた背中をすくいあげた。

「あとは……ベッドにしましょう」

「あっ……ん、んん」

少し息の荒い、低く濡れた声。耳に走るちりっとした痛みが官能と同時に襲ってくる。慈英からの誘いに、この時点で臣はすっかり舞いあがった。

「どうか……しました？」

「ひっん……！　や、や、耳……っ」

抗議の言葉が少しも紡げず、臣の蕩けた唇からは、舌足らずな甘ったれた声しか出ない。

眠もうと思っても、そのままスライドした唇が頬までやさしく触れてくる。髭がくすぐったくて、でも心地よくて、くにゃくにゃになった臣はとろりと目を閉じてしまう。

「立てない……んですか？　どうしたんです？」

くたりと腕の中に収まってしまった臣を、なんだか意外そうに慈英が見つめてくる。

（なんだよ、余裕こきやがって……くそ）

おまえのせいなのにと思うけれど、背中と腰の間がびりびり痺れていてだめだった。

（これ、いったあとの感じに似てる――つかもう、いってんのかな、ある意味）

とろとろに腰が蕩けて、指先までじんじんと疼いている。当然脚の間は張りつめきっていて、射精していないことがいっそ不思議だ。

「臣さん……？」

「あう……慈英ぃ」

窺うように名を呼ばれるだけでもびくびくと身体が跳ね、みっともないと思うけれど、身体がもうどうにもならない。泣いたせいもあるのか、感情が高ぶったままの臣は広い胸にぎゅうっと抱きついた。かすれた声で名前を呼ぶと、しっかり抱きしめ直してくれる。

きゅうっと心臓が痛くなって、ようやく気づいた。

(ああそういえば俺、こんなに惚れたヤツとすんのはじめてかもしんない)

しかも言葉でちゃんと気持ちをもらって、そのうえで抱かれるのは本当に、はじめてだ。

「慈英……慈英……っ」

もうろくに誘うこともできず、口にするだけで胸が軋《きし》む恋人の名前を呼ぶのが精一杯だ。

しかも震えが止まらない。おぼこい生娘か俺は、と自分を嗤ってみても、どうしようもない。

「どうしたの、なんだか別人みたいですよ……?」

「う、うっさい……」

自分でも変だと思っていたぶんちょっと引いて、これでやる気をなくされたらどうしようと臣は怯えた。けれど上目にうかがった慈英は、笑ってなどいなかった。真っ黒できれいな瞳は、とても真剣で、そして怖いほどの強さでじっと臣の顔を見ている。

「あっ、だ、だめ……!」

次の瞬間には、この男とは思えないかなり乱暴な所作に引っ張りあげられ、ベッドの上で抱きしめられていた。その間中も顔のあちこちにキスされて、臣は気づけば「もうだめ」と譫言《うわごと》のように呟いていていた。

「……なにがだめ?」

(だからその声で、耳嚙みながら喋んなって、そこ弱いんだから……っ)

もう腰が抜ける、と疼いた脚を震わせ、臣は呟く。

「し、心臓壊れる……」

赤くなりすぎて頬が痛い。そこにやわらかくキスをしながら、ああ、と慈英は言った。

「ほんとに、すごいどきどきしてる……」

「ふあっ……！　い、や、やめっ……」

心音をたしかめられ、恥ずかしくてたまらない。やめろと臣は身をよじるけれど、手のひらの下でぷつんと立った胸のさきをいじられ、鼻から抜ける甘い声が漏れただけだった。

（な、なんかいちいち、やさしいけどやらしいっ……！）

宥めるみたいに胸をさすられると、尖った乳首が布にこすれてたまらない。そんなにじっくりあちこちを触らないでほしい。耳に息がかかるのももうだめだ。ひくひくと腰が動いて、もっと触ってと臣の身体はねだってしまう。

「じ……慈英……っ」

妙に余裕な愛撫を施され、混乱しているけれど、いつもと違うのは臣も一緒だ。ふだんならこんな展開では、さっさと服を脱ぎ、くわえるなりして相手をその気にさせている。だというのに、身体はじんじん痺れてろくに動けず、ほんの軽く服の上から触られてるだけで、息はあがりきっている。

「も……どーにか……して……」

おまけにたったこれだけ言うにも、べそをかくような状態だ。キャラが違うだろうと自分でも思うが、もうしかたない。ただ、勝手に開いた脚が勝手に慈英の腰を挟み、こればかりは覚えた動きで、はしたなくもすりすりとねだってしまった——のだが。

（なに、なんか、すっごい……よ？　これ）

思った以上の質量に、ごくりと臣の喉が鳴った。慈英は、ばつの悪そうな赤い顔になる。

「……臣さん、あの。あまり、刺激しないで」

余裕に思えた慈英だが、じつはかなり我慢しているらしい。急になぜこんなに、と考えて臣ははたと気がついた。慈英のそれは口で半端に追いあげられたまま、放置状態だったのだ。

「あ、……そっか」

「……そうです」

悪いことしたな、と思いつつ、その状態でよくあれだけ冷静に喋れるなあと感心もする。

（おっきくなっちゃってるし）

こんなにすごい。気づいたとたん、自分でやったくせに臣もまた赤くなった。

口の中でどきどきしていたそれの感触が、いまさらリアルに蘇る。張りつめて熱くて、こんなに勃つくせにどうしてつれないのかと哀しくなっていたけれど、いまは——。

「も……服……っ」

脱いでと言ったのか脱がせてと言ったのか、臣はもう自分でもわからなかった。噛みつくようにキスをされて、語尾と思考がとろんと溶けてしまったせいかもしれない。

（早く、早く、慈英……早く）

お互い、むしり取るみたいに服を脱いだころには、臣はもう余裕などなかった。身体が重なった瞬間熱くなったものがこすれて、甲高い悲鳴じみた声をあげてしまう。

「や、あ……ア――……っ！」

「どうして逃げるんですか」

反射的に腰が逃げるけれど、慈英がだめだと引きずり寄せる。余裕のない声で「逃げないで」と言った慈英にまた唇を塞がれ、痛いような痒いような感じのする乳首を、咎めるみたいにきゅっとつままれた。

「んむぅ……っう、ふ……んんンっ、ンッンッ！」

声が出せないくらい口の中を慈英の舌と唾液でいっぱいにされて、身体の中にどんどん溜まっていく熱が逃がせなくて苦しい。

（だめ、もうぐちゃぐちゃ……慈英の舌、俺の口の中、ぐちゃぐちゃに犯してる）

いや、と首を振っても、首のうしろを手のひらで捕らわれて逃げられない。捏ねて潰すみたいに胸をいじられ、あちこちをまさぐる手つきも、いままでにないほど強引でいやらしい。

このままじゃおかしくなる――と首を振ってキスをほどくと、苛立った声が聞こえた。

「臣さん、……逃げないでって言ったでしょう。どこいくの」

「んー……っん、や、ちが……やー……やあぁ……っ」

逃げてるんじゃないと言いたくても、延々と吸われて舐められた舌は痺れて、キスから解放されても臣はすっかり呂律が回らなくなっていた。

「んっ、いっやっ、やだ……っ」

「いやですか？　なにがいや？」

「違……あー、あ……っ、そこ、や……っ」

胸に顔を埋めた慈英が乳首を吸う。卑猥に動く舌に臣はもう半狂乱になる。

（慈英が、俺の乳首舐めてるっ……こんなに、やらしく吸ってる）

意識すると一気に、脚の間が熱く硬くなって濡れた。どうかしたんじゃないかと思うくらい、ぐっしょりになってぬるぬるで、けれど胸に吸いつく男に触ってもらえない。

（やらしいよ、俺なにしてんの？　これ、なに？　あそこ、ごりごりする……）

かまってもらえない脚の間がせつなくてたまらず、無意識に慈英の硬い腹にこすりつける真似までした。臣の腰がひくひくと動くたびに、慈英の身体にこすれて音が立つのが恥ずかしい。その羞恥がさらに体感を煽《あお》って、啜り泣くような声で臣はかぶりを振った。

「いやなの？　どうしたい？　臣さん、言って」

それなのに慈英は、なんだか心配そうな声で、じゃあどうすればいいなんて訊いてくる。そんなのどこだっていいからと思うけれど、半端に逸らされた愛撫に胸が疼いて苦しい。

「……いまの、とこっ…さっき、さっきみたいに」

震える指で触れた胸がつんと尖って赤くなっている。舐められて濡れたせいか、よけいにいやらしく見えて、自分でもぞくぞくした。

「ここを……？　どうしたいんですか」

「そこ、……そこ吸って……っ」

臣のねだる声に「はい」と慈英は笑う。じつは余裕なのかと不愉快になるが、だとしても、もうどうでもいい。いちいちそんな態度を指摘する余裕は臣にはない。

「あっん……っん、ん」

慈英くらい、渇望という言葉に縁がなさそうな男もいない。だいたいセックスにしたところで、実際こうしていなければ、考えたこともないんじゃないかとさえ思うくらいだ。

(でも、息荒い……体温、高い。汗もかいてる)

慈英が身体を触る。舐めて、噛むみたいにして、無意識に逃げる腰を捕まえる腕が痛いくらい強い。まるで余裕がないみたいに思える。がっつくくらい欲しがられているのかと、その事実だけでもう、臣の頭が朦朧としてくる。

「ふあ、……くすぐ、たい……っ」

指でいじられて敏感になった赤い粘膜に、ほわほわと髭が当たる。慈英の髭は、髪の毛と似てやわらかいから妙にくすぐったい。むず痒くてたまらず、それがなんだか妙によくて、おかしくなっちゃう——と身をよじると脇腹を撫でられた。

「くすぐったいの、いや？」

「ん、いい……い、から」

浮きあがる背中にそろりと触れてくるきれいな指や、ふわりとやわらかい唇。少しだけ肌をくすぐる髭、熱くて濡れた舌の先。全部がやさしくて、やっぱり慈英はすごく繊細なんだと臣はぼんやり思う。

すべてがソフトで、けれど物足りない感じなんてしない濃厚さがあるのは、的確に感じる部分をかすめてくるからだろう。それ以前に、臣がどこを触られても感じるせいだが。

「あ……あ、もう……っ胸ばっかり、や、ここも……」

くちゅんとあの唇から音が立つだけでもたまらず、焦れったいと臣は脚を開いた。疼いたそれが我慢できずに、もう自分でいじりたいと指を伸ばすけれど、慈英の大きな手に捕まえられて、シーツの上に縫い止められる。

「や……っなん、なんで？　したい……」

恨みがましく見あげると、少し怖い顔をした慈英が、押し殺した声で告げてくる。

「今日は、俺に任せてくれませんか」

「な……ん、任せるって」

「自分で触らないって約束して。俺が、全部してあげたい」

ねえ、と視線だけは鋭いまま薄く微笑まれて、見たことのないそれにどきりとした。こんなにも、雄じみた顔をする慈英など臣は知らない。

少し怖くて、でもすごくかっこいい。心臓が破裂するかと思うほど、ときめいてしまう。

「焦らされるの……好きじゃない」

「……焦らさないから」

「っん……じゃあ、じゃあ……っ」

声にまで感じた。あの低い甘い声で、耳の横で囁くみたいにされたらもう——ただただ、抱きついて泣くしかないだろう。

「なんでもして……なんでもいいからやって……さわって……！」

肩に埋めた鼻先をくすんと啜っていると、名前を呼ばれた。それさえもう、愛撫だ。

「臣さん、ねえ、どこをされたい？」

「ど、こでもい、……いっぱい……いっぱいして」

「わかりました」

慈英の声はぞくぞくするけれど安心もする。本当は甘やかされるのが好きだから、背中をやさしくさすられると、なにを言われなくても身体の力を全部抜いて、預けてしまう。

「う……んっ、あっ……あっいや、そこいや、いや」

交互にきゅっと胸を吸った唇が、肩のあたりに落ちる。そのまま腕をなぞるように啄み、肘の内側の窪みに舌を這わされて、そんなところまで感じるなんて知らないと臣は驚く。

「いやなの？　痛い？」

「ふぁ……ん、んん、んんっ！　いた……痛いっ」

ちくんと痛みが走って、二の腕には小さな鬱血が残る。そちらに気を取られている間に左胸の上を捏ねまくられて、それから、やっと。

「じゃ、ここは」

「やぁあん！　あ、そこ、ああ！」

もう痛いくらいに張りつめた性器に、長くてきれいな指が触れた瞬間、突きあげるように腰が跳ねた。恥ずかしかった。

（どうなっちゃうんだろう、俺、なにされちゃうんだろう）

勝手に脚が開き、卑猥に腰を振るくせに、臣はすすり泣いて怯えるしかできない。

「あう……も……っや、ぐりぐり、しちゃやあ……！」

のっけから激しくこすられて、もうやだとぐずったら、どうして、と意地悪に問い返される。それでも本音ではやめないでほしいから、じっくり丁寧にこすられてすごく嬉しい。

「あ、い……すご、ああ、ああっ……！」

とっくにぬるぬるの場所から、にちゃにちゃとすごく卑猥な水音が聞こえた。

（慈英の手、俺ので濡れてる……汚れてる……）

あのきれいな手で先端をいじりまわされるのが申し訳ない。けれど、それがいいのは実際で、臣はただ止まらない腰を振るしかできない。

「気持ちいいですか……？」

「はっふ……んっん、……すご……っ」

頬に何度も口づけながら、甘ったるく問われる。手の中でどろどろになってしまいそうで、臣は背中に抱きつくのが精一杯だ。いつもみたいに愛撫を返すことも、もうできない。

「ね……臣さん。しましょうか」

気分がふわふわしてどうにもならない。汗に湿って乱れた前髪を梳きあげられる。頭が朦朧としたままの臣は、慈英の言葉の意味さえわからない。

「な……っに？　なに、すんの？」

ほえんと問い返すと、慈英はすごくやさしい、けれど艶っぽい瞳でにっこり笑う。

「――いつも、してくれること」

ここで、と半開きの唇をつつかれて、それでもまだ蕩けた脳は意味するところを理解できなかった。だからぼうっと濡れた目を瞬きするばかりの臣の返事を、慈英はもう待たない。

「え、……えぅ⁉」

口の中に長い指を残し、慈英はするすると身体を下げていった。ひくついてる腹筋のあたりをちらりと舐められて、そこでようやく「まさか」と跳ね起きてももう遅い。

「うそっ、ちょっ……あ！　だ、だ、だめっ、だめだって……!!」

じんじんするあれにふわりと被さったのは、あの気持ちいい唇だった。濡れたそこをもっと濡らすように舌を当てられて啜られて、臣は目が回ってしまう。

「い、……いいってばしなくて、いいよ！」

「……なんでですか？」

大慌てで引き剝がせば、ちょっと不服そうに眉根を寄せる。その間にも啄むみたいにしてくるから髭があたって、臣の身体の中心には、甘い針を通されたような痛みが走る。

「む、無理しなくていいから……」

「してませんよ？」

「嘘……っぁ、あぁ、だめぇ……！」

やめてほしいのか、ほしくないのか、わからないまま目が潤んで、声もうわずる。

いままで臣は極力、慈英に露骨なところは見せないようにしてきた。はじめてのときは一方的に乗りあがっただけで、その後も触ってもらう場合には、できるだけ見えないようにきつく抱きつき、澄んだまなざしからは隠してみせたのに。

（うそだ、慈英がしゃぶってる。俺のアレ、こんな）

もともとヘテロセクシャルの慈英だ。入れるだけとか、せいぜい胸までなら見てもそう嫌悪感も違和感もないだろうし、それならやってくれるかな——と自虐的に思っていたから。

「……なんで嘘ですか。臣さんだってさっき、してくれたでしょ」

「俺はそりゃ、それ好きだから……でもおまえはそうじゃないじゃん、俺、女じゃないし」

同じでしょうと言うけど、同じじゃないと臣は思う。情けない話だがあくまで、慈英に対しては『女の代わり』として許容できる範囲で、愛してもらえれば臣は満足だった。

なのにひとの気も知らないで、慈英はあっさり言ってくれる。

「臣さんが女性じゃないのなんかとっくに承知ですが」

「だ、だって気持ちわるくねえの？　これ、その……あれだよ？」

「だから？　なにが、気持ち悪いんです？」

むしろ臣の言うことがわからないように慈英は吐息するが、常識で考えろと――自分の非常識さはこの際棚にあげて――臣はわめいた。

「なんでだよ、こんなぐちょぐちょに濡れて、ぴくぴくって嬉しそうに震えてるのなんか、普通見たら引くじゃんか……！」

「べつに引かないし、むしろ、感じて濡れて、嬉しいっていうなら興奮しますが」

「だっ……うそだーっ！」

しゃあしゃあと言ってくれた慈英の言葉を、臣はぶんぶんとかぶりを振って否定する。

一度だけ、全部脱がされて身体を見られたとき、死にたくなるくらい恥ずかしかった。濡れた性器などなければいいのにと、そんなことまで思ったほどなのに。

「なんでそう嘘だって決めつけるんですか」

引け目を捨てきれない臣に、怒ったように慈英は問う。だが「だって……」と答える臣の声は拗ねきったものになる。

「おまえ、好きじゃないって……言ったじゃんか」

いじけたようなことを口にして、臣はようやく気づいた。

(ああ、だから、さっきから俺、なんにもできないのかな)

慈英の勢いに押されて動けないだけではなかったのだ。大概なことをしてきていまさらだけれど、絶対に嫌われたくないし軽蔑もされたくない。だからああいう、積極的なのがいやだと言われたなら、その時点で臣は指一本動かせない。

「口で、したら……こういうのされても嬉しくないって、さっき……だから」

「……ああ、ごめんなさい。さっきのは、そうじゃなくて」

快楽とは違うものに、目元がじわっと滲む。慈英は慌てて臣を抱きしめ、違うと言った。

「すみません。その、臣さんがどんなつもりでいるか……わからなかったから」

「つもりって……？」

「またあのころみたいに、身体だけのつきあいのようなつもりでいるのかと思って……」

危惧したことは否定してもらえた。けれどそれはそれでまた、情けない気持ちになった。

「俺……全然信用されてなかったのな」

言葉が足りないのはお互い様だが、慈英が言ったように「言わせなかった」のは臣のほうだ。だから自業自得といえばそれまでだが、なんだか肩が落ちてしまう。

「だよな。エッチばっかしようって言ったの、俺だもんな」

「いえ、あの、だから」

「いいよ、しょうがないから。俺、すれてるからさ。誘うとああなっちゃって。ごめんな、なんか露骨なことばっかで」

ろくでもないのは本当のことだしと自嘲気味に笑うと、何度も慈英は謝ってきた。

「そうじゃないから、臣さん。俺がよけいなこと言いました」

「――どうして？　違うよ……おまえなんにも悪くないもん」

やさしい慈英にまた胸が痛くなり、長くてクセのある髪に差しこんだ指で頭を撫でた。臣のあきらめたような表情と声に、慈英は苦い顔を浮かべて呟く。

「違う。俺が悪い。こういう時に言うことじゃなかったです」

頬をすり寄せるみたいに抱き寄せられて、下がりかけた体温がまた上昇する。

もういいよと言いかけた臣の唇に、小さな音の立つ、かわいい感じのキスをくれた慈英は、真正面から目をじっと見つめたまま、真剣な声で告げた。

「ちゃんと聞いて。いままでずるくて言えなかったけど、俺は、あなたが好きです」

「じえ……」

「不安がったのも、だからで……俺がもっとちゃんと、受け止めてればよかっただけですね」

だからごめんなさい。今度は少し長く口づけられて、臣は喘ぎながらどうにか言った。

「ね、あの……俺のこと、軽蔑してない？」

「なにをですか」

遊んでたし、と言うと、俺とつきあってる間に浮気したら怒ります、と慈英は言った。

「俺……エッチだし」

「色っぽいの、もう知ってますけど」

「そ……じゃなくて、俺……あれとかすんの好きだし……」

「あれって？」

聞き返した慈英は、だが臣が答える前に、髭のある顎を指で撫でて、けろりと言った。

「——ああ、なんだ。フェラチオ？」

「いっ……!! ふぇ、フェラってっ」

まさか言うと思わず、臣はいまさらのように茹であがる。慈英にはあまりにふさわしくない露骨な単語に目を剝いていると、彼はおかしそうに笑った。

「あのねえ、臣さん。俺も子どもじゃないんですから、その程度で驚かないで」

「そ……っ、けど、だって……だっておまえ、そういうの似合わない……」

そりゃ照れ屋なほうですけどと、慈英は苦笑しながら真っ赤になった臣の頬を撫でる。

「似合わないって……ひとのこと言えないでしょう、こんな顔して」

次第に低くなっていく声が、淫靡な色を増す。頬を撫でられるだけで感じて、臣は喘いだ。

「顔って、生まれつきだし。こ……な、顔って、なに」

「いきなりひとのペニスくわえるくせに、どうして照れるの」

「ひ……」

今度は耳を噛んだまま、また露骨なことを言われた。ぐらぐらと目眩がしていると、もう一度押し倒される。その間も慈英は臣の顔を触り続け、頬だけでいきそうになると思った。

（慈英って俺の顔、好きなのかな……？　絵にするくらいだし）

画家で、相当に美意識は強いだろう慈英に、そう思われるのは嬉しいかもしれない。

（なんでもいいけどさ。慈英が気に入ってくれるとこ、いっこでもあるなら）

美醜の問題ではなく、大事な男に惚れられる要素はひとつでも多いほうがいいからだ。じっと見あげていると、端整な顔が近づいてくる。

「するの、好きなら……されるのは？」

「す……好き……でも……」

もう唇が触れる、という位置でひそやかに問われて、臣は喘ぎ喘ぎ答えた。

「じゃ……さっきの続き、してもいいですか？」

「でも……」

本人に指摘されたけれど、たしかに慈英が一応成熟した大人だと――しかも身体で――臣も知っているはずなのに、こうして男の顔をされると、どうしてか戸惑う。そして怖い。

年下のせいか、彼についてはなんとなく「かわいい」と思うことが多かった。喋り方も、自分に比べればおっとりして上品だから、いつもすごくきれいなものみたいに感じていた。

「でもじゃなくて。してもいい？」

けれど、そんなんじゃないんですよ――とやんわりした声に教えられ、ぐいっと押しつけられた腰のあたりにある質量が、現実を見ろと言っている。

（すごい、慈英がこんなになってる。俺に入れたいって、勃ってる……）

ここにいる慈英は、ただの男だった。臣をめちゃくちゃにしたいという凶暴な欲も持っていて、容赦がなくて強引で、けれど――ぐずるたびにもらう強烈なキスは、甘くて。

「ねえ……？　感じてるとこ見せてください。いいなら、脚を拡げて、して、って言って」

「あ……う、うん、うん……し、して……して……？」

舌を嚙まれてへたんとまた腰が砕けた。脚は、さっきよりももっと卑猥に広げられ、やっぱり恥ずかしいから舐めないでと言っても、言質《げんち》を取った慈英は聞いてくれもしない。

「あうん……っん、やあ……！　はふっ、あっん、あん、あん……！」

音が、すごい。臣の性器はじゅくじゅくに濡れて、ほったらかされただけ感じやすく、しかも慈英がまったくためらわないから、腰から下が別のものになったみたいに感じた。

（どろどろに、なっちゃうよ……）

くわえられるよりキスするみたいに啄まれると、剝き出しの性感に髭がこすられて、もうたまらない。溶けると悶えて腰を揺すると、浮きあがって踊る身体をちゃんと抱いてくれた。

「……いいですか？　ここ？　こうがいい？」

「ん、い……もっもっと、……あっ、も……もっと強く……っ」

飴でも溶かすみたいに舐められながら、焦れて震えてる尻をさすられた。もっと揉んで、と恥知らずにも叫ぶと、強い指が望んだ以上にそこをほぐし、あげくわななく入り口へと触れた指が、くりくりとそこを撫でてきた。

「……あぁっ⁉　あ、おしりだめ……っ！　出る、いく、いっちゃ……っ！」

髪の毛が当たって痛いくらいに首を振った。指が食いこむほど震える尻を摑まれたのと同時、深く性器を吸いあげられて、汚したくないのにと思いながらも放ってしまう。

（あ……すげ、いった……よかった……って、え？）

しばらく惚けていた臣だが、ふと見れば微妙な表情で慈英が喉を嚥下させたのを見つけ、おぼつかなかった頭は一気に覚醒する。

「な……ばっ、ばか、吐けよ……！」

慣れていても無理があるのに、口元を覆って眉をひそめた慈英は空いた手で「かまわない」と伝えてきた。そうしてどうにか、残りのぶんも無理矢理飲みこんだらしいと知って、臣はさらに赤くなる。

「なん、なんで飲ん……っも……っ」

「いや、平気ですけど。……ああ、でも、ちょっといがらっぽいですね。喉」

「ばかっ、なまなましいこと言うな……！　なんでそこまでするんだよ！」

慈英の口から零れたそれが髭にこびりついてるのを見つけて、臣は慌ててごしごしと拭う。

「とにかく口すすいでこいっ」

赤くなって怒鳴ると、苦笑して臣の好きにさせていた慈英は、かまわないと腕を引いた。

「そろそろ、俺もきついんですけど……」

「え……ああ、そっか、うん。じゃ、交代する……」

こめかみに唇を押し当てられ、流した視線の先にあるものに気づいた臣は腕を伸ばす。

「あ……そうじゃなくて」

「え？」

だが、張りつめたそれに触れそうになったところで手首を掴まれ、口淫のためにかがんでいた頭もあげさせられた。どうして、と振り仰げば、慈英の目が濡れている。

「今日……入れてもいいですか。身体は、しても平気？」

いつもより深い色になった瞳が、臣を縛りつける。切羽詰まったような声と表情に、まるっきり動けなくなってしまう。

「臣さん？　いや？」

「あ、う、……ううん、やじゃない。あの、待ってくれたら用意……する、から」

挿入までするのはあれ以来で、いまさらながらかあっと顔が熱くなった。身体が勝手に高ぶって、ついいましがた射精したばかりのそこがひくりと震える。

（すげえ、嬉しい……入れてくれるんだ。……する、んだ）

気遣ってくれる慈英にはとても言えないが、臣のそこはかなり慣れている。するのは久しぶりでも、無理なことはない。それに慈英がこの街に来てから何度か寝たけれど、絶対に使ってもらえなかったあそこは、せつなく疼いた。触るだけの行為では物足りず、いつも慈英が帰ったあと、その日のことを思いながらうしろをいじって、情けなくてひとりで泣いて――それでも期待が捨てられず、こまめにケアまでする自分が滑稽で。

（でも、今日、ちゃんとするって……入れたいって）

求められたことに、今夜何度目かわからない動揺を覚える。震える手を伸ばし、ベッドサイドに常備しているローションを取りあげた臣は、腰を浮かして指を濡らそうとした。

「――え？」

「だから、任せてって言ったでしょう？」

だが、臣は抱きこまれたままベッドに引き戻され、その手からボトルは取りあげられる。

なんで、と見あげた先には少し苦しそうで、でも困ったように笑う慈英がいた。

「自分でしないで、臣さんはただ、寝ててください」

「で……でも、いやだろ？　指入れんの」

「どうして。さっきも触ったし、あのときも、……したでしょう？」

でも、と臣は眉を寄せた。たしかにまるっきりされたことがないわけじゃない。けれど慈英のきれいな指を、あんなとこに入れさせるのはどうしたって気が引ける。

「したいのも俺だし、入れたいのも俺。臣さんの中……ちゃんと、知りたい」

そんなためらいを読みとったのか、眉間に寄ってしまった皺にまたちょんと口づけられる。

「でもっ……おまえずっと、しなかったじゃんっ」

どうして今日はこう、あれこれ一気にしようとするのか。この間までのつれなさとのギャップに頭が追いつかず臣がなじると、慈英は困ったように眉を下げた。

「だって……いつもは、臣さんが泣きそうな顔ばっかりするから」

「え……」

「入れていい、していいって言いながら、あなたいつもつらそうだった」

もっとも、そんな顔になるのもあたりまえの話だろうけれど。気持ちの通じていなかった日々のことを、慈英は苦くやさしい声で語った。

「だから今日はちゃんと最後まで抱きたい」

「じ、え……っ」

「入れさせて、臣さん。抱かせてください。全部……俺に、ください」

逆らえなくなる、あの低い甘い声で囁かれ、臣はまたぞくぞくする。さっきいったばっかりの身体がもう熱くて、もっと奥にある粘膜が、早く欲しいと収縮した。

(欲しい……もう、早く、なんかされたい)

いいですかと問われても言葉を返せなくて、ただ一生懸命頷くしかできなかった。

うつぶせにされて、ぬるっとした指がそこに触れてきただけで、シーツと腹に押しつぶされた性器は硬く強ばった。期待だけで射精しそうなくらい、身体も心も興奮している。

「もう少し、腰あげられます?」

「う……うん……あ、あ」

背中から腹に手を添えて持ちあげられると、臣のそこがどうなってるのかなんてすぐにばれた。ものすごく恥ずかしかったけれど、慈英の声がやさしいから、素直に頷く。

(やだ、俺、すげえ勃っちゃってるよ……濡れてるし)

じり、と入り口を捏ねていた指が入りこんできて、背中がしなる。たっぷりしたローションと一緒に、疑いようもない愛情を注がれているような行為は、経験したことがない。

「あ、あ……っん、あん」

「痛く……ないみたいですね」

気持ちだけは凪《な》いでいるから感覚に溺れきれなくて、臣にはやたらに些細なことがはっきりわかる。何度かローションを足して、あくまでゆっくり拡げることに専念している慈英の指は、こうして入れられてみると案外太いんだと知った。細く見えるのは長くてまっすぐなラインのせいなのだろうか。

「……んぁ……ん、あっんっ、あ、い……っ」

あのきれいな絵を描く指先が、じりじりと入ってくる。閉じた瞼の裏に浮かぶ、切り揃えた清潔な爪先、それから第一関節まで、あの指がと思うとそれだけでじわんと腰が重くなる。体温にぬるむローションが慈英の指から滴って、内股を流れていくのにも身体が震えた。

(うそ、気持ちいい……指だけなのに、気持ちいい)

骨っぽくて、硬くて、きれいなあの指が臣はすごく好きだった。本当はずっと、もう一度こんなふうに、入れてくれたらいいのにと思っていた。

探るだけの動きなのに感じる。胸が甘ったるく痛くて、伏せた上半身の下で腕を曲げ、交尾する犬みたいな格好になった。息が荒くなり、ゆるみはじめたそこで慈英が、試すみたいに指を動かすから、またびくびくと臣は震えてしまう。

「うう……んっん、や……んっ」

「平気……？」

問われる声に、うんうんと頷いて、もっと欲しいと腰をあげる。入れてないほうの指は緊張する尻を撫で、その手も濡れているから、ぬめってあたたかい感触が、ひどくいい。

「ねえ、ねえ……平気……っだから、も……!?」

もっと入れて、動かして。肩越しに振り返ってねだろうとした臣は声を失う。

「……どうかした？」

射貫くような慈英の視線に、臣は絶頂感さえ覚えた。声だけは穏やかに問われて、それでもその目が、すうっと細められるのを認めた瞬間、ぞわあっと背筋になにかが走る。

「あ――……あっ、ああっん、ああん！　やっ……あ！」

「え？　うわ、っ……臣さん？」

勝手に零れ落ちた嬌声は、淫らに揺れて指を食《は》もうとする腰と同じく、止まらなかった。急激な変化に驚いたように慈英は目を瞠る。見ないで欲しいと思いながらもう、彼の指を吸いこむ動きが止まらない。

（いい、すごくいいようっ……指、入ってるの、いっちゃいそう、たまんない）

ずるずる、と長い指がそのやわらいで誘う肉に埋まってきて、自分でも、いままでの男でも届かなかった部分に触れた。収縮する粘膜は指に絡みつくように蠢き、不規則に痙攣する。

「やん、指……もっと、い、入れて、もっと……ああ……！」

「……すごい……もう、動かしていい？」

息を呑んだ慈英が、耳のうしろに口づけながらぽつりと言った。熱っぽい声にくらくらした。確認するというより煽るための声に、臣は一も二もないと必死で頷く。

「うご、動かして……動かして……ぐりぐり、してっあ、っい、いいー……！」

このままにしないでと腰を振り、自分でも呆れるような甘ったるい声が出た。

(やっぱり器用なんだ、慈英……すごい、上手……)

ねっとりした粘膜を小刻みに揺すってかき回してくる指が、痛くならない程度に強い。

「こう……？」

「うん、うん……っそれ、それして……いや、ゆっくりいや……っ、あ、だめ……！」

囁かれるたびにきゅんとそこを締めつけてしまって、そのうちに指で広げるようにされても、ひくひくと悦ぶばかりの粘膜はとっくに物足りなくなっている。

(あ、いい。そこで回すのすごくいい。でも、出ちゃう……まだだめ、いきたい、いやだ)

慈英の指が気持ちよすぎて、いっそこのまま達したい。けれどもう違うものも欲しい――と臣は乱れながら惑乱し、髪を振り乱した。

「もう、も、い、から、……指、もう、いいからぁ……！」

「ん……臣、さん？」

うしろ手に震える指を伸ばし、慈英をそっと握った。硬く濡れて熱くて、もう慈英も我慢の限界まで来ていると知ったら嬉しくて、崩れそうな脚がもっと震えてしまった。

「いれ、入れて、これ入れて……」

「いい？　だいじょうぶですか？」

「い、から……もう待てないから、慈英の、入れていきたいっ……」

しゃくりあげた臣は、自分からそれを宛《あてが》うように腰を突きだした。引き抜かれていく指の感触にも、気をつけてないと終わってしまいそうだった。

「はふ……っ」

息をつくと、ぴったり背中から覆い被さってくる慈英の心臓の音が聞こえた。触れあった皮膚をとおして、ダイレクトに感じる鼓動。息遣いや濡れた肌に、見えない感情を教えられて、臣はほっと安心する。

(ああ、こいつも興奮してるんだ……すごくどきどきして、こんなになって)

欲しがってくれることが、泣きたいくらいに嬉しかった。早くつながりたいと思った。

だが、大きな手で尻を包まれ、広げられた隙間にぴたりと当たるそれが欲しいのに、慈英は軽くつつくだけで、なかなかくれない。

「ね……はやく……っ」

「臣さん、そんなに腰動かさないで」

もどかしい、と振り返れば、焦らないでいいからと頬に口づけられる。

「ん、ん……だって、もう、俺……もう……あっ⁉」

それはまったく不意打ちだった。身がまえていなかっただけゆるんでいた臣の中に、慈英はまったくなんの抵抗もなく、ずるりと入りこんでくる。

「ああ、ふわあっ……!?」

「ふ……っ、力、抜いてて……」

「んや、おっき、大きいっ……ああっんっ！」

来た、と思った瞬間には強く腰を引き寄せられて、ひと息に含まされる。ずん、と奥まで含まされた瞬間、衝撃に目を瞠った臣の身体はびくっと跳ねあがった。

（うそ、こいつの、こんなに……だっけ？）

なんだか身体の中を一杯にされて、頭まで犯されているようだった。ぎゅっとシーツを握って、身体の中でどくどくいっている感触に臣は耐えた。痛いんじゃなくて――よすぎる。

「ひ……ん、んんぅ……っ」

「……臣さん……っ、痛く、ない？」

「ない、あぁ、ないぃ……っんあっは……はぁっ……ごい、すご……っ」

ぐぐ、と押しこまれてまた締めつけてしまって、これじゃ動けないと言われて、恥ずかしいせいでもっと感じる。どうにか緩めた途端、ほんのちょっと動かれて、それだけでも悲鳴が止まらない。

（すごい、おっきい、おっきいので、ずんずんされてるっ）

とろとろになった身体の中へ慈英はひねるみたいに入りこみ、ゆっくりと引いて、また穿《うが》ってくる。抜かれるとき、どうしようもなく感じるのはもう、ばれているのだろう。だんだんとリズムを早くしながらこすられるそこから、ねばついた音が絶え間ない。

「すごい……臣さん、中が……うねってる」

「やぁあ、あー……っ！　そん、そんな、はげし……のっ」

感嘆したような慈英の声に、臣は身体中を染めてかぶりを振った。溶けきったそこはクリームみたいにねっとりとして、慈英の動きをなんら妨げない。おかげですごい音が立って、ぷちゅぷちゅいうそれが中の動きと合わさり、恥ずかしくてたまらなかった。

「あふっん、やあ、音……おと、する……っ」

「ああ……音、いやですか？」

「ちが……やら、やらし……っんあ、んぁんっ」

この音に煽られているとわかってるくせに聞いてくる。こんな性格の悪いところもあったのかと少し意外で、けれどその意地悪い声が、いやらしくて色っぽくていいと思う臣がいる。

（もうだめだ……。もう、俺、慈英になにされてもいい。全部感じちゃう）

やさしいのに手ひどい愛撫は止まらない。腰だけあげた格好で、腹から這った手のひらがするすると滑って、乳首を両方つまみあげながらの慈英が、卑猥に中をこすってくれる。

「いっ……一緒に、しちゃ、やう、あうっ……あっは……あ、ん……っ！」

「いや？　どうして。感じない？」

「かん、感じる、からっ……だめぇ……」

硬く赤く尖ってる、中の芯を揉み潰すみたいにきゅうきゅうに引っ張られた。こんなふうにいやらしいことをあの指がするんだと思うと、もう臣の張りつめきった前からは雫が垂れて、シーツに染みをつけてしまう。

そして感じるたびに、正直すぎる臣のあそこが慈英をぎゅっと絞る。

「……っは、……ん……臣、さん……っ」

「な、に？　んん、なに……？」

慈英の息も荒れていて、ときどき苦しそうに臣の名前を呼ぶ、その声もかすれて甘い。自分の身体に感じてくれるなら嬉しいと振り返れば、頬をちろりと舐めた慈英が言う。

「好きだ……」

感じいった声だけでも嬉しいのに、そんなことを言われたらもう泣いてしまう。ぼろぼろ涙を落としながら、それでも臣は笑った。

「あーっ、あん、じぇ……っう、ふ……んんっ、ん！」

慈英の性器は大きくて、指と同じで長い。それが臣すらも知らなかったとこまで届くから、ひっきりなしに腰を使って、もっとよくなりたくなってしまう。

（なんで俺、こんなにエッチ好きなのかな……引くかな、やらしくて）

慈英は呆れてないかな、と。思いながらも止まらない。どうかこんな身体を許してくれと思っていたら、いつの間にかそれが声になっていた。

「んん……ごめ……っ、じえ、い、……ごめ、ね……？　俺ぇ…っこんなで……っ」

「え、……なに？　なんですか？　臣さん」

こんなってなにと問う慈英に、ずんっと容赦なく突かれて、臣は悲鳴をあげてしまう。

「あ……やらし、の…っこん、こんな、なってっ……あう！　ふぁあ……！」

嬉しくて泣いているような性器に、触ってと慈英の手を導く。甘ったるいのに卑猥な愛撫がたまらない、絡む指に拭うようにされると、ぐにゃりと背骨が蕩けてしまう。

「……そういうこと、してるんでしょう？　だから、うんと感じていいんですよ」

「ほんと……？　ね、ほんとに……？　あ、ああん……！」

本当にと頷き苦笑した慈英は、よけいなことを考えるなと言った。

腰を突きあげるのにあわせて、臣のそれをぐちゃぐちゃに揉みしだいてくる。もうひとつの手でゆるみっぱなしの唇を撫でられて振り向かされ、苦しい体勢のまま舌をちろちろと舐められて、臣の頭の中はもう、真っ赤に染まって濡れている。

（なんでこんな、いいとこばっかわかるのかな。してほしいこと、わかるんだろ……）

ぼんやりと快楽に酔っていれば、甘やかすような声が耳から官能をくすぐってくる。

「いいから。なにも考えないで、もっと、よくなって」

「んー……っ、ん、も、……いい、よお……すご……い、よおっ」

その声がどんな愛撫よりもいいのだと、慈英はわかってくれるだろうか。

（俺、いやらしくても、いいのかな。おかしいくらい乱れても、慈英は許してくれるかな）

たぶん彼は全部かわいいと言って抱いてくれる。確信に、なんだかまた泣けてきた。

「臣さん、……苦しい？」

顔をくしゃくしゃにして泣きじゃくる臣へ、心配そうに訊ねてくる、だがそういう慈英のほうがよっぽど苦しそうで、真剣な顔にもまた煽られた。

「ううん、……ううん、いい……っいいだけ……」

必死な顔で臣をよくしようとして、それでたぶん、気持ちよくもなってくれてる。

嬉しいと微笑み、臣は髭のある顎を猫みたいに舐めた。さりさりとした髭が舌の上をくすぐるのにも感じて、舐めるたびに繋がったところがきゅうきゅう締まってしまう。

「あ……臣、さん」

臣の与えた淫らな収斂に、慈英が唸った。小さく身体を震わせ、堪えるように目を閉じたのがたまらないほど色っぽく、臣はもうなにがなんだかわからなくなる。

「慈英……っ、好き……っああん、好き……！」

ぴったり抱きしめられたまま揺さぶられ、嬌声をあげる臣の雫をこぼす先端を慈英の指が円を描くみたいに撫でる。

「もおっん……や……や……！　あ、もう――もうだめ、おかしく、なるっ……」

もう許して。叫んで首を振ると、苦しそうな声でぼそりと、慈英は言った。

「愛してます……」

「ヤ――……っ！　だ、だめっ」

ざわあっと全身を総毛立たせ、臣は壊れたように身体を震わせた。こんなときに、そんなこと言わないでほしい。身体だけじゃなくて頭も心も全部、感じて感じて壊れそうになる。

「なにがだめ？　愛してる、臣さん……」

「もう……もうい……ッ、だめ、あああ、ああ、だめだめっ」

うねうねと慈英に食いつく粘膜も、熟れきった臣をかき回している慈英も、もう限界に来ている。突きあげられるたびに滑りがよくなるのは、彼ももう濡れているからだろう。

「もお、いって……ね、俺でいって……っ！　全部……出してくんなきゃ、ヤダ……！」

「く……臣さ……っ」

うしろに回した腕で脚を摑んで、もっと深く来てとねだると、怖いくらいに突きあげられた。身体がシーツの上で滑るくらいになって、外れそうなそこを、いやだと締めあげて。

「あひ、あうっ、こわ、れ、ちゃう……っ」

「ごめん……も……止まらない……っ」

白い尻を大きな手が摑み、揉みほぐすようにされると振動が中まで伝わり、よりいっそうの一体感を味わった。がくっと一瞬だけ、高いところから突き落とされたような感覚を覚えた臣の身体が弾み、忙しなく揺すってくる男のそれをさらに食いしめる。

「……あ、あは、んんっいく、いっちゃ、——……あああ!!」

「ン……っ」

臣がとんでもない声で叫んだのと、呻いた慈英が中をたっぷり濡らしたのは、たぶんほとんど同じくらいだった。

(あー……出てる……中……)

間欠的に噴きあげる臣の精液を長い指で絞るみたいにされながら、びくびくと跳ねる身体の中に全部、小刻みに動いた慈英が熱を注いでくれる。

「——……あ、あっ……あふ……っ」

余韻は長く、こめかみががんがんする。ようやく身体の中から慈英が出ていったときには臣の身体はなにひとつ言うことをきかず、ずるずるとシーツに崩れるしかできなかった。

「だいじょうぶ……ですか?」

「だ、め……すご、くて、……うごけない……」

やさしい手で身体を返されても、目が開けられなかった。痙攣したままの腹の上をそうっとさすられて、慈英を飲みこんで緊張し続けていたそこがふにゃりとほどけていく。

「ん……ふぅ……」

涙と汗でべたべたになった顔に、さっきまでの激しさが嘘みたいなやさしいキスを落とされて、痺れて力の入らない腕をどうにか慈英の肩にかける。ため息で誘い、唇をあわせると、まだ敏感なままの身体が震えて慈英の笑みを深くした。

「……なあ、ぎゅうってして」

甘えてねだると、着痩せする逞しい腕が望み通りの抱擁をくれる。その感触で、骨がなくなったかと思うくらい蕩けた身体が、ちゃんと外形を保てているのだとわかった。

「あ……俺、ちゃんと、いる……」

「え？　どうしたの」

ぼんやりと呟いた言葉に、慈英が目を瞠った。臣はとろりとした目で、感じたままの体感を口にする。きっとばかを言っていると笑われるだろうけれど、もういいと思った。

「ん、さっき……慈英に、かき混ぜられたとこから、俺がとろとろに溶けちゃって」

「え……？」

「あの、ほら……バターになった虎？　あれ。あんなん、なっちゃうんじゃないかって」

途中本気で怖かったんだ。あんまりうまく回らない舌で臣が言うと、慈英は予想に反して笑うことはなく、なんだかちょっと困ったような顔をした。

「え……なに？　俺、気に障ること言った……？」

「ああ、……違いますよ」

あげく、ぎゅうっとしてくれていた腕までほどこうとするから、不安になって見あげると、やっぱり困った顔のまま慈英は笑って、もう一度抱きしめ直してくれる。

「——……え？　あれ、うそ……」

「参ったな……」

ぴったり重なった身体で、なぜ彼が身を離そうとしたのかすぐにわかった。慈英のそれは、さっきあんなに出したのに、全然まだ、元気で。

「ほんとに困る。……きれいなのは、知ってたんですけど」

「なにが、こ、困るってこれ？　あの」

首筋に顔を埋める慈英は、とくに悪びれもしない。困るとはなにがと聞き返すと、ゆっくり顔をあげ、頬からするりと唇を這わせて、しっとりとしたキスを仕掛けてくる。

「……臣さんが、こんなにかわいいひとなんて思わなかった」

「かわ……」

「だめだ。おかしくなる。……かわいい」

呟くように言われて、怒るより先に赤くなった臣も悪かったかもしれない。

「あ……あ、ちょ、……また……？　ね、ちょと、少し……休ませて」

しないとは言わないから、と言ったそれは、濃厚さを増した口づけに飲みこまれる。けれど、その強引さも嬉しいから臣もまたどうしようもない。

「あ、待って……待て……ってば……っ！」

「なにを待つの？　俺はもう、けっこう待った。何ヶ月ぶりで抱いたか、わかってます？」

咎める声も本気じゃないのは見透かされているだろう。濡れそぼった中に入りこんだ指、臣の身体はそれを追い出すどころか「もっと」と涎を垂らして食べている。

「ね、じゃあ今度、俺が舐めてあげるから、……あん！　ねえ、慈英、待って……あっ」

あげくには濡れきった声で慈英の背中を撫で回している臣の、明日の体調は、この時点で決定したようなものだ。

「いらない。……もう、意地悪しないで入れさせて。愛してます、臣さん」

「ばかあっ……あっ、だめ、もう、入れちゃ……！」

慈英の愛撫に切れ切れの声を漏らした臣の爪先は、浮上したばかりの官能の海に進んで溺れるべく、濡れて乱れたシーツをさらにしわくちゃにしたのだった。

＊　＊　＊

おはようございますと言った瞬間、堺はぎょっとしたようにその丸い目を見開いた。

「なんだあ？　その声」

「あー……まあちょっと」

よろよろと歩く臣に、また窓開けっ放しで寝たのかと周りがはやしたてる。けれどひとのよさそうな上司だけは心配げにじっと臣を見あげてきた。

「……ばかやったわけじゃないですよ」

慈英とのことで、ここしばらくまた臣が落ちこんでいたのも、親代わりの彼にはお見通しのはずだ。安心してほしくて、にこりと笑った顔になにを見いだしたのか。見た目はうだつがあがらないようでいてじつは大変優秀な上司は、ふうん、と微笑んだ。

「まあいいが……今日も地取りだからな。根性入れろ」

「いっ⁉」

あげく、手にしていた調書で思い切り、臣の腰をひっぱたく。思わず机に突っ伏した臣にからからと笑って、長い間迷惑をかけ通した上司は部屋から出ていった。

「いって……くそ、わざとだな……」

「……あら小山さん、腰痛ですか？　お大事に」

「あ……ああ、淳子《じゅんこ》ちゃん。ありがとね」

お茶をくれた婦警の三並《みなみ》淳子に苦笑いしつつ、誰にも言えない自業自得の不快感に耐える。

久しぶりだから仕方ないとはいえ、四つも年下の恋人につきあいきるのはかなり骨だった。

というか、本気の慈英がまさかあれほど激しいとは思わなかった。

（うう……腰、がくがくする）

壁もけっこう薄いというのに、ＡＶ女優も真っ青の喘ぎで喚《わめ》き散らした夕べの自分を思い出し、伏した腕の中で顔を歪め、臣は赤くなる。

（ていうか、すごかった）

慈英は、口調だけはずっと丁寧でやさしいままで、それなのに激しいことこの上なかった。いつもは臣がするだけだった口淫は髭が当たるのがよすぎて、それなのに焦らされて泣いて。常にリードを取るのは臣だったのに、昨日は終始慈英の言うなりで、うしろから思いきり腰を使われた時は、悶え狂った。

（本当は好きなんだよなあ、バック。奥まで来て……）

――こう……？　ねえ、臣さん、言って。

――そこ、そこもっと、ずんずんって……あ、あそこ、こす、こすって……！

この他にも、いっちゃう死んじゃう、いじってもっとのオンパレード。臣は自分があんなにエロ台詞のバリエーションを持っているとは思わなかった。しかもねだるそれが本気だったから余計に恥ずかしい。というかあれは、言わされた気もするけれど。

（だってエッチいこと言うと、慈英けっこう、燃えるっぽいんだもん……）

「……いやそうじゃなくてっ」

「え？」

思わずぶんぶんと顔を振ると、淳子が不思議そうに振り返った。臣が引きつった笑いで「お茶おいしいよ」と言うと、彼女は「どうも」とにっこり笑う。冷や汗をかきつつ湯飲みを口にすると、嗄れた喉にひどく染みて、耳の奥では囁く慈英の声がリピートしてしまう。

——入れさせて、臣さん。抱かせてください。全部……俺に、ください。

あれだけきれいな絵を描けるわけだから、指先もきっと器用だろうとは思っていたが、遺憾なく発揮されたその細やかな動きには本当に、面くらいつつ泣かされた。

——愛してます。

おまけにあまりの快楽のすごさに意識が飛びかければ、あの声でやさしくやさしく言われるから、身体だけじゃなくて頭までぶっ飛んで、この始末というわけだ。

よれよれになった臣に、慈英はもっとうろたえるかと思ったけれど、ただ黙って風呂や着替えや朝食の世話をしてくれただけだった。

臣もなにひとつ文句を言う気はない。抱かれて、ただ幸せで、嬉しかった。

さらさらと、つかみどころのないままだった男の背中を、ためらいなく抱きしめることが許された。その事実だけで、もうなにも言うことなんかないと思う——のだが。

「うおーい、小山、出るぞう」

「あ、はいっ……うぐ」

ちんたらすんな、と怒鳴った上司に、ついていくのが精一杯の身体はどうにもつらい。

せめて今度は手加減してもらうように頼もうと、贅沢にも臣は思ったのだった。

あとがき

この本は「ひめやかな殉情」のふたりのなれそめ編です。そして過去に出版されたノベルズの大幅加筆改稿版でもあります。そもそも慈英と臣を趣味の短編「さらさら。」で書いたのが、この刊行から六年前。今回こうして新たに作り直す機会を頂けた幸運に感謝しつつ改稿をいたしましたが、なんだか仕上がってみれば別物のようにも思えます。基本的な部分はなんら変わりませんけれど、あの当時には書ききれなかったことがこれほどまでにあったのだなと、自分の成長や過去の拙さと向き合う改稿作業は、気恥ずかしくも楽しかったです。

担当さんにも「新作みたいな読後感でした」と言って頂けて、まあまずまず頑張れたかなあと思います。イラストについては過去ノベルズの流用＋書き下ろしということで、通常よりたっぷりの挿絵が入っていてちょっと贅沢（笑）な感じですが、今回も華やかな、情熱の赤をイメージしたカバーを書いてくださった蓮川愛先生には大感謝です。

そしてお世話になった担当さま、友人Rさんに冬乃、坂井さんどうもありがとうございます。

なにより、このふたりを待っていたと言ってくださった気の長い読者さんたちにも感謝です。五年以上の時間を経たリニューアルバージョンのふたり、お気に召すといいのですが。

むろんはじめましての方にも、この作品が気に入って頂けると嬉しいです。

そして慈英と臣、まだまだ続きます。次回作は年内の予定、どうぞよろしくお願いします。

✦初出　しなやかな熱情……………リーフノベルズ「しなやかな熱情」
（2001年12月刊）を大幅加筆修正
さらさら。…………………同人誌収録作品を大幅加筆修正

崎谷はるひ先生、蓮川愛先生へのお便り、本作品に関するご意見、ご感想などは
〒151-0051 東京都渋谷区千駄ヶ谷4-9-7
幻冬舎コミックス　ルチル文庫「しなやかな熱情」係まで。

幻冬舎ルチル文庫

しなやかな熱情

2006年1月20日　第1刷発行
2016年5月20日　第11刷発行

✦著者　崎谷はるひ　さきや はるひ

✦発行人　石原正康

✦発行元　株式会社 幻冬舎コミックス
〒151-0051 東京都渋谷区千駄ヶ谷4-9-7
電話 03(5411)6432［編集］

✦発売元　株式会社 幻冬舎
〒151-0051 東京都渋谷区千駄ヶ谷4-9-7
電話 03(5411)6222［営業］
振替 00120-8-767643

✦印刷・製本所　中央精版印刷株式会社

✦検印廃止

ISBN4-344-80699-9　C0193　Printed in Japan